Nudo de alacranes

Eloy Urroz

Nudo de alacranes

ALFAGUARA

Esta novela fue escrita gracias al apoyo otorgado por el Sistema Nacional de Creadores de Arte.

Nudo de alacranes

Primera edición: mayo, 2019

D. R. © 2019, Eloy Urroz

D. R. © 2019, derechos de edición mundiales en lengua castellana:
Penguin Random House Grupo Editorial, S. A. de C. V.
Blvd. Miguel de Cervantes Saavedra núm. 301, 1er piso,
colonia Granada, delegación Miguel Hidalgo, C. P. 11520,
Ciudad de México

www.megustaleer.mx

ISBN: 978-607-317-687-3

Impreso en México – *Printed in Mexico*

El papel utilizado para la impresión de este libro ha sido fabricado a partir de madera procedente
de bosques y plantaciones gestionadas con los más altos estándares ambientales, garantizando
una explotación de los recursos sostenible con el medio ambiente y beneficiosa para las personas.

A mi madre

The eternal cultivation of the habit of going
without what one wants...

D. H. LAWRENCE,
The Letters of D. H. Lawrence, vol. I

And after all, he lived his life and had his
mates wherever he went. What more does
a man want? So many old bourgeois people
live on and on, and can't die, because they
have never been in life at all. Death's not sad,
when one has lived.

D. H. LAWRENCE,
The Letters of D. H. Lawrence, vol. VI

1

¿Por qué la asesiné?

¿Porque la amaba?

Pero ¿y si no la hubiese amado?

Sí, ¿qué hubiera ocurrido? ¿Cómo hubiera terminado todo? ¿Seguiríamos juntos los cinco, nuestro círculo, nuestro *ashram* del amor?

Pero ¿de veras la quise tanto como digo, o todo fue culpa de México, ese sueño de una patria extraviada?

¿O al final fue sólo mi error?

No, no y no. Fue culpa suya, de Irene, y ahora me entenderán, ahora sabrán por qué la culpo a ella y a nadie más...

Me queda poco tiempo, lo sé de sobra, y por eso debo apurarme. Debo empezar... pero, ¿por dónde? ¿Acaso el día en que llegué a Estados Unidos persiguiendo un espejismo? ¿O ese otro en que volví a México buscando otro espejismo después de veintidós años de exilio voluntario?

¿Por dónde dar inicio a esta confesión? ¿Contando sin pudor la forma llana de la asfixia, describiendo el puro acto sin elucubraciones del corazón? No, así no pienso hacerlo, sépanlo. Antes voy indagar en las razones, necesito aclarar los motivos, contar la historia, mi pasado, nuestros pasados, el de Irene y el mío, el día exacto en que la conocí, la infalible noche en el cuartucho pestilente de La Huerta, el legendario putero de Cuernavaca en los noventa, cuando mi país no se había ido a la chingada todavía, cuando era soltero, putañero y podía elegir entre ser seducido o seducir. Sí, pero contarlo así me retrotraería a mis 25 años, a esa primera mitad de mi vida transcurrida en el Distrito Federal, a mi juventud perdida y añorada, a esos años en que pensaba devorarme al mundo y amar a las mujeres, conocerlas, lo mismo que hiciera mi querido Lawrence durante su corta vida. Eso, insisto, me comprometería a contar sucesos de esa época, y ¿quién puede aguantar una historia tan pedestre y extensa, sobre todo si la mayoría (lo sé de sobra) se acerca a esta confesión por el morbo que incita, por el escándalo en los diarios y la televisión?

Comienzo la noche en que conocí a Braulio, cuando presenté mi tercera novela, *Ternura*, en la universidad donde trabajo (o trabajé), frente a un auditorio de treinta estudiantes y un adjunto, y no ese inolvidable día, hace veinticinco años, en que me acosté con Irene por primera vez en aquel putero selvático de Cuernavaca, aquellos tiempos en que comenzaba a leer a Lawrence con el entusiasmo del adoctrinado en las leyes irracionales y vitalistas del amor.

De *Ternura* han pasado tres años escasos. Era enero o febrero del 2014. Llevaba seis viviendo en Carolina del Sur y Braulio, a quien nunca había visto, se acercó al final como si lo conociera de toda la vida.

—Felicidades —me dijo estrechándome la mano—. Salió muy bien. *Short and sweet*, como dicen los gringos...

—Gracias —le dije—. ¿Cómo te llamas?

—Braulio Aguilar. Somos colegas.

—¿No me digas que enseñas en Trident?

—Exacto. Somos rivales —sonrió—, y también los únicos mexicanos que escriben en todo el estado...

—El más retrasado del país, por cierto...

—Somos los penúltimos —me corrigió, riendo—. Alabama es el número cincuenta en educación. Carolina del Sur el cuarenta y nueve. No estamos tan mal, a pesar de todo...

—Pues mira, no lo sabía —sonreí.

—¿Sabes por qué México quedó en segundo lugar mundial en corrupción y analfabetismo?

—Ni idea.

—Porque dimos mordida para no quedar en el primero.

Solté una carcajada, lo que provocó que el adjunto y un par de estudiantes que merodeaban por allí se volvieran a mirarnos, sorprendidos. Braulio reía mientras se estiraba su barbita de púas y se acomodaba sus anteojitos redondos estilo León Trotsky. Tras darle mi número de teléfono, se despidió dándome un fuerte apretón de manos y quedó en llamarme.

Al volver a casa, se lo comenté a María mientras bebía un whisky:

—Hay otro mexicano en Charleston. Enseña en Trident. Se ve muy buena onda.

—¿Está casado? —fue lo primero que preguntó. Así era María: suspicaz hasta la médula.

—Ni idea. No se lo pregunté. Fue rápido.

—¿Y cómo te fue?

—Fueron los estudiantes que querían recibir un punto extra y un adjunto, Philip. A nadie en el Departamento le interesa la literatura, ya sabes.

—Qué importa —me dijo con gesto de bonhomía que no hizo sino crisparme el cuero cabelludo—. Al fin y al cabo, eres escritor, y no un maestrito de lenguas.

Pero no era cierto... o no exactamente. Era un escritor, sí, pero a nadie le importaba un carajo ese lado (patético) de mi personalidad. Era, para ser sinceros, un simple maestrito de lenguas, un profesorcillo de español con ámpulas de novelista en un estado donde el español no le interesa a nadie y en un país donde mi lengua es un exotismo venido de más allá del Río Bravo, donde la corrupción es rampante y las leyes se inventaron para infringirse. Eso éramos los mexicanos (y poco más) para los incultos rubios monolingües del sureste americano.

Por más que María intentara sedarme con lenitivas palabras, la contradicción en la que había estado viviendo desde que llegara a Estados Unidos hacía veinte años no dejaba de enervarme. He allí el espejismo del que hablaba…

Al final, Braulio llamó a casa una tarde y habló con María. Se cayeron bien, incluso conversaron un rato…

A las dos semanas exactas conocimos a su mujer, Beatriz, tres años mayor que Braulio Aguilar. Lucho y Alberto, nuestros hijos, María y yo, fuimos a su casa al otro lado de la ciudad, en West Ashley, a cuarenta minutos de distancia sin tráfico. Nos habían dicho que harían pizzas caseras y ensalada griega; algo sencillo, advirtieron. Apenas si tenían muebles. En esa época, creo, se acababan de mudar a esa zona. Era la primera casa que adquirían, nos contaron llenos de alegría cuando nos vieron llegar. Hasta entonces, siempre habían alquilado departamentos amueblados, cerca del centro. Si nosotros sobrevivíamos con mi sueldo y el de María, ellos, en cambio, debían estar más apretados que nosotros, pensé.

Conocimos a sus cuatro hijas, niñas espectrales y tímidas, o eso me parecieron esa noche. Las cuatro indiscernibles, idénticas, físicamente parecidas a Braulio. Beatriz, en cambio, era bonita, aunque en esa época estaba bastante pasada de peso. Luego, con todo lo ocurrido, adelgazaría a grados difíciles de imaginar.

Esa noche hablamos largo sobre México; despotricamos de Calderón y Peña Nieto, el cual iba peor que Calderón; debatimos sobre drogas y carteles confabulados con los gobiernos estatales; desmenuzamos sitios pintorescos de Charleston, la mejor ciudad del sureste americano, según un artículo que Beatriz nos leyó del *Travel & Leisure*.

—Podríamos haber caído en un lugar espantoso —declaró sin ambages.

—Ni lo digas —corroboró María dando un trago a su copa de vino blanco—. Hay sitios horrendos donde te quieres morir del aburrimiento.

Confieso que, durante esa primera reunión, no noté absolutamente nada. Tampoco María. Beatriz y Braulio parecían una pareja normal, es decir, cariñosa y estable. Llevaban veinte años casados, casi igual que nosotros. Ella era defeña y Braulio era tapatío, aunque había estudiado en la UNAM, como yo. Nunca coincidimos en la facultad, pues le llevo cinco años. Braulio tenía la edad de María, y Beatriz, ya lo dije, tiene tres años más que él, así que yo era, a fin de cuentas, el mayor de esa tertulia de exiliados.

Nada notamos, insisto, esa velada. Parecían llevarse bien. Él amaba la cocina como yo, amaba la poesía como yo y amaba y odiaba a México como yo, aunque nunca con el arrebato de María y Beatriz, quienes aborrecían nuestra patria con toda su alma y jamás, nos dijeron esa noche, regresarían, salvo de vacaciones. México se había ido al carajo, prorrumpieron al unísono dándose un abrazo de falsas amigas mexicanas.

—Sí, pero qué bien se la pasa uno allá —dije por joder y porque siempre estaba extrañando mi maldito país.

—Es un mero espejismo empañado por tu nostalgia —declaró Beatriz, sintiéndose de pronto poeta—.

Nada tiene que ver con la realidad, Fernando. La distancia distorsiona tu visión. No te culpo; a todos nos pasa, pero es cosa de superarlo y ubicarte.

—Ahora México es un pobre país vendido a unos cuantos —añadió María.

—Igual que aquí —la atajó Braulio—. ¿En qué se distinguen? Dime.

Sus cuatro hijas y nuestros dos hijos varones eran, para bien o para mal, gringuitos, ciudadanos americanos: el inglés era su lengua y con trabajos masticaban el español que les habíamos enseñado como si en ello se nos fuera la vida a los cuatro, como si importara muchísimo aprenderlo. Hacia allá derivó inevitablemente la conversación.

—Cuesta admitirlo, pero el español no tiene la menor importancia por más que nos empeñemos en creer lo contrario.

—Lo hablan cincuenta millones en Estados Unidos y quinientos en el mundo —saltó Beatriz de su silla.

—Sí, pero no deja de ser un exotismo, algo accesorio —respondí envalentonado y con mi tequila en mano—. La lengua de los advenedizos, los inmigrantes de tercera, los ilegales, los intrusos que, a fin de cuentas, somos los cuatro a los ojos de los güeros monolingües.

—El español es una hermosa lengua, la mejor del mundo, la más rica…

—Perdón, pero no es la más rica ni es mejor que el árabe, el farsi o el francés, Beatriz —la refuté—. Las lenguas no son mejores ni peores. A cada quien le suena más bonita una u otra… por no hablar de que el inglés es mucho más rico en su vocabulario que el español.

—¿Cómo puedes decir eso? —me corrigió mi mujer.

—Es cierto —y empecé a poner todos los ejemplos que me sabía de memoria.

—No las entiendo —intervino Braulio dejando su cerveza sobre la mesita de centro—. Las dos aborrecen México, pero se empeñan en restregarnos que el español es lo mejor del mundo. Fernando tiene razón: el español no es mejor que ninguno y ni siquiera es más hermoso que cualquiera. Es una lengua trasplantada, impuesta como tantas. Los romanos impusieron el latín en España y los españoles, el español en México. Nosotros deberíamos hablar maya o náhuatl…

Beatriz y María se rieron.

—Hablar una lengua y no otra es un mero accidente —insistí—. Los exiliados nos aferramos al idioma porque así nos sentimos seguros, menos alejados… Y en cuanto a importancia, en este país el español no la tiene, lo mismo que no importa si hablas albanés en Francia o turco en Alemania.

—¡Pero son maestros de lengua! —me reprochó Beatriz—. Deberían amar lo que enseñan.

—Eso somos justamente: maestritos rurales entre párvulos idiotas a los que no les interesa aprender la lengua de los miserables. Al menos eso soy yo, en eso me he convertido desde que llegué a Estados Unidos.

Estaba harto del tema. Estaba harto con tener, otra vez, que dar explicaciones y ahora a una perfecta desconocida. La cuestión de las nomenclaturas me enfadaba a grados superlativos. Yo deseaba ser escritor y no un profesor de lengua. Un escritor como Lawrence, y no el maestro que Lawrence tuvo que ser, muy joven y contra su voluntad. Yo era un cobarde, un tipo indigno de convertirme en un novelista remotamente parecido a mi ídolo…

Luego de un rato de cháchara insulsa, llamamos a los niños y nos sentamos los diez (sí, diez) a cenar alrededor de una larga mesa de nogal que acababan de comprar. Estábamos hambrientos. Eran las nueve pasadas, y en Estados Unidos la cena se sirve a las seis, o seis y media a más tardar. Braulio se había esmerado con unas deliciosas pizzas de mozzarella y albahaca que cocinó de *scratch* y que yo nunca he intentado hacer. Mis gustos culinarios van hacia los curris y las cacerolas francesas. Ver harina en mi cocina me exasperaría —supongo que tiene que ver con la inveterada aversión al talco que mi madre me puso de pequeño—. Nos despachamos dos botellas de Valdepeñas que habíamos llevado y varios tequilas que Braulio nos sirvió en hermosos caballitos traídos de Atotonilco, según nos contó muy orondo. Algo sí noté: Beatriz, a diferencia de María, no tocaba el tequila, odiaba las cervezas y sólo bebió una copa de vino durante toda la noche. Pero daba igual, los cuatro nos achispamos, volvimos a hablar sobre México, de universidades públicas y privadas, del negocio descarado en que se había convertido la educación en Estados Unidos; luego despotricamos sobre política sureña conservadora y al final, sobre la una y media, descubrí que Braulio empezaba (justo en esa época) a escribir su segunda novela.

—¿Y la primera? —le pregunté, azorado.

—Salió en Guadalajara hace algunos años... Una editorial estatal. Sin pena ni gloria, ya sabes.

—Me encantaría leerla —dijo María, no sé si por diplomacia o porque de veras le interesaba hacerlo.

—Te advierto que no es tan buena como la de tu marido —sonrió Braulio.

—¿*Ternura*? —respondió mi mujer.

—¿Y tú qué opinas del libro de tu marido? —le pregunté a Beatriz para abrir un poco la conversación.

—Confieso que no lo he leído.

Algo se crispó dentro de mí (muchas otras cosas se crisparían, pero faltaba tiempo para ello). Por supuesto, María lo notó: me conocía de sobra, intuía mi susceptibilidad a ese respecto. Ninguno de los dos hubiese imaginado que tu pareja no leyera tus libros, y no cualquier libro, claro, sino una simple novela. Eso cualquiera lo puede hacer. No se trataba de un tratado de termodinámica o de ingeniería molecular. ¿Acaso era tan difícil? María había leído las tres mías, por supuesto. ¿Cómo no había leído Beatriz la única novela de su infeliz marido tres años menor que ella? Ése, creo, fue el primer signo, acaso ínfimo, de lo que vendría después. Ésa fue la fisura que no supimos aquilatar. No podíamos, por supuesto, imaginar lo que se escondía detrás de esa pantalla de normalidad... Faltaba un año y pico para descubrirlo, para que las cosas no tan buenas aflorasen y la verdad se desembozara, escalofriante. Faltaba, por ejemplo, que su hija Lucía, la mayor, se fuera a la universidad, y que Alberto, mi hijo, se mudara un año con sus abuelos a Cuernavaca.

En algo sí eran excelsos: en encubrir sus desdichas, en pertrecharse en una suerte de frente común inexpugnable y no sacar a relucir sus trapitos al sol, cosa en la que yo era, confieso, un perfecto adefesio.

—¿Y por qué *Ternura*? —dijo Beatriz volviéndose hacia mí—. ¡Qué lindo título!

—Por culpa de Lawrence.

—¿Lawrence?

—Sí, D. H. Lawrence, el novelista inglés. Era el título que iba a ponerle a su última novela, *Lady Chatterley's Lover*, pero al final cambió de idea.

—Es un cambio drástico —comentó.

—Corrígeme —intervino Braulio—, pero lo de "ternura" tiene que ver con el sexo masculino y no con ninguna "ternura" propiamente dicha.

—Sí y no —contesté—. La ternura es, según él, una nueva forma de concebir el sexo en pareja. Una forma más espiritual, menos mecanizada, la vía hacia la completud humana…

—La leí en la prepa, ¿sabes? Han pasado algunos años de eso —se rio.

—Como Octavio Paz —añadí—. Esa novela lo marcó para toda la vida.

—Bueno, marcó a mucha gente —dijo María—. Y hasta fue prohibida, ¿no?

—¿Por qué? —preguntó Beatriz.

—Por porno —dijo Braulio muerto de risa.

—Claro —dije—. Hoy leída no tiene nada de porno, pero sigue siendo fascinante. Sobre todo, la pugna de ideas que Lawrence despliega. Todavía, hacia el final de su vida, parecía estar en plena contradicción y efervescencia de ideas. Sus novelas eran exploraciones sobre el matrimonio, el sexo, el erotismo y la pareja… En un libro piensa algo sobre el amor y en el siguiente piensa algo distinto.

—Suena a que escribía incoherencias —dijo Beatriz.

—No lo son. Ésa es la cuestión: sus libros buscan la inmediatez de la contradicción humana, de la incoherencia, como dices… Quería captar las intuiciones y emociones por las que atraviesan sus personajes, algunos, claro, portavoces de sus propias elucubraciones y teorías…

—¿Cómo cuál? —preguntó María, quien conocía la mitad de mis respuestas.

—Para empezar, la fe en eso que llama la inteligencia del cuerpo y los instintos, la creencia de que cuerpo y mente no deben separarse, como han estado separados desde Platón y el cristianismo. Sus novelas enfatizan, primero, la moderna fractura del hombre separado de su cuerpo, y luego intentan describir la posible plenitud del ser humano a través del sexo y la ternura…

—*Lady Chatterley's* fue tachada de machista y misógina —dijo Braulio interrumpiéndome.

—Sí, por Simone de Beauvoir, Kate Millet y otras feministas de pacotilla. No supieron leerla. Estaban prejuiciadas por lo que se decía de él y no por lo que él verdaderamente decía. Lawrence era más feminista que ellas.

—¿Feminista él?

—Lawrence desarrollaba una serie de ideas e intuiciones, muchas de ellas contrapuestas y contradictorias, y a partir de allí, exploraba en el enigma del amor y la pareja, aunque supiera que no iba descifrar el enigma…

—¿Y entonces para qué meterse a averiguar? —preguntó Beatriz, un tanto incómoda con el giro que había dado la charla.

—¿Y por qué no? —la retó su marido, dejando su cerveza en la mesita de centro otra vez—. El erotismo es como la filosofía, Bety: hay que indagar en la verdad, aunque no lleguemos a conocerla nunca. Con el erotismo ocurre lo mismo: hay que indagar en el amor, aunque se acabe por no entender maldita cosa…

—¿Y qué mejor forma de hacerlo que a través de una novela? —secundé—. Por lo menos queda el camino recorrido, las huellas de lo que humanamente se intentó, por no hablar del entretenimiento que suscita…

—¿Y por qué iba a titularlo *Ternura* si ese libro poco tiene que ver con la ternura? —preguntó Beatriz.

—La ternura se encuentra en el sexo, en una nueva forma de entenderlo y practicarlo. La ternura es suave, pero a veces dolorosa. Nos abre al otro, despeja el miedo o reciedumbre que sentimos hacia el otro. Nos conecta. Puede estar en el culo o puede estar en los testículos y el miembro al que la mujer debe guardar veneración y sometimiento. Una vez ocurra esto, una vez la mujer se someta voluntariamente al varón, la pareja se equiparará, se igualará… pero no antes. Al menos así se deja entrever en *Lady Chatterley's Lover*, donde, la verdad sea dicha, todo es medio confuso cuando se trata de ceder, negociar y otorgar roles…

—Déjame me rio con sus teorías —saltó Beatriz, acalorada—. ¿Veneración, sometimiento? Pero si el sexo del hombre es una porquería, Fernando. Ustedes sólo buscan su propio placer, su satisfacción egoísta y expedita… Eso lo sabe cualquier mujer.

—Eso era exactamente lo que Lawrence quería revertir: que el sexo ya no fuera una porquería. Quería consagrarlo, levantarle un altar e igualar a los sexos, aunque, para ello, es cierto, la mujer debía voluntariamente rendirse al poder de la masculinidad. Luego ya todo sería nivelado y la pareja cohabitaría en armonía. Si no lográbamos que el sexo fuera algo de veras importante, algo puro, integral y no algo sublimado ("ese viejo y delicado jueguito", como le gustaba decir), la batalla entre los sexos continuaría y no llegaríamos a ningún lado.

—Pues no le veo ningún sentido.

—Yo, francamente, tampoco —añadió María, sin estar del todo claro si lo decía porque lo creía o porque deseaba cambiar de tema. En todo caso, eso hizo. Con increíble tacto dio un giro a la charla y empezamos a hablar de nuestros hijos.

2

Ayer soñé con Gracián Méndez, mi mejor amigo cuando tenía 24 años. Gracián había sido mi compañero de tropelías, el devorador de hembras, el abogado en ciernes, el guapo y pragmático de la pandilla. En mi sueño, Gracián me invitaba a su nuevo departamento en la ciudad de México, el cual estaba extrañamente conectado a un centro comercial a través de un puente volado. Ese puente o pasadizo estaba, a su vez, conectado con un largo e intrincado túnel. Gracián se refería a su nuevo departamento como "mi nuevo *loft*" y sólo al despertar entendí por qué lo llamaba de esa forma: acababa de ver una película mediocre con ese mismo título. En ella, cinco amigos casados reúnen dinero para hacerse de un lujoso *loft* en pleno centro de Manhattan. Allí podrán arrastrar a sus conquistas de la semana, *escorts*, amantes, putas, amigas, empleadillas, colegas del trabajo, quien fuera... Eso mismo era el departamento de Gracián en mi fantasía: un lugar secreto, un putero para los amigos. Sin embargo, el suyo terminaba por no ser tan secreto, pues al llegar allí me encontraba con varios desconocidos comiendo sendas rebanadas de pizza de mozzarella y albahaca. Lo más extraño era que ese *loft* tenía dos pisos idénticos, simétricos. En el de arriba estaban Gracián y ese grupo de extraños conversando de negocios y comiendo pizzas y ensalada griega, pero al escabullirme por una puerta lateral encontraba el pasadizo secreto que conducía al piso de abajo, *el verdadero piso*. Allí veía a Irene recostada (aún viva) y a su lado, acurrucados, a mis dos hijos, Luciano y Alberto. No, no había nada indecente en la imagen. Los tres dormían plácidamente: mis hijos (aún pequeños) y, en medio de ambos, la puta amada a quien, no hace mucho, asfixié contra mi voluntad.

Los tres me esperaban. Luego me desperté sudando.

No era difícil inferir por qué volvía Gracián Méndez a mi sueño luego de tantos años de no haberlo vuelto a ver: de cierta manera, había sido por su culpa que conocí a Irene. Sí, no había sido sino solamente suya la descabellada idea de que nos escabulléramos de la discoteca aquella noche y nos lanzáramos, urgidos y atolondrados, a La Huerta, el legendario burdel de los ochenta en la carretera vieja Cuernavaca-México. Ya lo sé: no dejo de adjudicar culpas, no paro de absolverme, de poner excusas… Aclaro que lo hago con conocimiento de causa, pues ante todo trato de conferir cierto orden (y sentido) a los accidentes que me empujaron a cometer mi crimen, intento aclarar la cadena y la ruta, los eslabones que me condujeron hasta aquí, tan lejos de mis hijos y de María.

Gracián Méndez, a sus 24, se había especializado en la más ardua de todas las formas de conquista, el más elaborado cortejo entre un hombre y una mujer: enamorar (o seducir) a una prostituta cara. Lo digo en serio. Una puta sabe mejor que nadie que lo suyo nada tiene que ver con el amor ni la pasión y mucho menos con una relación "verdadera". La suya es una transacción monetaria, un puro —y duro— trueque mercantil. Te doy mi cuerpo si me das tu tarjeta de crédito. Allí comienza y allí termina el intercambio. Luego a lavarse las manos y sanseacabó. Cualquier otro atisbo sentimental es fingimiento, un espejismo (¡otra vez los mentados espejismos!). No todos los putañeros entienden lo que digo, y si lo entienden, no siempre lo ponen en práctica. Muchos se doblegan y más tarde se arruinan: infieren (desatinadamente) que la puta se ha enamorado *sólo* porque ellos se han enamorado. Equivocan la lectura de los signos. Superposición de sentimientos, acto reflejo... A partir de ese momento —y hasta que se aclare el malentendido— pasarán varias cosas: 1) la búsqueda insaciable de la mujer amada en el rostro de nuevas, fugaces, mujeres (como si ésta, la primera, se pudiera suplantar); 2) el desasosiego, la pasión enloquecida; 3) el derroche de dinero, las expectativas, la falsa reciprocidad, la incertidumbre, los celos, la falta de sueño y apetito y, finalmente: 4) la ruina del hombre. Ella nunca se enamoró como imaginaste, pero en cambio tú sí desfalleciste por ella. Un espejismo. Uno distinto, claro. Eso ya lo sabía yo. Lo había aprendido un par de años antes. Gracián lo sabía también mejor que yo, pero incluso a sabiendas del peligro, le gustaba rozarlo, se entretenía jugándose el pellejo, pero, que yo sepa, nunca se hizo daño. Al contrario: Gracián logró que más de una ramera se enamorase perdidamente de él. Lo digo en serio. Yo conocí, al menos, tres. Una —África, creo que se llamaba—, lo invitó a su departamento de lujo en Mazatlán con todos los gastos pagados. Otra lo mantenía en secreto. La otra lo adoraba: le regalaba flores que él, por supuesto, regalaba a otras conquistas: chicas que Sofía, mi hermana, nos presentaba, vírgenes tontuelas de nuestra generación, insulsas compañeras de la universidad. Gracián, como yo, vivía a caballo entre dos mundos. Sabía vivir como un rey en ambos y en ninguno de los dos se permitía el lujo de sentir emociones, amor, ternura, cariño o lo que fuera que lo sometiera. Era un pragmático recalcitrante. Él fue mi maestro en una época. Exagero. Gracián fue mi modelo. Pero todo esto se acabó cuando, poco tiempo

después de aquella visita a La Huerta en Cuernavaca
—cuando yo ya empezaba a salir con Irene, mi prostituta amada—, me dijo a rajatabla:

—Todas son unas ratas, Fer.

—¿A qué te refieres?

—A las putas, ¿a quién más, si no?

—Pero Irene es distinta.

—No seas pendejo. No te vayas a enamorar. Úsala,
déjate agasajar, que te pasee, te pague, te compre cosas.
Están desesperadas por darte su cariño, ¿no lo ves? Les
falta autoestima...

—Sí, pero...

—Son unas ratas, y si lo permites, te chingan.
Acuérdate de mí nomás.

Cuando le conté a mi psiquiatra el malestar que
me producía la palabrita "rata" empleada para rebajar
a una mujer con la que uno se acuesta (aunque fuera
una ramera), el doctor me contestó:

—Para su amigo, las putas son ratas pues él se siente ratón. A los ratones les gustan las ratas.

Con eso bastó. Yo no era ni deseaba convertirme
en rata ni en ratón, y menos ahora que empezaba a
enamorarme, ahora que salía con Irene a escondidas de
mis padres, de mi hermana Sofía, de mis amigos Ocho
y Álvaro... Irene no sería una rata para mí. Punto. No
podía serlo, no quería que lo fuera. Irene iba a convertirse en mi amante, una especie de Lady Chatterley de
los arrabales, si se quiere, y yo iba a convertirme en su
amado guardabosques.

No rompí con Gracián ese mismo día, por supuesto. Sólo nos fuimos distanciando... gradualmente. Visto a la distancia, no deja de ser harto curioso que una
sola, ínfima, palabra pueda acabar con una larga amistad. ¿O se trataba, acaso, de algo más profundo que
una palabra? ¿Un concepto? ¿Una forma radicalmente

distinta de pensar la vida que yo quería encarnar? ¿Una elección? ¿Un destino?

Al final, mi despedida de México, mi llegada a Estados Unidos, enterró esa vieja amistad y no es (no fue) sino hasta hoy, ayer mismo, que recuerdo lo que cuento; es justo en esta lúgubre mañana sin luz —y sin mis hijos y María— que sueño con mi amigo de la juventud.

Y ya sé por qué.

3

Mi encuentro con Irene en La Huerta coincidió con mi descubrimiento de Lawrence a los 24 años. Sin sus libros —y la historia de su vida trashumante, aparejada a esos libros—, dudo que me hubiese embarcado en esa otra historia de amor, la mía, la que más atesoré durante muchos años, incluidos los veinte de mi vida con María. Yo, para esa época, era ya un excelente lector. Había devorado la biblioteca de mi abuelo, y no sólo la suya, sino también la del padre economista de Álvaro, mi otro gran amigo de esos años. Por fortuna, nunca tuve problema en hacerme de los libros que yo quería y no encontraba. Si no los conseguía, mi madre me mandaba con el chofer a buscarlos. Y casi siempre los hallaba o, en el peor de los casos, el librero, un exiliado chileno de anteojitos parecidos a los de Braulio Aguilar, los pedía ex profeso al extranjero. El precio no importaba. Mis padres lo pagaban. Yo era, lo que se dice, un niño "bien", un niño mimado, insoportable y casi culto. Mi madre no trabajaba. Lo empezó a hacer por primera vez cuando enviudó.

En cualquier caso, sin el ejemplo de Lawrence no me hubiese embarcado en esta historia de amor con una prostituta de mi edad. Ahora bien, y esto debe quedar claro a quien siga leyendo: nada tiene que ver el novelista inglés o sus maravillosos libros con las prostitutas ni con el mundo prostibulario ni con la pornografía, a las que atacó invariablemente en sus novelas y

28

ensayos. Todo lo contrario: Lawrence me sacó de ese mundo a través de sus relatos, a través de lo que sus personajes decían o pensaban sobre el amor, sobre la forma beligerante en que se oponían a las ideas pacatas de sus contemporáneos, a su hipocresía burguesa, sobre todo en el tema del sexo y el matrimonio por conveniencia. Sí, a quien no lo conozca, le sorprenderá. Probablemente la mayoría haya oído sobre él de refilón, de manera superficial y sesgada. Y he allí la mayor incomprensión: la que surge del desconocimiento y la ignorancia. Si hubo un autor que se dedicó (más que ningún otro en el siglo XX) a fustigar con su pluma la concupiscencia, la pornografía, la práctica del sexo sin pasión, ése fue justamente David Herbert. No de balde lo acusaron de predicador, pero jamás uno religioso. Al contrario: Lawrence era (a ratos) un predicador del sexo, pero del sexo correctamente entendido, del erotismo como forma religiosa (y suprema) del amor, del sexo correctamente (religiosamente) vivido... Y he allí el segundo —inmenso— problema con que uno se topa: a nadie le gusta que le digan cuál es la forma *correcta* de hacer el amor, a nadie le interesa oír cómo se debe o no amar, coger o abstenerse, alcanzar un orgasmo o someterse a su pareja con el ulterior (extraordinario) fin de alcanzar una aparente plenitud cósmica... Y menos le interesa a nadie que le digan lo que "no debe hacerse", y entre esas prohibiciones está la de meterse con una ramera, pues en esos casos, piensa Lawrence, el sexo se vuelve algo puramente "mecánico" y no algo instintivo y natural. Lawrence me habría crucificado si hubiese sabido cómo y dónde conocí a Irene, mi primer amor. (Mis anteriores novias no cuentan. Fueron cortejos, caprichos, que, acaso, intentaban probar mi heterosexualidad.) Lo que David Herbert sí hubiese celebrado, fue lo que ocurrió después de aquella espléndida noche en Cuernavaca, la forma inverosímil en que nuestra relación —nuestro amor anómalo, según Gracián— fue ascendiendo del lodazal para limpiarse y coronarse en el auténtico amor de pareja. Sin Lawrence nada de esto hubiera ocurrido. Sin Lawrence no hubiese roto con Gracián. Sin Lawrence no me hubiese empeñado en sacar a Irene de los miasmas en que se hallaba metida desde sus 16 años. Si no fuera por él, tampoco hubiese abandonado México tras perder a Irene esa primera vez. Y, por último, sin su ejemplo, no hubiese vuelto a mi país veintidós años más tarde, a buscar, ya lo dije, un espejismo que se había hecho añicos muchos años atrás.

Pero en todo ello no está inmiscuido tan sólo el escritor inglés y su ejemplo, por supuesto. En esa partecita —la que me ha conducido hasta este escabroso meandro del camino— se encuentran involucradas *también* Beatriz y María, mi mujer. Ellas dos, de una u otra manera, estuvieron concertadas en nuestra arriesgada decisión, la de Braulio y la mía: abandonar a nuestras respectivas familias, dejarlas a ellas dos, abandonar Carolina del Sur y volver a México; más específicamente: a Oaxaca. No voy a echarles la culpa de todo; sería ridículo y hasta cobarde. Yo soy el único responsable, ya lo dije. Sólo intento poner por escrito los nombres de esos seres que intervinieron en nuestra temeraria idea y en sus ulteriores, terribles, consecuencias.

Bueno… lo dicho hasta aquí es, por desgracia, verdad, hasta donde mi razón y mi juicio lo permiten. Querría, por supuesto, que Irene no estuviera muerta, que nada de lo que ocurrió en Oaxaca hubiese ocurrido jamás, y que nuestro proyecto (nuestro falansterio) no hubiese acabado en el sinsabor trágico en el que concluyó. Claro que desearía que lo que narro fuera una mera ficción, algo así de falso como *El vértigo de las gaviotas*, aquel relato que empecé cinco años antes de conocer a Irene, a los 19 años, la edad que Lawrence tenía cuando empezó *Laetitia*, su primera gran novela, de setecientas páginas, que terminaría por titular *The White Peacock*... Claro que aborrezco mi final y abomino en lo que se ha convertido mi vida desde que seguí, torpe, inconsecuente, aquel espejo humeante, aquel maldito espejismo oaxaqueño...

Lawrence, como yo, empezó a esbozar ese primer relato a los 19. Nadie leyó lo que escribía, salvo su mejor amiga de juventud, Jessie Chambers, aquella tímida muchacha a quien toda la vida le deberá el haberlo puesto en contacto con Ford Madox Ford, el flamante editor de *The English Review*, el visionario que lo introdujo al mundo literario londinense y lo apoyó en el temprano arranque de su carrera. Pero para eso faltan algunos años... La pobre Jessie siempre estuvo enamorada de Lawrence. El pequeño Herbert iba a su casa, la hermosa granja de los Haggs, a las afueras de Eastwood, cerca de Nottingham, desde los 15 años de edad. Decir "a las afueras" es un eufemismo, pues allí se llegaba fácilmente a pie y a Lawrence le encantaban esos solitarios paseos por la naturaleza tanto como le gustaba huir de su hogar. Como ningún otro escritor moderno, David Herbert amaba y conocía *de veras* y a profundidad la naturaleza, al grado de que el mismo Madox Ford dirá más tarde que, con una sola palabra, puesta aquí o allá de ramalazo, bastaba para darse cuenta de que el joven novelista sabía de lo que estaba hablando.

La vida del pequeño Herbert se transformó desde que iniciara esas escapadas a los Haggs, aunque éstas no fueran visitas románticas: ir a visitar a los Chambers, ayudar a cocinar a la madre de Jessie, jugar con sus hermanos varones, podar setos y plantar flores en el jardín de la casa, eran sinónimo de escapar del agobiante abrazo de su madre, Lydia, quien lo adoraba con pasión enajenada y violenta. La vida entera de Lydia siempre fue el pequeño Herbert. Todo el cariño que nunca pudo ofrecer a su marido, lo volcó en el hijo menor. Lawrence fue el más pequeño de los tres varones, pero el cuarto en orden descendente si se cuenta a su hermana Emily, la mayor de la tribu familiar. Todavía llegaría una convidada más, su pequeña hermana Ada Letitia, a quien David adoraba y quien, muchos años más tarde, salvará a Lawrence de la pobreza y la enfermedad.

Cuando su hermano mayor falleció a los 21 años, la casa se vistió de luto. Ernest no sólo era el mayor de los varones, sino el sobresaliente, aquel en quien la madre había puesto sus mayores aspiraciones, por quien se había sacrificado económicamente. Ernest vivía en Londres, ganaba un sueldo superior al de su padre, era mujeriego y se había comprometido con una joven estenógrafa, a quien, poco después de haberla conocido, la madre repudiaría sin razón aparente. Lawrence recreará once años más tarde la única visita de la joven pareja de novios a su hogar en un memorable pasaje de *Sons and Lovers*. A las pocas semanas de ese breve encuentro, Ernest contraerá una extraña enfermedad: erisipela. De un día para otro, y sin mayor explicación, el hermano mayor de Lawrence morirá. Lydia, quien había llegado tarde a la capital para intentar salvarlo, se encerró *ipso facto* en un caparazón de dolor y eligió darle la espalda al mundo por un largo periodo. Sólo un estrepitoso ataque de neumonía del pequeño Herbert durante la navidad de 1901 (cuando trabajaba incontables horas como empleado en un almacén de aparatos quirúrgicos en el centro de Eastwood) la sacudirá y sacará de su postración. El susto, la reiterada cercanía con la muerte, le abrirán los ojos a la cruda realidad:

tiene cuatro hijos que cuidar y alimentar, una familia que sacar adelante. Ahora será David Herbert el objeto de su entera devoción. Desde ese momento y hasta su agónica muerte en la navidad de 1910, la madre vive por y para el frágil adolescente, quien, hay que decirlo, también vive para complacer a su madre.

El padre de Lawrence es la antítesis de Lydia: un minero común y corriente, un hombre bueno, encantador y dicharachero, pero inculto y sin aspiraciones, salvo la de evitar a toda costa a su mujer la mayor parte del día. Lydia, por su lado, proviene de cierta clase media provinciana venida a menos. Siempre se sintió superior a Arthur y acaso por ello fuera que se esmeró tanto para que sus hijos no siguieran la carrera del padre, la única a la que se podía aspirar en un pueblo preponderantemente minero como lo era Eastwood en aquella época. Como máximo, hacia los 13 o 14 años los adolescentes tenían que dejar la escuela para ayudar con el apretado presupuesto familiar. La madre vivió siempre aterrada con lo que, a las claras, veía aproximarse en el horizonte —un espantoso porvenir en las entrañas de las minas— y por eso buscó la manera de evitar ese destino para sus tres hijos varones. Lydia no amaba a Arthur; jamás lo admiró. Lo "suyo" había sido el efímero flechazo de una noche: ella, una muchacha chapada a la antigua; él, un guapo bailarín sin porvenir. Aunque Lawrence adoró a su madre, sólo muchos años después de fallecida, comprenderá el daño involuntario que Lydia le había ocasionado y, otra vez, sólo hacia el final de su vida logrará reconciliarse con la figura del padre, con la masculinidad del padre, esa forma áspera y tosca de vida que había rechazado, siendo un niño más o menos mimado. Al final, sin el padre y sin Lydia, Lawrence no hubiera escrito lo que escribió. La madre lo formó, lo cultivó; la madre lo sacó del previsible destino de las minas; la madre lo cuidó y curó cuando estuvo a punto de morir después del imprevisto fallecimiento de su hermano Ernest; Lydia quiso modelarlo a su imagen y semejanza; la madre lo impulsó en la lectura y se empeñó en que asistiera a la Universidad de Nottingham cuando, años más tarde, surgió la inesperada oportunidad... Fueron infinitas las deudas de David con Lydia; no obstante, sin Arthur, sin su padre jovial, recio, inculto y trabajador, no se habría convertido en uno de los más grandes escritores del siglo XX. Lawrence quiso ser su antítesis sólo para descubrir, al final de su vida, que no había deseado sino volver a él, recobrarlo y vindicarlo en una suerte de forma superior —acaso un poco idealizada— de masculinidad y vitalidad, la única forma correcta de vida, según él, la más lejana a la mecanización a la que había sucumbido su odiada Inglaterra, la más alejada de la unidimensionalidad y cosificación del ser humano. Las deudas morales del novelista con el padre surgen tardíamente, no sólo porque éste fuera un buen proveedor, un proveedor al alcance de sus posibilidades, sino porque, a pesar de no entender lo que su hijo hacía, a pesar de no amar los libros ni entender la importancia de una educación, jamás humilló a su hijo. Sólo después Lawrence comprenderá cómo Lydia, su madre, los había vuelto contra él, cómo Lydia había conseguido paulatinamente alejarlos de su padre, alienar al minero del núcleo familiar, desprestigiándolo en cada oportunidad que se presentaba. No en balde Lawrence se afanará durante su madurez por recuperar algo de esa masculinidad o falocracia extraviada. No en balde Lawrence sabría captar esa dicotomía en la trama de sus grandes libros y poemas. El frágil adolescente que fue, sólo más tarde quiso recobrar esa parte del padre que se le pasó inadvertida por años. Lawrence nunca odió a la madre, pero sí se reconcilió con el padre y es en esa tensión en la que se afincan sus novelas y relatos.

Todo esto lo supe años más tarde, cuando me puse a estudiarlo, cuando me embarqué en la redacción de mi tesis doctoral sobre la influencia del novelista inglés en Octavio Paz, cuando yo ya vivía en Estados Unidos con María y esperábamos a nuestro primer hijo, Alberto. Los detalles, las minucias de su vida, repito, no las conocía al dedillo. Para cuando hice el amor por primera vez con Irene en La Huerta (Gracián esperándome en la barra de la cantina morelense), yo apenas acababa de leer *Sons and Lovers*, su tercera novela. Yo no sabía entonces que Jessie Chambers, la menor de la familia Chambers, no era ninguna otra que esa misma "Miriam" de la historia, la íntima de Paul Morel, el adolescente artista, el *alter ego* apenas disimulado del escritor en ciernes. Aunque algo pude inferir sobre el hecho de que, a pesar de su ficcionalización, *Sons and Lovers* tenía mucho de biográfico —tanto como *A Portrait of the Artist as a Young Man* tenía del joven Joyce, su contemporáneo—, sólo más tarde descubriría cuánto.

Ya dije que yo era un buen lector. Dije que hacia los 15 empecé a devorar cuanta novela caía en mis manos, pero no llegué a leer ni uno solo de sus libros. Ni siquiera sabía quién era el novelista inglés ni qué había escrito ni cuándo. Acaso, de haberlo leído, no lo hubiese entendido o no me hubiera gustado o no lo habría vuelto a leer. Acaso de haberlo conocido a los 17 o 18, no me hubiese embarcado en esa desmesurada historia de amor con Irene. Pero fue el hecho de leerlo poco antes de aquella visita a La Huerta lo que cambiaría mi vida, lo que reajustaría mis convicciones sobre el sexo. Para cuando volví a encontrar a mi hetaira en la ciudad de México, ya había leído *Lady Chatterley's*

Lover y un par de extravagantes ensayos (*Fantasia of the Unconscious* y *Psychoanalisis and the Unconscious*) que, la verdad sea dicha, no entendí muy bien. Para cuando los dos empezamos a salir a escondidas de Álvaro, Ocho y Gracián Méndez, ya había comprendido qué clase de escritor deseaba ser, en qué clase de novelista deseaba convertirme.

Lo que había publicado hasta entonces me resultó de pronto obsoleto. Dos novelas, una larga y una breve. De las dos preferiría no hablar o hablar lo mínimo. Ya dije que había garabateado esbozos de la primera a la misma edad que Lawrence esbozó el primer borrador de *The White Peacock*. La diferencia era que la suya es una extraordinaria primera novela y la mía, por el contrario, es pésima, lamentable. Lawrence publicó la suya a los 24 años, cinco años después de haberla comenzado. Yo publiqué la mía a los 24 también y la segunda, más extensa, tres meses antes de conocer a Irene. Nada menos lawrenciano, insisto, que esos dos primeros libros. Ahora me sonrojo al recordarlos. Falsa sensualidad, sexo venial y efímero, burdeles, vida prostibularia, peleas gratuitas de personajes ebrios, alcohol y humo de cigarrillos, todo eso que William Faulkner dijo que un escritor debía vivir para poder convertirse en un buen novelista... Eso exacto habían sido mis dos primeros libros. La religiosidad amorosa lawrenciana la aprendería más tarde, y la descubriría al lado de mi primer gran amor.

Tal y como le diría a Braulio y a su mujer aquella primera noche, no sólo había caído bajo el embrujo de Lawrence y sus ideas sobre el sexo y la pareja, sino algo parecido le había ocurrido a un poeta al que yo ya admiraba: Octavio Paz. Como yo, Paz lo había descubierto siendo adolescente, hacia 1934. Pero no sólo nosotros (Paz, Braulio y yo) lo leímos, por supuesto.

Cientos de miles de lectores y lectoras en todo el mundo sufrieron su impacto durante los treinta, los cuarenta y hasta los años sesenta, cuando las feministas (que nunca lo leyeron de verdad) lo empezaron a defenestrar. Algunos lo aborrecieron desde el principio, otros lo adoraron, pero pocos decidimos seguir sus huellas hasta sus últimas consecuencias...

Para sorpresa de propios y extraños, Braulio Aguilar también se sumaría en esta travesía poco tiempo más tarde.

4

—¿Sabes, Fernando? Ya me metiste la curiosidad.

Esto lo dijo Braulio un par de semanas después de aquella primera francachela en su nueva casa de West Ashley. Habíamos elegido los dos mejores sillones del Starbucks de Mount Pleasant, no lejos de donde yo vivía. La monotonía del semestre universitario seguía su rumbo regular, mediocre e idiotizante, y sólo estas pequeñas escapadas con colegas o amigos —a veces incluso con María, mi mujer, con quien me encantaba discutir de política— hacían la vida más tolerable en Estados Unidos, el "maravilloso" país del norte que habíamos elegido para criar a nuestros hijos.

—¿De qué hablas? —le respondí al tiempo que le soplaba fuerte a mi café, que me escaldó la lengua.

—De Lawrence, ¿de quién, si no? —se rio Braulio—. El tipo suena fascinante. Todo lo que nos contaste la otra vez, *Lady Chatterley's Lover*, sus ideas sobre el amor…

—El tipo era fascinante, sí —respondí—, más si se toma en cuenta que nada tenía que ver con el mundillo literario de su época. Al contrario, Yeats, Wells, Eliot, Virginia Woolf lo veían con el rabillo del ojo, tú sabes… Pero ¿de dónde ha salido este maestrito rural de ensortijados pelos rojos? ¿De los Midlands? ¿Y dónde mierda queda eso? En medio de Gran Bretaña, tirando hacia el norte, donde nada bueno puede ocurrir. Es como decir que Fulanito viene del Bajío o de los Altos de Jalisco, imagínate…

—No me chingues; yo soy de por allí —me interrumpió Braulio, y se rio.

—Bueno, tú me entiendes... Y, sin embargo, todos se dieron cuenta de dos cosas: que escribía maravillosamente y que hablaba de algo de lo que los londinenses no tenían ni puta idea.

—¿Qué?

—Las minas, la espantosa vida de los mineros ingleses, por un lado, y por el otro, la naturaleza, la vida silvestre, el contacto real, y no literario, con la flora y la fauna. Lawrence sabía de lo que hablaba, lo había vivido y mamado tanto como Thomas Hardy, el único novelista al que realmente admiraba. No había artificio en lo que Lawrence decía. Describía con conocimiento de causa. Por un lado, tenía a la vista el espantoso inframundo de su padre, lóbrego, deprimente, depauperado, y por el otro, la naturaleza indómita que lo rodeaba y que amaba con toda su alma. Por un lado, las fábricas engulléndose a los hombres, y por el otro, aquellos que, como él o su hermano William, deseaban huir de esa realidad atroz. En ese contraste se centra parte de su filosofía.

—Ésa es la cuestión —me interrumpió—. ¿Cuál es exactamente su filosofía?

—Devolverle al hombre un estado de plenitud cósmica extraviado por culpa de la industrialización, el progreso, la mecanización, la tecnología y toda esa mierda. Volver a una vida instintiva, una vida afincada en los sentidos del cuerpo. Clausurar la razón, sofocar el raciocinio machacón que lo aniquila todo. Sustituir la individualidad, que creía destructiva, por una suerte de vida colectiva...

—¿Y qué tiene que ver todo eso con su discurso erótico?

—Por culpa de la modernidad el hombre ha perdido contacto con su identidad, es decir, con su sexualidad, que, para Lawrence, lo es todo. Si no la reconocemos, estamos jodidos.

—Cualquiera puede estar más o menos de acuerdo con eso...

Yo, por supuesto, aproveché el comentario para indagar sobre mi nuevo amigo —si no exactamente amigo, al menos era un colega y compatriota—. No había, al fin y al cabo, muchos mexicanos que escribiéramos en las dos Carolinas y Braulio era, por fortuna, un tipo simpático, culto y bien enterado...

—¿Y dónde se conocieron Beatriz y tú?

—En la UNAM —dijo sin titubear y casi de inmediato dejó su café a un lado—. Ella es mayor. Estaba por terminar la carrera de Derecho y yo por empezar Letras.

—O sea que te atrapó chiquito —me atreví a decir.

—La neta, sí. En puros pañales, digamos. Y para colmo se embarazó de Lucía, la mayor.

—Ah... —y agregué como para suavizar el efecto de su confesión—: Yo también fui ochomesino, ja ja ja... Mis padres se comieron la torta antes del recreo. Pasa todo el tiempo.

—Y al año vino Elvira.

—O sea que ni tiempo de respirar.

—Exacto. Una tras otra: cuatro hijas y un *miscarriage*.

—Mierda —farfullé—. Te llevo cinco años y me llevas la delantera. Por fortuna, yo cerré el changarro hace tiempo.

—¿Te hiciste la vasectomía? —me preguntó, aparentemente deslumbrado con lo que acababa de oír.

—Por supuesto —dije, dejando mi café sobre la mesita que nos separaba: ¿qué tenía de extraño hacérsela?—. Nomás nació Lucho, el segundo, me la fui a hacer sin avisárselo a María.

—Bety me hubiera matado.

—¿Por qué? —respingué—. María, al contrario: saltaba de gusto cuando se lo dije.

—Beatriz cree en aquello de procrear los hijos que Dios te dé.

—¿De veras? —intenté fingir—. ¿O sea que son muy religiosos?

—Yo no. Ella, sí.

—¿Católica?

—No exactamente. Se hizo cristiana al llegar a Estados Unidos. La convirtieron unos misioneros que llegaron a la casa un día, y como estaba defraudada de la Iglesia, del papa y todo eso, pues fue fácil presa de la secta. De allí nunca la he sacado. Son un poco como los testigos de Jehová, necios recalcitrantes...

—¿Por eso no bebe alcohol?

—¿Lo notaste?

—Por supuesto —respondí, y luego agregué metiéndome en camisa de once varas: —¿Y qué van a hacer con el tema de los hijos?

—Pues nada —sonrió, aquiescente—. Escribir para evadir la tristeza del mundo, ja ja ja, ocuparme en algo constructivo y no pensar mucho en el saludable sexo como recomendaba Lawrence...

Me reí con él. Era claramente la única alternativa posible: entretenerse en algo "constructivo" para no pensar en el terrible, ominoso sexo que, por cierto (luego descubrí), lo corroía como una termita por dentro.

—Pues sí que está cabrón tu caso —dije por decir.

—No te creas. Por fortuna, a Bety tampoco le interesa tener más hijas y por tanto no quiere tener más sexo. Estamos, digamos, en un *impasse* que ya lleva casi cuatro años...

—Mierda —exclamé.

—Exacto —por lo visto, le gustaba esa palabra.

—Por eso no le gustó el giro que dio la conversación la otra noche…

—No exactamente —rectificó—. En eso es bastante abierta. Bety puede hablar y debatir todo lo que quieras, pero no va estar de acuerdo contigo fácilmente. Cristo la protege. El espíritu de Dios es su blasón y de allí nadie la va a sacar. No de balde estudió Derecho.

—Yo también pasé por algo así —confesé—, pero luego se me quitó.

—¿Eras creyente?

—Eso y más… Lo que no entiendo, francamente —me atreví a insinuar, dándole un giro a la conversación—, es que no lea tus libros.

—Mi único libro, dirás.

—Tus cosas —corregí.

—Dice que para qué si ya todo se lo he dicho a través de los años, lo que no es del todo cierto. Muchas cosas me las callo. Las pongo en mis poemas, que tampoco lee, por supuesto. Imagino que es mejor así…

—¿A qué te refieres?

—Que tu mujer no te lea, ¿no crees? Es mejor que no se entere de lo que piensas y sientes…

—Yo también le digo mis teorías sobre la vida a María; a veces venimos a Starbucks a discutir, pero igual se siente bien que tu mujer te lea…

—Eso no forma parte de mi experiencia conyugal —admitió—: Por cierto, olvidé traerte mi libro. Prometo dártelo la próxima vez.

—No pasa nada. ¿Cómo va la nueva novela, por cierto?

—Está casi terminada…

—¿Y hay sexo?

—Un chingo…

No recuerdo mucho más de ese primer café. Se vendrían varios encuentros, se empalmarían a través de los siguientes tres años… Recuerdo que en esa primera ocasión Braulio tuvo que irse en estampida a recoger a dos de sus cuatro hijas a la clase de ballet. Era el chofer de la casa, me había dicho con una mueca risueña antes de marcharse, aparte del cocinero, el encargado de la lavandería y el proveedor. También le tocaba planchar la ropa de los seis y a veces hasta hacer el aseo de los baños… ¿Qué le tocaba entonces a Beatriz?, me pregunté en silencio. No dije nada, pero todo eso empezaba a olerme bastante raro, sobre todo lo del aspecto ultra religioso de Beatriz. Inevitablemente recordé que yo también, en alguna época, había sido, como ella, infectado por el virus. Lo bueno, a pesar de todo, es que el cristianismo, como el islam o el judaísmo, es igual a la hepatitis: si te infecta en la adolescencia, sabes que estarás a salvo pasados los cuarenta. No te puede dar dos veces, dicen los doctores. Y de pronto me reí con el recuerdo terrible. Para colmo, justo en ese momento oí a dos tipos elegantes, con corbata, esperando en la cola para pedir sus cafés. Biblia en mano, compartían fervientemente a Dios, sin importar que los oyera nadie: debatían algo puntual sobre la resurrección de nuestro señor, el símbolo de la cruz y un par de bobadas por el estilo. Luego los perdí de vista. Sí, *mea culpa*, yo también sufrí ese maldito virus. De hecho, padecí ambos: el de la fe y el de la hepatitis. El segundo se curó luego de un temible mes en que mi madre me confinó en mi habitación para no infectar a Sofía, mi hermana; el segundo no se curó pasado un mes, ni dos, ni tres, sino que se prolongó (y recrudeció) por siete desgraciados años. Cortar con la infección no fue sencillo; mi inquebrantable fe en Jesús lo desbarataba todo, tal como decía Braulio que le ocurría a Beatriz. Mi fe de juventud era un torbellino, como suelen ser todos los dogmas, desde el del comunismo hasta el de ISIS. Confieso que me llevó un ingente esfuerzo moral y psíquico cortar con la raíz del problema, y hacerlo me condujo, de paso, a romper con un par de amigos, primos y tíos, gente creyente que no entendía cómo podía darle la espalda a nuestro señor, cómo había podido desdecirme de mi fe, sobre todo cuando había tenido la gracia de recibir el soplo divino del Espíritu Santo. Hasta los 15 más o menos había sido ateo, o eso pensaba, pues no iba a misa ni de milagro. Mis padres, en esencia, eran ateos, ¿cómo no iba a serlo yo también? Con pocas lecturas bajo el brazo y un poco de sentido común, era, repito, un lindo agnóstico. A partir de los 15 perdí la cordura: me volví el feroz creyente de la causa de Jesús, un jovencísimo san Pablo combativo y dogmático. Seguí leyendo con voracidad literatura profana, pero, por incongruente que parezca, mis lecturas anticristianas sólo conseguían reforzar mi alrevesada fe. Fui un rebelde, un excéntrico. Deseaba poner a prueba mi inquebrantable fe, demostrarle al buen Jesús que nada podían Renán, Sartre o Nietzsche frente a su infalible amor que invadía mi alma agraciada por su bendición. Sí, ninguno de ellos me amaba tanto como Dios me amaba, eso estaba claro. Yo era el elegido, el ungido. Por alguna causa ignorada, el Omnipotente permitía que leyera todo lo que hubiese allá afuera, pues nada se parecía, finalmente, a su infinito amor. Amor, dicen, mata raciocinio. Amor mata sentido común. Amor mata inteligencia. Y yo sentía mucho de todo eso. Al menos lo sentí hasta los 22 o 23, cuando de pronto dejé de creer. Así como había llegado el virus, luego desapareció. A partir de que me volví agnóstico, otra vez (gracias en parte a Gracián) mi sexualidad repuntó, mi inmersión en el submundo de los bares, antros y burdeles citadinos comenzó a cobrar fisonomía. Ahora que lo digo, comprendo cómo mi pasado

44

empieza a explicar los recovecos de mi mente, mi instintiva proclividad a los extremos y los dogmatismos, a cierta forma de locura razonada y ponderada… pero quizás exagero… No estoy loco, sólo soy un tipo raro e inclasificable. Alguien inclinado al misticismo, a la fabulación y las ideas extravagantes. No de balde mi afinidad con Lawrence; no de balde mi pasión por su vida peregrina y trashumante, la cual quise, al final, emular… llevándola a su paroxismo, pero para eso faltan varios años, falta convertir a Braulio a mi causa, que era la causa del escritor inglés; falta enterarse de más cosas, más secretos suyos, más torceduras, ajenas y propias.

5

Lawrence estaba obsesionado por inquirir en lo que Goethe llamaba "el eterno femenino", Carl Jung "ánima" y "animus", y yo, el misterio del amor. Pero más allá del asunto metafísico, a Lawrence le preocupaban las mujeres de carne y hueso, quería conocerlas profunda, desesperadamente... ¿Qué piensan, qué sienten, cómo sienten, qué sueñan, cómo se comportan frente a un hombre, cómo gozan o por qué sufren, cómo reaccionan frente a otras mujeres, por qué son como son, por qué se sienten superiores o inferiores, vulnerables o invencibles, cómo utilizan su sexualidad, su belleza, su debilidad o su llanto, con qué fines ocultos, qué persiguen que a los hombres no nos interesa? Todo esto y más lo impelió a escribir como un endemoniado. Escribir novelas, cuentos, ensayos y poemas como una forma de búsqueda en el arcano femenino, un vehículo de la imaginación con qué indagar en esa vida secreta y ajena. Para las mujeres, la mujer no es precisamente un misterio —o acaso sea un misterio menor—, pero, para los hombres, lo son más que ningún otro: ellas, nuestras semejantes, son el Misterio por antonomasia. De allí salimos y allá retornamos, así que no es poca cosa... Algunos (los más prácticos, tipos como Gracián) prefieren obviarlo: han elegido no embarcarse en resolver el acertijo, y acaso les sobre razón. Otros, tipos como Lawrence o yo, hemos dedicado nuestra vida a la resolución del enigma, nos hemos inventado personajes, hemos observado a novias, esposas, madres y hermanas, amantes y estudiantes, sólo para ver si, acaso, podemos acercarnos, aunque sea un poco, a la resolución del misterio. Acaso toda mi infame travesía haya servido, al final, para descubrir, de una vez por todas, que no hubo tal enigma, que no hay nada detrás de una mujer, que todo fue un malentendido, un timo, una engañifa genéticamente transferida.

Lawrence tuvo una sexualidad relativamente tardía, justo lo opuesto a la que me tocó vivir a mí. Él, que no yo, tuvo la pésima fortuna de toparse con mujeres que no lograron intuir las intrincadas necesidades del escritor. Todo empezó cuando se enamoró, siendo un adolescente, de la hermosa Jessie Chambers, aquella chica de quien, al final —y tras infinitas disputas y reencuentros—, se desenamoró, rompiéndole con ello el corazón. Con Jessie había aprendido a leer a los clásicos: Walter Scott, Thomas Hardy, Dickens, Thackeray, George Eliot, Balzac, Flaubert, Stendhal y otros muchos. Con ella escribió sus primeros cuentos en 1907 y con su nombre (usado como pseudónimo) ganaría el primer premio de su vida en un certamen navideño convocado por el *Nottinghamshire Guardian*. A su lado supo que quería ser escritor. Ella, más que nadie, lo impulsó desde el principio. Jessie leyó todo lo que Lawrence escribía, y no sólo eso, sino que revisó y pasó (estoicamente) en limpio, páginas enteras de *Sons and Lovers*, el libro que la crucificaría en 1913. No es poca cosa haber hecho todo lo que Jessie hizo amorosa y pacientemente a través de los años por su idolatrado Herbert, pero todo no fue suficiente. Lawrence quería su cuerpo, su sexo, y ella no se lo podía dar. En ese tortuoso estira y afloja se afincó y se deterioró su relación por una década. Por culpa de esa resistencia (esa mojigatería de la época), su amor, puro y natural, dio al traste. Cuando, por fin, Jessie se entregó a Lawrence a fines de 1909, era ya tarde. El joven poeta había dejado de quererla. Hicieron el amor, sí, varias veces, y él incluso se le declaró en matrimonio —más por un sentimiento de culpa que por otra cosa—, pero nada pudo detener la catástrofe: Lawrence necesitaba mantener su libertad, le urgía preservar su espacio vital y su autonomía de artista. Y eso hizo. Sus instintos se lo decían. Jessie se sintió, al final, explotada sexualmente. Pero este malentendido sólo ocurrió cuando Lawrence se hubo marchado a Croydon, lejos de su hogar, muy cerca de Londres. Allí conseguiría su primer trabajo como maestro de primaria en el Davison Road School en octubre de 1908. El joven escritor había, por fin, escapado, a duras penas, de la condena fatal de las minas y el mundo subterráneo de Arthur, su padre; el novelista en ciernes había huido (por un pelo de gato) del asfixiante abrazo maternal y por eso también creía haberse distanciado lo suficiente de Jessie. Al final el miserable sueldo de maestro fue escasa recompensa para todo lo que había dejado atrás. El salario apenas le permitía salir adelante y poder alquilar una pequeña habitación con una amable familia, los Jones, quienes lo acogieron como a un hijo mayor. Los Jones tenían dos niños pequeños y Lawrence los colmó de amor. Al lado de ellos viviría hasta 1911.

Lawrence, como yo, aborrecía la enseñanza. Continuamente le escribía a Jessie contándole sus desventuras con sus pupilos. Como suele suceder, los chicos no estaban a la altura del maestro que les había tocado en suerte. Fueron años penosos para David Herbert, quien sólo buscaba el tiempo para poder dedicarse a escribir. La nueva y breve novela que empezó a garabatear, *The Trespasser* —*The Siegmund Saga*, se llamaba originalmente—, satiriza a varios de sus colegas del Davison Road School, sitio que cada día aborrecía más. Sólo con uno de los maestros, Arthur Mcleod, logró entablar una relación perdurable. Fue gracias a él que Lawrence se volcó en la lectura de Nietzsche, a quien antes había leído de manera superficial. Es gracias al filósofo alemán que Lawrence desarrollará su propia filosofía vitalista, donde el cuerpo y los instintos, como formas superiores de la inteligencia, pasarán a ser el centro de su discurso novelístico.

Aquí aparece, por fin, la segunda mujer de su vida, Louie Burrows, a quien Lawrence incluirá parcialmente —y con el nombre de Clara— en su novela autobiográfica *Sons and Lovers*. El joven novelista había conocido a Louie durante los años universitarios en Nottingham, hacia 1906, cuando tenía 21 años. Louie era tres años menor que él y, como Lawrence, estudiaba para ser educadora, lo cual terminó siendo hasta el final de su vida. Otra vez, los estira y afloja y la consiguiente resistencia sexual de la joven, serán la puntilla que dará al traste su infructuosa exploración erótica. Lawrence exigía llevar su relación al plano sexual y ella se rehusaba. Por desgracia, ocurrirá lo mismo que con Jessie: cuando las cosas se hayan erosionado entre ambos (un par de años más tarde), Louie cederá a sus reclamos; Lawrence aceptará, primero, complacido; luego, agobiado… y al final todo se habrá ido a la ruina. El desfase o desajuste cuerpo/espíritu, así como la descoyuntura entre los tiempos de los amantes, entorpecerán la plenitud sexual que idealizaba el novelista desde entonces.

En junio de 1909, Jessie enviará, por su cuenta y sin autorización de Lawrence, algunos poemas al editor de *The English Review*, Ford Madox Ford, quien había lanzado el año anterior el primer suplemento de su famosa revista. Madox Ford le escribe a Jessie diciéndole que desea entrevistarse con el autor. Jubiloso con la noticia, Lawrence lo visita en Londres y Madox Ford le publica los primeros cinco poemas de su vida —un año más tarde también publicará ese cuento perfecto titulado "Odour of Chrysanthemus"—. Madox Ford le pregunta si, acaso, tiene otra cosa escrita y Lawrence le habla de *Laetitia*, la novela que había rebautizado ya para ese entonces como *Nethermere* (el nombre en clave del pueblo de Nottingham). Madox Ford le dice que le encantaría leerla. Lawrence le pide a su amiga y colega de la escuela, Agnes Holt, que le ayude con la transcripción de las ochocientas páginas y al poco tiempo vuelve a entrevistarse con el editor. Es entonces cuando, por primera vez, Lawrence escuchará de boca de Madox Ford la que no será sino una constante a lo largo de su vida: "Es un genio". Sin titubear, Madox Ford recomienda la novela al editor William Heinemann, quien, después de leerla, la acepta a reserva de hacerle algunas modificaciones. En un abrir y cerrar de ojos, Lawrence pasa de ser un perfecto desconocido de los Midlands, a convertirse en un nuevo y flamante escritor.

Con Agnes tiene una brevísima relación amorosa, la cual, otra vez, se erosiona apenas ha empezado. Aparentemente, la joven no cederá a los caprichos sexuales del novelista y éste, otra vez frustrado por lo que considera una grave falta de reciprocidad, terminará por hartarse. Poco se sabe de Agnes a partir de ese momento, salvo que, de cierta manera, sirve de acicate para que Jessie Chambers aparezca de nuevo en la vida de Lawrence a fines de 1909. Al saber de la nueva rival por algunas insinuaciones en las cartas que le escribe Lawrence, Jessie decide aparecerse en Croydon. ¿Celos? Probablemente. Después de ocho largos años de amistad, Jessie parece, por fin, decidida a ceder a las demandas sexuales de su amigo. Contra todas sus convicciones, los dos se embarcan en una historia de amor a destiempo, la cual terminará por zozobrar cuando el 28 de enero de 1910, a sus 25 años, Lawrence bese a Helen Corke, la tercera —o cuarta si contamos a Agnes— en la lista de sus amores frustrados.

Helen es fundamental en su vida por una sola y sencilla razón, la cual no es, en este caso, amorosa, sino absolutamente literaria: ella le regala, sin proponérselo, la idea que sostiene la trama de su segunda novela, *The Trespasser*. La historia de este relato es, palabras más palabras menos, la misma trágica historia que apenas ha vivido Helen en carne propia, lo cual me lleva a pensar ahora si acaso todos los escritores hacen como Lawrence, si todos usufructúan —cual aves de rapiña— fragmentos de vidas ajenas, dramas de amigos y conocidos, para su propio arte y conveniencia. En cualquier caso, la historia de Helen Corke se resume más o menos así…

Maestra de escuela, igual que Lawrence, Helen amaba la música y tocaba el violín. Tenía desde hacía años un excelente maestro, Herbert Baldwin Macartney, quien se hallaba perdidamente enamorado de la chica. Macartney tenía 39 años, era casado, tenía hijos y vivía en Purley, a las afueras de Londres. Al parecer, ya desde 1908 Macartney había hecho algunos avances a su pupila durante las lecciones semanales en las que se veían. A pesar del disgusto que estos flirteos le causaban, Helen lo admiraba como se quiere a un maestro, pero nada más… Por fin, después de largos meses de insistencia, Macartney consigue convencer a su alumna de ir cinco días a la playa, en la Isla de Wight, en agosto de 1909. En esta breve escapada, maestro y pupila consuman, finalmente, su relación. No obstante, Helen se siente asqueada y arrepentida, por lo que termina (allí mismo) rompiendo con él. Regresan, abatidos, a Londres, el jueves 5 de agosto, se despiden sin decirse una palabra y el sábado 7 por la mañana, Macartney se ahorca en el pequeño cuarto trasero de su habitación luego de haberse despedido de sus hijos y su mujer. Helen se entera del suceso por los periódicos el día siguiente. Su espanto es doble: sabe de sobra por qué lo ha hecho Macartney y teme que se filtre la verdad y con ello se destruya irrevocablemente su incipiente carrera. Todo se lo cuenta a su querido amigo y confidente, David Herbert, quien, aparte de enseñarle alemán, será su paño de lágrimas durante esa negra temporada. El novelista adivina de inmediato lo que tiene frente a sí y urge ser contado: una terrible historia de amor —o desamor—. Sólo a principios de 1910 —y después de largos periplos acechando la oportunidad—, Helen le regala el diario que había llevado durante su relación con Macartney, así como una larga carta que había escrito inmediatamente después de su suicidio.

No deja de ser cierto que, cuando uno menos lo busca, las mujeres se abalanzan sobre ti. Más o menos lo mismo me ocurrió cuando era joven y soltero, antes de María e incluso antes de Irene. Uno no puede dejar de preguntarse: ¿y por qué nadie me hizo caso cuando tanto empeño puse en mis cortejos? Y no hay respuesta, salvo que las mujeres huelen y compiten, es decir, olfatean a la rival y esto, paradójicamente, las impulsa a conquistarte. No es tanto que te deseen a ti, sino que desean quitárselo a la otra… Así le ocurrió al joven novelista cuando empezaba a cortejar a su amiga Helen Corke, pues, otra vez, no será sino hasta que el escritor inicie su intensa amistad con ella, que la dubitativa Jessie vuelva, decidida, a recobrar a su viejo amor de adolescencia. Para colmo, también se aparece en Croydon una antigua amiga de Lawrence, una mujer mayor empeñada en seducirlo. Se llama Alice y pasará a ser, mezclada y confundida con Louie, la seductora Clara divorciada de *Sons and Lovers* tres años más tarde. Alice Dax es feminista, sufragista, coqueta y liberal. Por contradictorio que parezca, Lawrence esta vez se achica. Es tal la resolución de esta bella y desenvuelta mujer, que el joven escritor no sabe qué hacer o cómo comportarse... Mientras esto ocurre, David Herbert transfiere en cada uno de los personajes de su nuevo relato, *The Trespasser*, los mismos sentimientos y pulsiones que está sintiendo hacia Jessie en ese momento: por un lado, el horror que su amiga de la adolescencia ha demostrado ante el acto sexual —el cual es casi idéntico al horror que el personaje (trasunto de Helen Corke) siente hacia el pobre Macartney (Siegmund en la novela)—, y por el otro, proyecta en Siegmund ese arrebato y frenesí sexual que se ha apoderado de sí desde sus veinte años. No se trata en el caso de Lawrence de un frívolo despertar a la pubertad fuera de tiempo, sino de algo más íntimo y profundo, algo que yo, Fernando Alday, he sentido en su momento: si, por un lado, una relación puede completar a los amantes, por el otro, esa relación implica una pérdida de la individualidad. En ese oxímoron se afinca gran parte de nuestras relaciones, pero, en mi caso, confieso, la contradicción se acendraría al lado de María. Describir esa tensión era parte del desafío que me impuse al redactar *Ternura* años más tarde. En cualquier caso, en agosto de 1910, Lawrence rompe su compromiso con la amiga de toda la vida, y rompe, con ello, su último eslabón con los Haggs y esa infancia dorada por la que siempre sentirá viva nostalgia. El final de la primera versión de *The Tresspaser* en el verano de 1910, indirectamente le revela que tanto Helen como Jessie no son, a pesar del cariño que por ambas profesa, las mujeres indicadas para él; el joven artista sabe que ninguna de las dos lo comprende en realidad —ninguna lo intuye en su ser profundo y complicado—, y que ambas están muy lejos de poder embarcarse en esa aventura humana que está a punto de emprender y que, sin imaginarlo todavía, revolucionará parte de las costumbres de nuestra sexualidad en Occidente. Para sorpresa de propios y extraños, estas dos jóvenes terminarán por hacerse buenas amigas, confidentes, e incluso ambas escribirán, veinticinco años más tarde (cuando Lawrence haya muerto), sus propias y respectivas versiones de lo que "realmente" ocurrió durante esa atribulada época de amores juveniles.

Para añadir fatalidades a su vida, será justo al otro día de su rompimiento con Jessie Chambers que la madre de Lawrence caiga desplomada por el cáncer. Habría que entender este lapso en la vida del escritor, estas concurrencias, para interpretar mejor una de las mejores novelas del siglo, el libro que está punto de comenzar: *Sons and Lovers*. Es claro que en el origen del relato se halla la enfermedad y muerte de Lydia, su madre. Sin ella, sin lo que significó en su vida y sin su espantosa agonía (impresionantemente contada en la novela), no entenderíamos nada de lo que ocurrirá más tarde. Lawrence se sienta a escribir *Paul Morel* —título original del libro y nombre del protagonista— al mismo tiempo que va finiquitando, una a una (y con muchos trabajos), su relación con Jessie, con Agnes y con Helen; ha concluido para cerrar este ciclo, el borrador de su pequeña (segunda) novela, *The Trespasser*. Es el momento de empezar a imbricar (en una sola trama) todas esas historias que rebullen en su conflictiva alma de artista. Es el momento de embarcarse en su gran apuesta autobiográfica. Eso hará Lawrence durante los meses que sigan a esa larga agonía. De agosto a diciembre de 1910 y mientras comienzan a despuntar, imprecisos, esos primeros capítulos —los de la incipiente historia de amor entre sus padres—, el joven novelista se escapa de las clases de Croydon cada vez que tiene oportunidad para ir a visitar a su madre agónica a Nottingham. Aparte de su hermana Ada, la menor, ninguna otra, sino Louie Burrows, será quien asista a Lydia y le escriba constantemente a Lawrence informándole de su salud. Como corolario a esta aciaga historia de enfermedad y muerte, hay que decir que el joven escritor volverá a cometer, una vez más, la misma (predecible) equivocación: pedirá en matrimonio a Louie, quien, ya sabía y de sobra, no era la mujer indicada para él. ¿Gratitud, desamparo, desquiciada urgencia ante la muerte inminente de la madre? Probablemente todo eso. El 2 de diciembre de 1910, apenas comprometido con Louie sin que nadie lo haya sabido, Lawrence le llevará a su madre el primer ejemplar de *The White Peacock*. A los pocos días, y tras una sobredosis de morfina que Ada y él le añaden al vaso de leche, Lydia muere. En la novela, Paul Morel la asfixia con una almohada después de una insoportable noche de estertores. La primera vez que leí el pasaje en cuestión, algo áspero se me quedó grabado, algo interno se violentó en mí: matar a la madre por piedad. Ese debe ser, imagino, el límite.

Sólo entonces Lawrence sabrá que ha conseguido liberarse de sus ataduras, de sus condicionamientos puritanos; sólo entonces sabrá que puede convertirse en lo que él quiera, que no le debe nada a nadie y que el mundo espera su arte, sus libros, su versión del sexo y el amor. Otra cosa aprenderá durante los siguientes años: que con todo y el desprecio que sintió hacia su padre, se le parecía más de lo que jamás imaginó, y que su madre aborrecía con su alma lo que el novelista más amaba: el sexo.

6

—¿Oíste lo del suicidio en el puente? —me preguntó Braulio en el mismo Starbucks de la última vez. Era viernes. El sábado se corría el Cooper Bridge Marathon y ya todo el mundo había oído la aterradora noticia.

Cuarenta mil personas venían cada año para correr los diez kilómetros junto al mar. Ahora, nomás llegar a la hermosa bahía, se topaban con el anuncio de la tragedia. Suicidios desde el majestuoso puente había más de un par cada año (tipos desesperados que se tiraban al mar), pero ¿dobles suicidios… y justo un día antes del maratón? ¿Cuándo en la vida?

Desde que llegamos a Charleston, el Cooper Bridge Marathon se había vuelto cada año más popular. La ciudad se abarrotaba, las reservas de hotel se hacían con meses de anticipación, trasladarse de un sitio a otro se hacía una tarea insoportable; no había lugar donde estacionarse y los restaurantes y bares se atascaban de turistas. ¿Por qué elegir ese día para cometer un doble suicidio? Se lo pregunté a Braulio con mi taza de café entre las manos.

—Aparentemente, se trató de un pacto —me contestó, acomodándose sus anteojitos estilo Trotsky y mesándose la escueta barba de candado—. Ella lo mató a él y él la mató a ella. Al menos eso decía el periódico esta mañana.

No cabía del estupor.

—Sí, un tiro en la boca. Mejor dicho: un doble tiro. La joven le metió la pistola en su boca y él le metió su pistola en la boca a ella y ambos jalaron el gatillo al mismo tiempo.

—¿Pero eso puede pasar?

—Supongo que tienes que disparar al mismo tiempo, ¿no?

—Me refiero a que si un pacto así de extraño puede darse.

—Yo pensé lo mismo. Desde Romeo y Julieta no había oído una historia así. De hecho, he pensado en escribir un cuento basado en estos dos, ¿cómo ves?

—¿Y quiénes eran? —seguía intrigado, sin tocar mi café.

—La chica era de Colorado, y él era de aquí. No recuerdo sus nombres. Parece que se conocieron en el psiquiátrico. Iban regularmente a tomar terapia de grupo en el centro. No hay mucha información todavía; la policía sigue investigando y no quiere dar más datos. Ella tenía 24 y el tipo 30.

—¿Eran novios?

—No, parece que solamente amigos. Al menos eso dicen las cartas que dejaron en Facebook. ¿Lo puedes creer? Sólo por esas cartas se sabe lo que realmente ocurrió. Ambos se despiden de sus familias, sus amigos, piden perdón a diestra y siniestra y al final ella ruega que, por favor, se hagan cargo de sus perritos, que los traten bien y no olviden darles sus croquetas. ¿Lo puedes creer?

—Definitivamente tienes que escribir un cuento de todo esto.

—Es demasiado macabro para ser verosímil.

—Ése es el desafío: hacer verosímil lo inverosímil.

—Y justo se matan dos días antes de la carrera —dijo Braulio cruzando la pierna derecha sobre la izquierda.

57

—Eso no me sorprende —respondí—. De hecho, los suicidas buscan fechas que nadie jamás va a olvidar. Quieren dejar huella. Un amigo de mi padre se mató el mismo día de su cumpleaños. Supongo que para que lo recordaran sus hijos, el cabrón…

—Y pensar que yo iba a correr mañana —me interrumpió Braulio.

—¿En serio? ¿Y ya no piensas correr?

—Por supuesto que sí.

—¿Entonces? —aduje—. ¿Te quedaste traumado o qué?

—No es por eso —se rio—. El problema son mis tenis. Están muy desgastados, llenos de hoyos y súper lisos. No se puede correr así. Al ritmo que voy, tengo que comprarme un par cada seis meses.

—¿Pues cuánto corres?

—Un promedio de cincuenta kilómetros por semana.

—Estás loco.

—Me hace sentir libre, desencadenado, como Prometeo…

—Lo imagino… —sonreí.

—…y así también huyo de la realidad —y se rio, aunque no pude dejar de asombrarme: ¿huir? ¿De qué o por qué? Aunque, acaso, todos, de una u otra manera, estamos siempre huyendo… pensé. Así que sólo dije:

—Cuatro hijas debe ser una monserga, ¿no? Si yo con Lucho y Alberto estoy a tope: prácticas de soccer, tareas, natación, compras, doctores, llevar y traer a todas partes…

Braulio no dijo nada y por eso añadí, luego de darle un trago a mi café:

—¿Y por qué no te compras unos tenis nuevos? Si quieres, te acompaño; aquí mismo hay una buena zapatería; tengo toda la tarde libre.

—Porque ya me acabé lo que me toca.
No entendí.
—¿Lo que te toca?
—Bety quiere que ahorre de lo que me toca, lo que me corresponde. Quiere que de allí saque para comprar unos tenis nuevos... y no me alcanza —vaciló un instante, y luego añadió, acomodándose sus lentecitos—: Ya me acabé lo de este mes en estos cafecitos y una sola ida al cine el otro día. A Beatriz todo le parece un despilfarro...

Yo seguía sin entender una palabra. ¿Lo que le toca? ¿A qué se refería Braulio exactamente? Necesitaba averiguarlo...

—Pero si necesitas tenis, te los compras y ya —afirmé—, para eso trabajas, ¿no? Estamos pobres, pero no es para tanto, Braulio...

Y solté una espuria carcajada, seguida de un largo sorbo de café. Deseaba distender la plática o acaso distenderme un poco yo...

—No es tan simple, Fer —dijo, y agregó aquella funesta aclaración que me dejaría helado hasta la coronilla—. Tengo un presupuesto de sesenta dólares mensuales para todos mis gastos. Y de allí quiere que saque para los tenis que cuestan ciento veinte o incluso más, ¿lo puedes creer?

—Sí, son carísimos —dije por decir, pero aterrado.

—Pues simplemente no me alcanza.

Seguía sin entender... o la verdad, no del todo. ¿A qué diablos se refería Braulio cuando decía simple y llanamente "que no le alcanzaba", cuando decía "lo que me toca"? ¿Lo estaba manteniendo su mujer? ¿Era ése el meollo del asunto y se me escapaba?

—Perdona, pero no entiendo bien lo de los sesenta dólares —balbucí.

—Sí, Fer. Igual que a las niñas, me toca una mensualidad, ¿qué te crees? Así estilamos en la casa... contra mi voluntad, claro. Beatriz dice que debemos cuidar el dinero, maximizar, no derrochar...

—Entiendo, pero... también es tu dinero, ¿no? Tienes tus gustos, tus necesidades, tus tenis, tus cafés, tus idas al cine, qué sé yo...

—No es tan fácil como lo pintas, Fer. Con ella no se puede discutir: he allí el problema. Bety siempre tiene la razón. Ella organiza, ella administra. Frente a cualquier argumentación, dice que estoy mal, que no sé de lo que hablo, que soy un pobre imbécil, que vengo de una familia disfuncional y que por tanto no tengo derecho a opinar... Dice que lo hace por el bienestar familiar, que debemos ser ahorrativos, que hay que cuidar el dinero... Ya sabes, la cháchara femenina de siempre.

—¿O sea que ella maneja las cuentas? —insinué.

—Por supuesto. Yo no veo nada. Mi sueldo y el suyo se van a una sola cuenta y luego ella reparte e invierte como mejor le parezca. Durante años el pretexto fue la casa, por supuesto; ahorrar para comprar nuestra nueva, reluciente, casa... Había que sacrificarnos para el enganche, pero ahora, cuando ya la tenemos, dice que debemos continuar ahorrando para las niñas, para vestirlas, para llenar de adornos la maldita casa, adornos que, para colmo, no me gustan ni me interesa comprar... Yo necesito unos putos tenis y no adornos ni muebles.

—¿Y no te pregunta si te gustan las cosas que compra para la casa?

—Que buen chiste, Fer —se rio—. Beatriz hace su voluntad. Así ha sido desde que nos casamos... Cuando ella tiene la razón, nadie la saca de sus trece. Es persuasiva y yo, francamente, no tengo voluntad para estar poniéndome al tiro cada cinco minutos. ¿Sabes lo que me regaló de cumpleaños?

—Ni idea.

—Un termo.

—¿Un termo?

—Sí, para que ya no gaste en cafés, para que no venga a Starbucks a tirar el dinero. Dice que, si tanto me gusta el café, pues que me lo lleve de la casa en el termo…

Estaba atónito, pero conseguí rehacerme y preguntar:

—¿Y entonces qué vas a hacer con el tema de los tenis?

—Joderme, ¿qué más? Correr con los mismos de siempre, que ya están lisos y con agujeros.

—Pero te vas a chingar la espalda…

—¿Tú crees que eso le importa a Beatriz?

Empezaba a vislumbrar que, acaso, las cosas entre estos dos no eran color de rosa. Para cerciorarme, le volví a preguntar:

—¿Sesenta dólares?

—Sí.

—¿Y se puede saber qué se incluye en esos sesenta dólares?

—Todo.

—¿Todo?

—Todo, excepto la gasolina, claro... Lo bueno es que como la gas ha bajado con Obama, le pellizco de allí unos centavos y Bety ni se entera, je je je…

—¿Cafés, ropa, tenis, chicles, cines, chelas, cigarros, todo incluido…?

—No fumo.

—Es un decir —sonreí sin soltar mi café que, aunque tibio, me quemaba las manos—. Me dejas un poco atontado, la verdad.

—¿No te parece un poco raro? —se atrevió a decir—. ¿No crees que debería hacer uso de mi propio dinero? Yo me lo gano; yo me parto la madre trabajando… ¿Cómo entonces Beatriz decide por mí, por qué elige hasta lo que me pongo y lo que como? Ni al cine puedo ir…

—¿Y por qué?

—Porque es un despilfarro.

—¿No le gusta ir al cine?

—Jamás hemos ido al cine juntos.

—Eso no te lo creo. Nosotros vamos dos veces al mes, por lo menos…

—Fuimos una vez con las niñas, aún pequeñas, a ver una película de Walt Disney, pero nosotros jamás hemos ido desde que nos casamos. Y cuando quiero ir solo, se pone iracunda… Que para qué gastar dinero de oquis si puedo ver una película cómodamente arrellanado en mi nueva televisión, que, por cierto, ella eligió y compró a su gusto… Y yo le digo que no es lo mismo; la experiencia de la pantalla grande es diferente…

—Para nosotros es un ritual —balbucí.

—Exacto, pero Bety no lo entiende, Fer; no hace caso. Dice que estoy mal. A todo lo que digo u opino responde que estoy mal, que no sé de lo que estoy hablando, que soy un niño de teta, un adolescente malcriado…

¿Me estaría tomando el pelo? Luego sabría que no; que todo eso era la pura y dura verdad.

—Dice que no debo quejarme, que tenemos una hermosa familia, cuatro niñas sanas y hermosas, una casa nueva en una buena colonia, un trabajo seguro en la universidad. Ésa es su cantaleta de siempre, y la verdad es difícil contradecirla… Cuando le digo que sesenta dólares no me alcanzan, dice que me ajuste, que a ver cómo diablos le hago, y se da la media vuelta. Cuando

62

ayer le volví a decir lo de los tenis para el maratón de mañana, me dijo que tenía que hacerme responsable, que ya era hora de madurar y que, si yo ya sabía que iba a correrlo, entonces debería haber empezado a ahorrar desde hacía mucho tiempo...

—Pero si te hubieses comprado los tenis, ¿con qué pagarías los cafés? —dije entre molesto y azorado.

—Ya te lo dije: no quiere que venga a tomar cafés.

—¿Conmigo?

—Ni contigo ni con nadie. Es tirar el dinero, y debemos ahorrar, siempre estar ahorrando para el futuro incierto. Estoy un poco hasta la madre, Fer. Para todo dice que las niñas son primero, que yo quise tener una familia, que yo elegí tener cuatro hijas, lo cual, dicho sea de paso, no es cierto. Yo sólo quise una, la primera, y eso fue así porque no tuvimos alternativa: Beatriz se había quedado embarazada cuando apenas nos conocimos. Las otras tres se nos chispotearon más tarde....

—¿Se les chispotearon? —dije intrigado, escéptico casi.

—Ella dice que le fallaron las cuentas y así ocurrió, una tras otra, en hilera...

—Es un poco raro —murmuré, pero quería decir que lo suyo era monstruoso. ¿De veras no se daría cuenta de lo que estaba ocurriendo? ¿En qué mundo vivía Braulio Aguilar? ¿O acaso sí se enteraba y por eso quería desesperadamente "huir", acaso por eso corría maratones y deshilachaba tenis hasta hacerlos polvo?

7

Ya no volvimos a vernos Braulio y yo en varios meses. Se vino encima el verano y nosotros, como siempre, nos marchamos a México. Ésa era la única ventaja de ser profesores universitarios: te podías largar adonde quisieras, si te alcanzaba, ¡claro!, el mugroso sueldo. Para nuestra suerte, los padres de María nos pagaban los billetes de avión cada año. Mis suegros se habían mudado a Cuernavaca y allí tenían una casa con dos amplios bungalós con baño propio para invitados. En medio de la residencia había una alberca circular rodeada de un jardín bien cuidado. Era una dicha pasársela allí dos largos meses, entre las jacarandas y las buganvillas, haciendo casi nada, pues las dos criadas lo hacían todo para ti, desde el desayuno hasta la merienda. Yo leía bajo la misma pérgola todas las mañanas, escribía horas enteras con mi café a la mano, pasaba las tardes bebiendo margaritas o mezcales con mis suegros y algunos amigos suyos (o de mi mujer) que a veces venían de la capital a visitarnos. Era sobre todo un placer ver a Lucho y Alberto pasarse el verano nadando y jugando futbol con vecinos de su misma edad, niños afortunados que, como suele pasar, dan por descontados su fortuna y sus privilegios de clase... No de balde mi tergiversado espejismo de México, ya lo digo. No de balde ese sempiterno deseo de volver (para quedarme) en mi "maravilloso" país, donde todos mis compatriotas vivían con placidez y en abundancia, donde los niños eran felices y no corrían peligros, donde los criados se sentían dichosos y agradecidos por atenderte y venerarte... Sin embargo, justo ese verano las cosas cambiarían para no volver a ser lo que eran. El narco invadió de golpe la Ciudad de la Eterna Primavera, el tráfico de drogas y la querella entre cárteles se destaparon como una cloaca, pero ese cambio no lo quise ver; me desentendí de él a través de mis novelas, mi poesía y mi dorado espejismo mexicano. Para mí, México seguía idéntico a como lo habíamos dejado veinte años atrás, cuando yo era joven e impetuoso... Los primeros descabezados del narco en el zócalo morelense y los cuerpos mutilados y sangrantes colgando de uno de los puentes más concurridos de la ciudad no me previnieron, no lograron disuadirme de eso espantoso que vendría después y culminaría, años más tarde, con los 43 desaparecidos de Ayotzinapa. Cuando uno vive hechizado por un ideal de patria, es mejor no enterarse de nada; es mejor no admitir que el lugar en que naciste no es más que un espejismo iridiscente y que allá, detrás de su glauco brillo, no hay nada... sólo horror, vesania, miseria, injusticia, degradación y corrupción a todos los niveles... No sólo vi esos cuerpos colgados en las portadas de los diarios, como digo, sino que, para mi mala suerte, me tocó verlos mientras conducía esa mañana con Lucho rumbo a un desayuno en el Sanborns del centro... En esa ocasión, creo, íbamos a vernos con Ocho, mi amigo de la infancia, otro entrañable personaje excesivamente parecido a Braulio, sí, aherrojado y subyugado por su esposa, quien lo tenía (desde que tengo memoria) condenado a vegetar (sin aparente voluntad) a su lado, condenado a criar a sus tres vástagos, a proveerles sin fin y sin reposo y a ser su esclavo día y noche. Este caso era aún peor, pues Linda, la mujer de Ocho, se dedicaba a humillarlo frente a sus amigos en cada oportunidad que se le presentaba; lo escarnecía por su gordura, pues el pobre Ocho era descomunal: bebía dos galones de Coca a diario, sin contar las golosinas y gansitos a los que era aficionado desde párvulo. Linda no paraba de compararlo con otros compañeros suyos, ora más ricos, ora más delgados, ora más brillantes o exitosos, ora más guapos… Si Ocho era tan poca cosa, pensaba, ¿por qué Linda no se iba a la mierda y lo dejaba en paz? María y yo no lo entendíamos. Y yo menos comprendía a mi amigo de la infancia. Ocho era una especie de hermano, un entrañable vestigio de mi niñez. Con él había crecido desde los siete u ocho años. Cuando su padre murió, Ocho —el octavo de la familia, de allí su apodo— decidió abandonar los estudios para trabajar y poder solventar sus gastos, y desde entonces se había dedicado a una sola cosa: trabajar como un asno para tener contenta a su caprichosa mujer, una niña malcriada que, hay que decirlo, tenía uno de los más bellos cuerpos que haya visto en mi vida: esbelta, morena, de ojos achinados, un poco parecida (lo confieso) a la difunta Irene, pero sin su sentido del humor, su gracia, sus ardientes besos que, a ratos, cuando escribo esto, echo de menos con un rijoso dolor que me traspasa. A veces imaginaba extravagantes cosas entre ellos, cosas como que ambos se conducían (secretamente) a través de una intrincada red sadomasoquista donde las vejaciones salpimentaban su sexualidad: mi querido amigo besándole los pies y la histérica amazona flagelándolo, escupiéndole u orinándole el rostro. Pero… ¿quién sabe? Está claro que Ocho no la iba a dejar (adora a sus tres hijos) y también está claro que, aunque despotrique y lo humille consuetudinariamente, Linda no va a dejarlo tampoco: él la consiente demasiado como para que la hija de puta deje al gordo que la mantiene y la mima como a una reina.

El padre de Linda fue psiquiatra y era íntimo amigo de mi suegro, Luciano Guerra, psiquiatra también. Como se deja ver, los psiquiatras (al menos en México) ganan bastante más que los profesores o los escritores, y eso sí lo sé de primera mano. La red de psiquiatras involucrados en mi vida no acaba con mi suegro; al contrario: se inicia cuando el padre de Linda me recomienda ir a ver a un viejo amigo suyo, el doctor Tirso Galván, dado que el chismoso de Ocho le cuenta a su futuro suegro que yo, Fernando Alday, acabo de sufrir un ataque de pánico en la escuela. Tendría unos 17 años, creo, cuando esto ocurrió. Cabe señalar que Tirso Galván no es otro que el padre de Ceci, una noviecita rubia e inocente que Gracián Méndez tendrá años más tarde y a quien mi amigo irá a romperle el corazón cuando termine su compromiso con ella una semana antes de la boda. El padre psicoanalista de Cecilia Galván era, a su vez, amigo de mi suegro (Luciano Guerra, Lucho para sus amigos psiquiatras).

Linda y Cecilia Galván eran amigas desde la infancia, lo cual no resulta tan sorprendente si se toma en cuenta que casi todos los loqueros de México se conocen y forman parte de la Asociación Psicoanalítica Mexicana, especie de cónclave freudiano donde, hasta donde tengo entendido, discuten novedades relativas a su oficio, presentan libros que nadie lee, arman simposios y se reúnen para cenar y emborracharse. Gracián y Ocho, no obstante, nunca fueron amigos y ni siquiera se caían bien. Eran mundos aparte, épocas distintas, aunque con el común denominador de que sus respectivos suegros eran psiquiatras, como el mío.

Ahora bien, cuando tuve mi ataque de agorafobia, Gracián Méndez no conocía a Ceci. Fue años después, cuando se hicieron novios, que empecé a frecuentar su casa en la salida de la carretera vieja México-Cuernavaca.

Más que casa, la suya era una descomunal cabaña de millonarios, como esas que hay en las montañas nevadas de Aspen y Veil y pueden verse en las páginas de *Travel & Leisure*: toda construida de pino y nogal, con largos ventanales y anchas vigas sosteniendo el artesonado tallado a mano, con dos inmensas chimeneas en lados opuestos de la sala principal, tres largas mesas para invitados, cómodos muebles reclinables, cabezas de animales disecados colgadas en los muros y tapetes de piel de cebra, jirafa y alpaca y qué sé yo cuántas bestias más por doquier. Cecilia tocaba la guitarra, cantaba y amaba hacer fiestas con fogatas en el jardín, el cual parecía más un guarecido sotobosque entre oyameles que un jardín común y corriente. A partir de esa amistad con su hija y del hecho de que mi amigo Gracián era su novio y luego fue su prometido, el doctor Tirso Galván me dijo que ya no me podría seguir recibiendo en su consulta, pero que tenía un buen amigo, el doctor Luciano Guerra, quien estaría, a su vez, encantado de tratarme. Así fue que, un poco a regañadientes, empecé a ver al padre de María en su despacho de Polanco y fue así también que, dos o tres años más tarde, la conocería en el vestíbulo del consultorio. Atolondrado y nervioso, la saludé. Era pequeña y blanca, justo lo opuesto a Irene. María tenía una nariz fina, respingada, y su cabello, que le caía hasta los hombros, era lacio y dorado a contraluz. No usaba anteojos y llevaba dos pulseras de esmeraldas que hacían juego con sus collares y sus ojos verdes, suaves, del color del mar, que resplandecían a cualquier golpe de luz. María me gustó inmediatamente a pesar de que todavía seguía pensando en mi hetaira, con quien había cortado por una temporada. Allí mismo, y tras despedirme, me decidí a buscar a María. Lo hice por otros medios que no serían los del propio doctor que me atendía, lo cual hubiera sido un perfecto despropósito. No fue difícil dar con el teléfono de mi mujer sin que su padre se enterara. Cuando le pregunté a Ceci Galván (para entonces mi amiga) si conocía a una tal María Guerra, me dijo que, aunque no eran íntimas, la conocía muy bien. No de balde, ya lo dije, eran todos parte de esa extensa familia de loqueros. Ceci me consiguió su teléfono y mi mujer y yo salimos a espaldas de su padre por seis meses, los mismos en que yo, *mea culpa*, vivía otra historia de amor diferente: la de mi hetaira, con quien (por enésima vez) me había reconciliado.

Para cuando mi suegro descubrió nuestro noviazgo, era ya tarde: María se había encaprichado conmigo y, como le ocurriera a Beatriz, se había embarazado de Albertito, el primogénito y mi campeón goleador. Yo estaba, ya lo dije, por largarme de mi país, por emprender la búsqueda de mi ansiado (primer) espejismo, *my American Dream*, y ella, al saberlo, quiso dejarlo todo —dinero, estatus, amigas, club de golf—, venirse conmigo a Carolina del Sur y tener a nuestro hijo fuera de nuestra patria. Ni qué hablar que nuestras consultas psicoanalíticas terminaron *ipso facto*. Desde entonces —y desde que dejé México hace 23 años— no he tenido un solo psiquiatra a mi lado, nadie ha oído lo que pienso, lo que ocurre en mi cabeza, mis ruidos y miedos, los espejismos, mi obsesión lawrenciana y mi misticismo oracular... Yo no dejé el psicoanálisis, la terapia me dejó a mí. Mejor dicho: distintos psiquiatras me fueron abandonando en el camino... aunque, pensándolo bien, ellos tampoco me dejaron: yo los dejé el día en que decidí largarme de México con mi mujer embarazada.

Antes tuve, por supuesto, que elegir: ¿Irene o María, mi rubiecita aristocrática? Pero, otra vez, esto no es del todo cierto. Irene ya me había dejado a mí. Cuando supo que existía María, se volvió loca, me amenazó con ir a buscarla, me gritó mil majaderías, me agredió con un cuchillo… aunque al final, por fortuna, desistió de todo eso y simplemente me dejó de hablar: ni siquiera respondió a mis insistentes llamadas telefónicas. Yo quise explicarle, una y otra vez, que María estaba embarazada y que… Lo último que dijo, sollozando, fue que no volviera a buscarla, y eso hice, con todo el dolor de mi alma. Así transcurrió esa otra parte de mi historia con María y mis hijos, con Estados Unidos y la universidad, con la comunidad latina en el exilio y con todo lo que se vino más tarde, lo bueno, lo malo y lo fatal…

A Gracián dejé de verlo hace muchos años, desde aquello de la rata y el ratón, desde aquel profundo malestar que me causaba su corrosiva visión de la vida y las mujeres. Creo que Cecilia Galván, quien sin duda lo amó con toda el alma, se salvó de milagro no casándose con mi viejo amigo: creo que le hubiera ido mal:… aunque quién soy yo para decirlo, claro, sobre todo yo, el mismo fugitivo de la ley, el hombre que dejó mujer e hijos para perseguir un nuevo espejismo volviendo a su arruinado país de origen. A Ceci la perdí de vista cuando terminó su compromiso con Gracián. Linda, su amiga, me dijo años más tarde que se había casado con un guitarrista italiano, un músico de flamenco, y que se había ido a vivir con él a Cerdeña, Calabria, Salerno o qué sé yo. Cecilia me caía bien. Era una chica sin complicaciones, sin telarañas en el cerebro, sin envidias ni dobleces. Gracián no la merecía y quiero pensar que, justo por eso —y porque todavía tenía algo de vergüenza, el muy cabrón— rompió con ella una semana antes de la boda. Supe que le había costado un par de años salir de esa cruenta depresión, pero Ceci, al final, consiguió salir.

En cuanto a Ocho, lo veía un par de veces a la semana durante esas visitas veraniegas en casa de mis suegros en Cuernavaca; los dos solíamos desayunar con nuestros hijos o solos y recordábamos felices trastadas y correrías de la niñez. Él era una especie de ancla con mi pasado mexicano, ya lo dije. Nada teníamos en común en la actualidad, salvo el cariño y una suerte de invisible hermandad que nadie (ni María) comprendía. Yo procuraba no encontrarme con Linda, su mujer, aunque a veces no tenía remedio: me la encontraba, la saludaba, pretendía que la estimaba bien, igual que a mi amigo. A María tampoco le agradaba Linda. Mi mujer reprobaba la manera en que trataba a Ocho frente a nosotros, pero nadie se atrevía a decir una palabra. A su muy peculiar manera, llevaban muchos años casados, habían criado tres hijos hermosos y eran extrañamente felices. Su sadomasoquismo, o lo que fuera que vivían y compartían, les funcionaba bien… aparentemente, al menos. Digo aparentemente pues, luego de todo lo que supe por labios de Braulio en Charleston durante nuestras conversaciones en Starbucks, comprendí que no todo lo que brilla bajo el sol es de oro macizo.

En cuanto al doctor Luciano Guerra y yo, nuestra relación fue siempre cordial, amable y obviamente política. El viejo me cae bien y supongo que yo le caía más o menos bien a pesar de lo que ya sabía de mí por las consultas… Don Lucho era un tipo abierto, liberal e inteligente como pocos, aunque hubiera preferido a otro yerno distinto (más convencional, supongo) para su única y adorada hija. El doctor Guerra era lo suficientemente tolerante y respetuoso de los derechos de los demás para, al final, hacer de tripas corazón y acatar los deseos impetuosos de María y apoyarla en su inalterable decisión: casarse y largarse conmigo al extranjero.

Así suelen ser los psiquiatras: su razón pesa más que sus sentimientos, justo lo contrario que Lawrence predicaba en sus novelas. En cualquier caso, una sola cosa ensombrecía (si se puede así decir) nuestra inusual relación yerno-suegro y ésa era el recuerdo (o imagen) de Irene, de la que, por supuesto, él sabía por las sesiones en las que inevitablemente salió a relucir. No debe haber sido fácil, pienso ahora que lo escribo, saber que la niña de sus ojos estaba enamorada —y embarazada— de un ex putañero como yo, por más que, para entonces, yo ya no lo fuera: mi historia con Irene a los 25, ya lo dije, me había salvado tanto como yo la había salvado a ella con la pureza de mi amor. Para cuando conocí a María, un año y pico más tarde, yo era otro muy distinto a aquel compinche de Gracián: había, como quien dice, mudado de piel. Para cuando empecé a salir con María era un devoto del autor de *Sons and Lovers* y su idea religiosa del amor.

8

La primera vez que Paul Morel hace el amor en *Sons and Lovers* es con una mujer divorciada, Clara-Dawes. Clara, ya lo dije, es una combinación de tres mujeres: Louie Burrows, con quien Lawrence se acostó cuando estaban ya comprometidos —y esto a duras penas, pues a Louie no le gustaba el sexo a pesar de que adoraba al novelista—, Alice Dax, una mujer casada de 34 años, liberal, feminista, sufragista, escandalosa y madre de una pequeña, y, por último, Frieda von Richthofen, a quien el escritor todavía no conoce. (Será más tarde, en la reelaboración de la novela, que intercalará rasgos de Frieda en el personaje de Clara.)

Alice Dax lo acechaba desde que descubrió, un par de años atrás, que el joven escritor se ponía nervioso frente a su presencia. Alguna vez confesó que sólo tuvo a su hija porque Lawrence *literalmente* la había motivado. No sólo eso, en una ocasión se acostaría con David Herbert en su misma casa, mientras el marido dormía en la alcoba de arriba.

Louie Burrows, la nueva prometida de Lawrence, sospechaba que había otra mujer en la vida de su novio, mas no tenía idea de quién podría ser. Sabía que no era Jessie Chambers, su antigua rival. Estamos a fines de 1911 y *Sons and Lovers* avanza, desde el verano, de manera frenética, como irán a irrumpir, casi siempre, los libros del autor. Lawrence se halla inspirado: le urge exorcizar esa historia de familia, necesita purgarla en una novela a la altura de sus ambiciones. En la primera versión, todavía muy romantizada, evita el bulto amoroso, reprime la historia "sexual" con Clara, la protagonista divorciada —esa atractiva mujer que no es otra en la vida real que Alice Dax—. ¿Cómo ofrecerle el borrador de su novela a su prometida Louie, quien insiste en leerla? Si ya era difícil entregarle su versión de su propia historia con Jessie (aquella noviecita de la adolescencia que Louie conocía tan bien), ¿cómo asestarle esa otra apasionada historia con una mujer casada, su crónica de eventos de lo que no era sino un adulterio contado al mismo tiempo que lo estaba viviendo? ¿Cuántos pueden contar la verdad, *su* verdad, sin sentir la mirada acusadora, el ojo inquisidor, de sus mujeres, sus novias, sus esposas? Si la novela es el terreno de la libertad por excelencia, el lugar donde todo puede y *debe* contarse, ¿cómo enfrentar una situación como la que Lawrence atravesaba? Ahora que narro esta historia, me he desprendido de María para siempre. Sé que puedo —y *debo*— contarlo todo; sé que, al menos, *debo* enfrentar lo más escalofriante. Mas no sólo eso: necesito contarlo tal y como sucedió. Si Lawrence creyó encontrar la libertad (en vida y en papel) tras la muerte de su madre, otra vez se atraparía a sí mismo con su precipitado compromiso con Louie. Acaso fuera su intempestivo desliz con Alice Dax una forma inconsciente de reclamar su libertad torpemente extraviada.

El primer descalabro literario de su vida llegó cuando Ford Madox Ford le dijo que *The Trespasser* era abominable, un relato indigno del autor de *The White Peacock*. Aunque Lawrence siempre había odiado el alcohol, por primera vez en su vida se acercó al whisky, que dejaría pronto. A pesar del golpe, terminó dos obras de teatro hoy olvidadas, algunos poemas eróticos, varios cuentos y una nueva versión de *Sons and*

Lovers (titulada entonces *Paul Morel*). En este periodo, el nuevo editor de *The English Review* le recomienda contactar con un lector para editores llamado Edward Garnett, quien buscaba relatos cortos para *Century*, una nueva publicación norteamericana. Garnett había ganado notoriedad en los noventa con el descubrimiento de Joseph Conrad y será el ancla que salve la carrera de Lawrence cuando el escritor más lo necesitaba. Asimismo, y por algunos años, se convertirá en su confidente y anfitrión, su editor, su mejor lector, su mayor admirador y su amigo. Cuando poco más tarde William Heinemann rechace la segunda versión de *Sons and Lovers*, Garnett será quien le encuentre un nuevo editor.

Garnett era franco y expansivo, y eso le gustaba a Lawrence. Expresaba con decencia y pulcritud sus opiniones. Creía firmemente que Lawrence debía hacerse conocido en el mundo literario londinense, cosa que, a medias, había empezado a ser con la publicación de su primera novela. Que Lawrence fuera un autor de provincia, un poeta surgido de la clase obrera, no parecía preocuparle demasiado, pero tampoco sabía cómo explotar esa peculiaridad entre sus círculos. Creía en el escritor, simplemente. Percibía una excéntrica sensualidad en su escritura que no había leído en ninguna otra parte. No obstante, si algo de Lawrence no le agradaba, Edward se lo decía a quemarropa. Esas largas charlas —con su mujer, la traductora Constance Garnett, acompañándolos— transcurrirán en la Cearne, su pequeña casa en la campiña inglesa, en el condado de Kent, donde, entre vinos, bromas, chismes y música, criticará varios de sus cuentos, entre ellos uno de los que hoy sigue pareciéndome una joya, "Daughters of the Vicar".

En una visita relámpago a la Cearne a principios de diciembre de 1911, Lawrence llega empapado de pies a cabeza a su cita con un reportero de Londres y no se muda de ropa. Para colmo, esa noche vuelve mojado a Croydon, donde aún residía con los Jones. Esta imprudencia lo hará coger una doble neumonía, la cual lo dejará en cama por un mes y lo apartará de lo que más repudiaba: enseñar a los chicos del Davison Road School. Pero ¿cómo sobrevivir sin ese miserable sueldo? Y, peor aún: ¿cómo ahorrar ese dinero que Louie le apremiaba a reunir para poder, por fin, casarse y ser felices? Justo cuando más desesperado se encuentra, Garnett le anuncia que Gerald Duckworth, un pequeño nuevo editor, ha aceptado publicar *The Trespaser* (titulada todavía entonces *The Siegmund Saga*), con la condición de que Lawrence le haga algunas modificaciones. En enero de 1912, Lawrence se retira, convaleciente, a Bournemouth, donde en mes y medio reescribirá aquella trágica historia basada en la adúltera pasión de su amiga Helen Corke con el violinista Baldwin Macartney.

Con el adelanto recibido, más el pago de los cuentos y poemas publicados en distintas revistas, Lawrence sabe que podrá ir tirando por unos meses sin necesidad de enseñar, aunque también descubre otra cosa aún más importante, y es que ya no desea casarse con Louie Burrows. Se siente atosigado por la chica y su obsesión por el matrimonio. Verla lo irrita, pero, por otro lado, le escuece la culpabilidad del compromiso. ¿Cómo zafarse de Louie? Si ya se había comprometido con Jessie en una ocasión, ¿por qué diablos había repetido el mismo error? Conversa con Edward Garnett, quien se ha vuelto una especie de hermano mayor. Le cuenta sus amoríos con Helen, con Mason, con Alice, con Jessie y su estúpido compromiso con Louie. Su vida es un torbellino de insatisfacción. Edward le dice que, ante todo, debe salvaguardar su libertad, algo que él y su mujer, Constance, han sabido hacer a pesar del qué dirán: ambos llevan, como sabe Lawrence, un matrimonio donde sólo a veces se visitan o duermen juntos. Así, la reescritura de su segunda novela para Duckworth, acaso también lo haya liberado indirectamente de su compromiso con Louie.

Después de mil cavilaciones y dudas, Lawrence le escribe una carta a su prometida en que le ruega lo perdone, pero insiste en que es mejor terminar su noviazgo. Louie le responde que desea verlo y en eso quedan para el 9 de febrero de 1913, fecha en que Lawrence tiene planeada una visita a Eastwood para ver a su padre y sus hermanas. En este breve interludio surge, al parecer, una nueva mujer de la que nadie sabrá nada salvo Garnett, quien nunca aclarará su identidad. La joven se hace llamar "Jane" y nunca más vuelve a saberse de ella. Corre la hipótesis de que "Jane" no es otra que la misma señora Jones. Si esto fuese así, la Clara Dawes de *Sons and Lovers* no es sólo la mezcla ficcionalizada de Alice, Louie y Frieda (su futura esposa), sino también la de esta misteriosa mujer.

David Herbert y Louie no podrán encontrarse el 9 de febrero, sino hasta el 13, fecha fatídica pues, para colmo, es el cumpleaños de Louie. Sin tenerlo presente, Lawrence rompe con su prometida en persona, como ella le exigía en la primera misiva. Louie jamás lo volverá a ver y sólo contraerá nupcias cuando cumpla 53 años.

Ironías de la vida: la misma noche en que el escritor termina su compromiso, Louie irá al teatro con una de sus más entrañables amigas de la época: Alice Dax, de quien jamás sospechó que pudiese ser su verdadera rival, y si no precisamente su enemiga (pues Alice estaba casada), al menos se trataba de esa "otra" de quien receló sin conocer jamás su identidad, todo lo cual nos indica que, si bien no todo quedó en familia, al menos sí permaneció entre amigos…

9

Hay mujeriegos y hay putañeros. Y hay inusuales, excéntricos, como D. H. Lawrence, quien luego de conocer a Frieda dejó de interesarse para siempre en las demás mujeres, lo cual casi parecería una paradoja tratándose del más grande novelista creador de personajes femeninos. Lawrence solamente amó a Frieda —y a su madre, claro—, mas no por ello dejaron de importarle las mujeres que irá conociendo a lo largo de su vida, aunque ya no le interesarían para acostarse con ellas, sino para observarlas, escudriñarlas y poder, acaso, imaginarlas mejor en sus novelas.

Para hacer el amor, Lawrence tenía a Frieda von Richthofen, de casada Weekly; para poder experimentar eso inefable que buscaba encontrar (su propia religión erótica, la plenitud ultraterrena), tenía a Frieda y nada más. En cuanto a putañero, nunca lo fue. Aborrecía ese ambiente, sentía una invencible aversión hacia las mujeres que se acuestan por dinero, hacia el sórdido inframundo de la noche que, en cambio, tanto me atrajo antes de conocer a Irene y antes de leer a Lawrence. Como a Faulkner o Baudelaire, algo había en ese infierno de semen y lubricidad, de nocturnidad y desamparo, que me avasallaba a mis 20 años. Algo indescriptible debía existir en ese clima enrarecido y canallesco que me jalaba hacia abajo con insano paroxismo. Tampoco voy a exagerar la nota diciendo que llegué a vivir en un burdel, como algunos escritores. Tampoco voy a decir que fui un asiduo o parroquiano. Miento: lo era, pero más como un compañero ocasional. Hacia los 21 o 22 busqué con ahínco hacerme algo así como su confidente. Sé que ese papel les toca a los maricas, los mejores amigos de las prostitutas; no obstante, hay excepciones a la regla: tipos como yo, deseosos de convertirse en su paño de lágrimas, su hermano en desgracia, qué sé yo... Supongo que, aparte del ímpetu literario y pseudoantropológico, estaba ese otro lado oscuro del que ya hablé de ramalazo: mi alrevesado cristianismo pagano, mi nueva y estrafalaria forma de fe. Quería escuchar sus vidas y dramas, sus caídas y abortos, la historia de sus hijos leporinos o tullidos, la de sus padres o tíos abusadores, la de sus infancias miserables y su juventud perdida en el alcohol y las drogas... Hoy no sé si deseaba rescatar esas almas o simplemente extraer jugoso material para los relatos que esbozaba. Lo de mi alrevesada fe era cierto. Hasta cierto momento fui un devoto ferviente (excéntrico acaso, pero auténtico como el que más). No menos cierto, es que me escabullí entre sus faldas con el único objetivo de escribir novelas sucias, relatos del bajo mundo, cuentos repulsivos y nocturnos, algo entre Jean Genet y Dostoievski... A mi lado estaba Gracián. Él era un putañero inveterado, pero con la diferencia de que no quería salvarlas sino aprovecharse de ellas, explotarlas, degradarlas como hace un proxeneta. Gracián tenía dinero de sobra. Sus padres lo mantuvieron hasta muy entrada edad, cuando ni lo necesitaba, pues ganaba muy bien como abogado. Como me dijo muchas veces, sólo quería divertirse. Pagaba por tener sexo, pero con el objetivo de no tener que volver a pagar un día... y lo conseguía. ¡Vaya que lo conseguía! Pero de Gracián he hablado ya. Representa al putañero por excelencia, aquello que ya no quise ser cuando me convertí a la religión cósmica y erótica de Lawrence, el novelista que amó y odió a México, que buscó en mi país el sitio ab-origen por excelencia, donde el hombre escindido por el industrialismo aún podía encontrar redención. Si Gracián era el putañero por antonomasia, ¿quién era el verdadero mujeriego, ese otro "tipo" que intenté ser antes de enamorarme de Irene? Ése era Álvaro García, mi otro entrañable amigo de la época. Álvaro fue, durante muchos años, el compañero de correrías, el mujeriego pintor, mi auténtica comparsa, aquel con quien me iría a vivir a Oaxaca junto con Irene, Braulio y Philip para fundar nuestra comuna, nuestro *ashram* del amor. Álvaro era amigo de Gracián Méndez. Se le parecía en algunas cosas, pero en otras era su revés. Álvaro jamás hubiese pagado en un burdel, nunca hubiese malgastado un céntimo por un baile con una fichera, por un privado una noche de copas, y mucho menos hubiese regateado por acostarse con una desconocida. La razón (o una de ellas) era sencilla: le sobraban mujeres. Advierto que a Gracián y a mí tampoco nos faltaban, pero, a diferencia de Álvaro, éramos putañeros con distintas agendas: él quería degradarlas (eso lo hacía feliz), yo soñaba con resarcirlas (eso me hacía feliz). Aunque no reprobaba nuestra conducta, a Álvaro, práctico como el que más, le parecía el colmo de la estupidez pagar por tener sexo, sin contar con que el ambiente abyecto de esos antros de nocturnidad no le atraía lo más mínimo. Al contrario: esa atmósfera viciada le sacaba pelusa, según decía. Si, por ejemplo, pensábamos salir un viernes a algún *table* o a un putero de la Zona Rosa, Álvaro pasaba sin chistar, se quedaba en su casa pintando cuadros surrealistas. En cambio, si había plan con un trío de jóvenes universitarias o un grupo de amigas secretarias, él se apuntaba encantado de la vida. Y no sólo eso: conseguía que los tres termináramos cogiendo con nuestras respectivas damiselas (eran los ochenta, la mejor década que ha habido y habrá). No conozco al día de hoy a nadie con mayor arrojo y confianza a la hora de conquistar a una mujer, no importa qué tan guapa, rica o altanera sea, que mi amigo Álvaro García. Hasta yo me sentía a veces desmedrado frente a él, y vaya que no era un tipo tímido… Álvaro era lo más próximo al ideal masculino lawrenciano: el hombre salvaje, instintivo y natural. El hombre de la estepa sin tapujos o dobleces. Su cuerpo expresaba un invencible instinto animal, cierta urgencia física, y ellas respondían como por ensalmo. Donde ponía el ojo, Álvaro ponía la bala. Yo tuve novias, pero lo cierto es que, en el fondo, amaba más los requiebros del cortejo que su culminación, perseguía más el juego de los sexos que la pura y dura sexualidad… La mía era una pura refriega, un espurio ir y venir, un tejemaneje y un combate, una comedia de enredos, todo aquello que Lawrence más aborreció después de conocer a Frieda, eso que criticó ferozmente en sus ensayos y novelas a lo largo de dos décadas. Lawrence veía en el Romanticismo y sus secuelas la peor y más degradante de las pornografías. Repito: si hubo alguien cercano al prototipo masculino y vitalista de mi novelista favorito, ese fue Álvaro García, el pintor de máscaras prehispánicas y monstruos infrahumanos, el tipo a quien dejé de ver durante años, pero a quien reencontraría para terminar yéndonos a Oaxaca… Pero no me quiero adelantar. Ahora sólo contaré una entre muchas anécdotas compartidas; una que muestra la diferencia entre mujeriegos y putañeros.

Tendría unos 21 años cuando, en un Sanborns del sur de la ciudad en el que me entretenía hojeando libros, vi algo así como la aparición de un ángel transfigurado entre los anaqueles y el barullo de la gente: ojos verdes, nariz pequeña —un botón en flor—, labios finos, rojos, y una tez muy clara, casi blanca o transparente, pero sin ser lechosa, pues la piel completamente blanca me da viva repulsión. Ya he dicho que Irene y Linda son morenas, muy morenas, de piel broncínea casi, entre indias y mulatas, una especie de canela o satinado que me atrae más que ninguno pues, si no lo he dicho, soy blanco, pecoso, y no me gusta especialmente mi color. Quien haya visto alguna foto en el periódico o en internet se llevará una incorrecta impresión de mí, una idea distorsionada de mi color y mis facciones. Las dos o tres que circulan, poco o nada tienen que ver conmigo... Pero volviendo a la anécdota de marras, debo decir que en aquella época yo era tan arrojado como Álvaro; como él, pero sin su éxito, me lanzaba al ataque de cualquier mujer que me atrajera. Podían ser sus pechos, sus caderas, los ojos, las manos o el cabello, no importa: lo que azuzara mis sentidos. En eso era profundamente lawrenciano: seguía mis instintos, no había cálculo de ninguna clase, pero en lo que ocurría después y en la forma cerebral, meditada y casi ridícula en la que continuaba esas conquistas, ya no lo era. He allí, supongo, el dilema. Seguía mis instintos, sí, lo mismo que mi amigo pintor, pero algo reculaba, algo se resistía a creer en ese impulso primigenio, en aceptar su sinrazón, es decir, la inteligencia de los sentidos, los cuales, decía Lawrence, pertenecen a una categoría superior que la razón abstracta y mecanizada. Alguna vez dijo: "Mi religión no es otra que la creencia en la sangre y la carne como formas más sabias que el intelecto. Podemos equivocarnos con nuestras mentes, pero lo que nuestra sangre siente, cree y expresa, siempre es verdadero". En cualquier caso, ese ángel se llamaba Miriam y de ella me prendé luego de que me diera su número de teléfono. Hoy, lo sé de sobra, ya no se estila esto. Nadie se acerca a nadie a mitad del día, excepto los locos. Pero ¿acaso no son más locos los que se citan a través de internet? Al menos yo sabía quién era la persona con la que saldría a un café esa primera vez: si no la conocía profundamente, al menos estaba claro que me gustaba. Ese principio, creo, funciona mejor que las páginas alcahuetas del internet donde nadie sabe nada y todos se conocen al azar, basando sus citas en una simple foto (muchas veces falsa o retocada) y en un mensaje (muchas veces falso también). En cualquier caso, en la época de la que hablo no había páginas cibernéticas para hacer citas. Si alguien te gustaba, te le acercabas y punto. Si la timidez o la pena te frenaban, no tenías alternativa salvo esperar a que un tercero, te presentara, y eso era especular con el mínimo de probabilidades. A Álvaro y a mí, por lo que se echa de ver, no nos interesaba arriesgar (¿me gustará o no me gustará aquella cita a ciegas que un tercero me presentará mañana?). Lo nuestro era lo contrario: detentar la iniciativa, sacar un número telefónico, llamar a la chica y conquistarla.

Cuando más tarde le conté a Sofía, mi hermana, que había conocido una joven de su misma escuela, me preguntó por su nombre. Cuando dije Miriam y añadí su apellido (el cual prefiero no poner aquí), se quedó patidifusa. Su respuesta fue implacable:

—Es una golfa.

—¿Qué?

—Como lo oyes, Fer.

—¿La conoces?

—Es un año mayor. No la conozco, pero he oído mucho de ella. Se acuesta con todos... Todo mundo lo dice.

Estaba furioso por la forma estúpida y vulgar con la que la gente, las mayorías, el populacho o lo que fuera, se dejaba llevar por los rumores, la forma en que los chismes destruyen a las personas, sobre todo cuando éstos caen en boca de la chusma. Mi horror se acrecentó cuando comprobé que mi propia hermana, bastante liberal, en mi opinión, era parte de esa gleba prejuiciada y maledicente.

—¿Y sólo porque lo dicen tus estúpidas amigas, tú lo crees?

—En primer lugar, no son estúpidas; en segundo, no son golfas, como Miriam, y tercero, no sólo lo dicen ellas. Es *vox populi*, Fer. Miriam se acuesta con quien sea y le presenten.

—¿Y si fuera así? ¿Qué tiene de malo? A mí me suena a envidia de la buena —respondí, un poco fuera de lugar—. Como nadie les hace caso a ustedes, se obstinan en desprestigiar a la que tiene más éxito con los hombres.

—Por supuesto que Miriam tiene más éxito. Basta que le des lo que quieren a los hombres para que tengas éxito… si a esa clase de éxito te refieres. Yo, por mi parte, soy diferente. Me espero el tiempo necesario para acostarme con alguien a quien yo quiera y realmente me quiera.

—Miriam es un ángel… —murmuré.

—Sí, parece un ángel. Nosotras, las mujeres, las llamamos mosquitas muertas, pero ya tú verás, Fer. Hazle como quieras. Aparte de todo, yo pensaba que salías con otra… ¿Cómo se llama? Apenas te vi con ella la semana pasada. No te entiendo.

—Es una amiga —repliqué.

—Ja ja ja… Una amiga con derechos, dirás. Si te interesa en serio, ¿para qué quieres llamar a Miriam? Los hombres están locos. Todos son idénticos…

A los pocos días le llamé a Miriam, por supuesto. Nadie, y menos mi hermana, me disuadiría de seguir mis instintos, mi santa voluntad y mi deseo… y aunque era cierto que yo salía con otra chica, eso no impedía que tuviera mis opciones abiertas. He allí en clara evidencia el mujeriego que yo era. Lo admito: putañero y mujeriego. También había sido un cristiano pagano y sensual, un hedonista cristiano... Suena como una viciada combinación, pero San Agustín —y no Lawrence— era mi patrón y mi guía; lo había sido al menos hasta el día en que perdí la fe: "Ama y haz lo que quieras", había dicho el santo de Hipona.

En todo caso, Miriam y yo empezamos a salir por esas fechas. No recuerdo los sitios; recuerdo los besos. Recuerdo irla a buscar a su casa de muros altos y encalados detrás de la Plaza San Jacinto, en San Ángel. Recuerdo el hermoso empedrado de la calle mojado, fúlgido contra la tibia luz de las farolas; los arrayanes en la entrada y el portón con aldaba dorado; recuerdo el patio y la fuentecita de piedra, las enredaderas cubriendo esos muros, las manos entrelazadas, sus dedos finos y delgados, las venas de esas manos... Después de ir a cualquier sitio, volvíamos, más enamorados que nunca, a su casa. Si no era tarde, me quedaba con ella en la sala, frente a la chimenea, mirando la televisión u oyendo música o haciendo nada. No sé, la verdad, de qué hablábamos. No sé qué pude o no decirle mientras la fatigaba con besos y arrumacos. Algo empezaba a sentir, pero, como buen mujeriego, no iba a dejarme cautivar por nada ni por nadie. Debía tener mis antenas bien puestas; no podía dejar llevarme por mi sensualidad, mi hambre, mi deseo o lo que fuera que a ratos enternecía mi corazón... Necesitaba mantener mi independencia a toda costa, cuidarla a cualquier precio, y justo por ello no iba a hacerme novio de esa jovencita por más que me gustaran sus besos, sus caricias y sus manos finas, sus ojos verdes y angelicales... Imposible. Tal y como decía Sofía, yo salía con otra, y la verdad sea dicha: no sólo con "otra" como ella creía, sino con varias más. Era, acaso, mi manera de preservar mi autonomía. De cualquier forma, Miriam y yo nunca fuimos novios, pero tampoco fuimos amantes si por amantes se entiende hacer el amor, y no lo fuimos, no porque ella no quisiera, sino porque yo no lo busqué, jamás lo sugerí… no sé muy bien por qué. Miento. Ahora sé perfectamente por qué no me acosté con Miriam: porque pensaba que era un ángel. En el fondo quería cuidar esa incipiente relación, deseaba atesorarla y distinguirla de las otras. Tal vez sí me importaba y no era otro el motivo sino mi cristianismo fofo o mi putañerismo redentor (quién sabe) el que confundió las cosas. Me explico: la vocecita de Sofía advirtiéndome de Miriam, acusándola de golfa, fue, por increíble que parezca, el verdadero acicate, la chispa que me impulsó. Al igual que pretendía rescatar a esas rameras que alguna vez en mi vida conocí, esta vez pretendí, sin confesármelo, salvar a Miriam de su propia lujuria, de su sexualidad libertina… todo eso que atacaban con envidia Sofía y sus amigas mojigatas de la escuela. El resultado es que, al final, no me acosté con Miriam, pudiéndolo haber hecho en más de una ocasión. Si no nos lo dijimos exactamente, era claro que su cuerpo respondía al mío, sus besos se mezclaban con los míos sin dificultad, mis manos recorrían su piel con aquiescencia… El problema, insisto, fue que yo razonaba todo lo que iba o no iba a pasar con cada chica; racionalizaba, meditaba, especulaba, articulaba y desarticulaba el proceso, los movimientos, el procedimiento… porque, como ya dije, el cortejo era, en mi escala de valores, superior al acto, el juego erótico era superior a la sexualidad y el combate de los sexos era más importante que el amor sincero. Si a todo esto le sumamos mi insana idea de rescatar a Miriam de lo que se decía de ella a sus espaldas, el resultado tenía que ser por demás explosivo, y lo fue.

Lo fue cuando, dos o tres meses más tarde, un domingo, creo, vimos a Gracián y a Álvaro en el mercado de la Plaza San Jacinto, a unas cuantas calles de donde vivía Miriam. De hecho, habíamos quedado de encontrarlos allí pues, como muchos artistas, Álvaro ponía sus telas y bastidores sobre la acera de la plaza a la vista de los paseantes domingueros, madres con carriolas y nanas, padres de familia de barriga abultada, abuelitas ataviadas con sus mejores prendas. Había docenas de pintores exponiendo su obra en la plaza los domingos, bajo los esponjosos laureles y ahuehuetes, sobre la acera o entre los setos bien podados que daban paso a los ociosos que, como Miriam y yo, salíamos a comer algo, conversar y mirar la variedad de pinturas y pintores. Había de todo allí: desde aquellos principiantes que pretendían dar gato por liebre a algún incauto con dinero, hasta el pintor con experiencia que no ha sabido venderse bien en el mercado. Álvaro, en esa época, era un principiante, mas no del todo, es cierto: sus cuadros pergeñaban a un pintor seguro de su vocación, con un claro perfil figurativo, a ratos surrealista. El arte abstracto no le interesaba. Hoy tampoco le interesa el retrato ni los bodegones. Lo suyo eran y siguen siendo los monstruos o los humanos deformes. Sus cuadros eran una larga y subjetiva teratología a partir de auténticos seres humanos: mujeres tuertas, hombres tullidos, gordas inabarcables, niños enfermizos y lívidos, viejos esqueléticos… Me recordaba aquello de Henry Miller y Mona, su amante, cuando alguna vez ésta se quejó con el escritor diciéndole que el retrato que había hecho de ella en *Trópico de cáncer* no era fiel a sí misma, sino un dibujo monstruoso, a lo que Miller, sonriendo, respondió: "No pinté las facciones de tu rostro, Mona, sino tu alma, tal y como yo la veo".

De cualquier forma, Miriam y yo saludamos a Gracián, luego a Álvaro y más tarde nos marchamos a comer quesadillas de hongos y flor de calabaza dentro del bazar, una especie de patio cubierto dentro de una residencia porfiriana enfrente de la plaza. Miriam había expresado admiración frente a un par de cuadros de Álvaro, quien, por supuesto, se sintió halagado y hasta quiso regalárselos. No recuerdo más de ese almuerzo ni lo que pasó esa tarde soleada de domingo. Tal vez volvimos a casa de Miriam a pie y luego nos fuimos al cine o acaso me despedí temprano porque era domingo y ella tenía que ir a misa con sus padres (yo había dejado de ir a misa por aquella época, creo). De cualquier manera, ésa sería la penúltima vez en mi vida que la vería, justo cuando más entusiasmado me encontraba, cuando más dispuesto estaba a, por fin, cortar con la otra (u otras) y dedicarme tan sólo a esa aparición de ojos verdes, tez clara, manos delgadas y cintura y pechos brevísimos. Pero ¿qué pasó? Lo siguiente que recuerdo —y conste que han pasado treinta años— fue la inesperada llamada de Álvaro un par de días más tarde.

—¿Cómo estás? —me dijo—. Qué guapa esa chava que trajiste a la plaza el domingo.

—¿Miriam?

—Quién más, si no… —se rio—. ¿Sales con ella?

—Sí… —titubeé, pero casi de inmediato corregí—: Bueno, no.

—Digo que si es tu novia en serio, güey...

—Por supuesto que no.

—¿Entonces no te importa si le llamo?

—*Be my guest* —respondí, no sé muy bien por qué, y hoy todavía no lo entiendo. Lo cierto es que Miriam no era mi novia. Nunca se lo había pedido ni ella me lo había insinuado a mí. ¿Cómo iba yo a sugerírselo si salía con otras a escondidas? ¿No somos así los mujeriegos, seres incapaces de decantarnos por una, tipos incompatibles con la monogamia… y más si se tienen 21 o 22 años y te quieres devorar al mundo?

—Pues dame su número —me dijo con la mayor naturalidad y sangre fría, y yo, temerariamente, se lo di.

No sé qué más pasó durante los siguientes días, acaso fueran dos o tres semanas. No lo recuerdo francamente. ¿Lo olvidé? ¿Lo bloqueé? ¿Lo extirpé como se extirpa un tumor de mi memoria? En cualquier caso, ahora mismo consigo visualizarme (otra vez, la última) en casa de Miriam; me veo a mí o a mi figura larguirucha de 21 cruzando ese camino de bloques o azulejos que va del portón de la entrada en la calle hasta la sala de estar, vislumbro los altos muros cubiertos de hiedra, la fuentecita de piedra incansable, los arrayanes en flor —acaso permitiendo que pase una breve rendija en el techo de ramas para que la luz de la luna ilumine su rostro esa noche de ensalmo— y los dos de la mano entrando a su casa, sentándonos juntos, cuerpo a cuerpo, como siempre hicimos, frente a una chimenea apagada, frente a un televisor apagado, y su voz angelical, dulce y modulada:

—¿Te llamó Álvaro? ¿Te dijo algo?

—No —respondí—. ¿Qué me iba a decir?

—¿No le diste tú mi teléfono?

—Bueno —vacilé—, sí. Me llamó y me lo pidió. No hay nada de malo en ello.

Si no había nada de malo, ¿para qué aclarar que no había nada malo? Evidentemente *sí* había habido algo malo o turbio o desleal en lo que había hecho y yo, imbécil de mí, no alcanzaba a discernirlo todavía.

—Por supuesto que no —dijo Miriam soltándome la mano, girándose a mirarme a los ojos profundamente, como queriendo descifrar lo indescifrable. ¿Qué había en los suyos?, me pregunto. ¿Ternura? ¿Rencor? ¿Dolor? ¿Decepción? ¿Qué escrutaban esas pupilas intensamente fijas en las mías, opalinas y cobardes? ¿Algo que yo me resistía a admitir? ¿Acaso era que yo le había fallado? ¿Acaso era que la había herido portándome como me porté, dándole, como si cualquier cosa, su número de teléfono a mi mejor amigo pintor y mujeriego?

—¿Y te llamó? —pregunté fingiendo desinterés.

—Sí.

—¿Y? —insinué, curioso de saber lo que había que saber desde antes, desde siempre, mas yo fingía no querer saber.

—Pues nada —dijo Miriam—. Quería hacerme un retrato.

—¿Y te lo hizo?

—Fui a su casa y me pintó —dudó un instante, y añadió sin alterar las sílabas—: ¿De veras no te dijo nada?

—¿Nada de qué?

—¿De lo que pasó en su casa?

—No he hablado con él en dos semanas, Miriam —dije temiéndome lo peor, empezando a sudar profusamente.

—Nos acostamos, Fer —aclaró con esa su voz angelical, con esos labios de cristal apagado y sus mejillas mate, sus sienes tersas, su frente clara…

—No lo puedo creer —balbucí y ahora, treinta años más tarde, sólo consigo recordar cómo se nublaron mis ojos, cómo por más que hice un esfuerzo por mirar cualquier objeto (un cuadro, el tibor o el librero abarrotado) no conseguí ver absolutamente nada… Hoy consigo divisar apenas cómo el mujeriego que yo era había sido mortalmente apuñalado en el testuz como un novillo tierno.

—Sí —confirmó y para mi total sorpresa, no se disculpó, no armó una complicada justificación, una de esas melindrosas excusas femeninas, sino todo lo contrario: confirmaba lo que ni siquiera yo le había preguntado, me decía en la cara y con sus letras lo que ni siquiera tenía deseos de saber: la verdad.

Entonces no entendí nada. Era joven, tonto y mujeriego… Faltarían años para que, por fin, cayera en la cuenta de lo que realmente había ocurrido.

Me levanté del sofá, me di la media vuelta y sin despedirme de ella, salí tambaleándome de la sala, deslicé y crucé el hermoso ventanal, caminé medio ebrio por esa terracita de azulejos, oí la fuentecita de piedra borbotear y por fin salí a la humedecida calle empedrada, mohíno, desfigurado.

Nunca le dije una palabra a Álvaro y no sé si él supo que yo sabía, e incluso no sé si ellos se volvieron a ver alguna vez. Asumo que no, pero lo cierto es que no le pregunté y él tampoco dijo nunca una palabra. Conociendo a Álvaro, es muy probable que no la hubiese vuelto a buscar, pero si, acaso, Miriam y él se vieron otra vez, yo ya no estaba en esa foto, me había salido de ella para siempre.

10

Lawrence llevaba años estudiando alemán. Quería perfeccionarlo. El francés lo hablaba y leía sin problema, pero el alemán era un hueso duro de roer. Esta dificultad no era óbice para el escritor: cuando se proponía hacer algo, lo conseguía. El problema era otro: a sus 27 años nunca había salido de Inglaterra. Conocía el mundo por libros, pero no era suficiente. Como muchos contemporáneos suyos, anhelaba largarse de su país, añoraba un estilo de vida diferente. Cada día lo obsesionaba más la posibilidad de huir de su isla. Intuía que *eso* desconocido que buscaba jamás lo encontraría en Inglaterra. Ahora que, por fin, había terminado su compromiso con Louie, ahora que había renunciado a la David Road School en Croydon y mientras vivía arrejuntado en la casa de Arthur, su padre, junto con su hermana Ada y su cuñado, dedicaba largas horas del día a dos cosas principalmente: el aprendizaje del alemán y la reescritura de *Sons and Lovers*. Tenía la esperanza de que con esta tercera novela podría, por fin, vivir (modestamente al menos) de sus libros.

A mediados de enero de 1912, una tía, hermana de su madre, casada con un librero alemán, le sugiere que se marche unas semanas a Waldbröl, en el Rhin, con unas primas de su cuñado, quienes, seguramente, podrán ayudarle a mejorar su alemán. A ellas les encantaría su visita, le dice. Lawrence se entusiasma con la idea. No tiene nada que perder. Con su título de maestro, puede enseñar inglés, tratar de salir adelante en Alemania, y si las cosas no funcionan, siempre podrá volver a su patria. Antes de partir, presiente que necesita consejos y guía sobre el país que piensa visitar. Recuerda a un amable germanista inglés, profesor del Nottingham University College, a cuyas clases había asistido como oyente. Ahora que tiene un poco más de tiempo libre, decide ir a buscarlo. Nomás encontrarse en los pasillos de la universidad, el profesor Weekley lo invita a almorzar a su casa el domingo siguiente. El inolvidable 3 de marzo de 1912, Lawrence toma el tren que lo llevará a Nottingham desde Eastwood; una vez que se apee en el andén, caminará por treinta minutos a través de algunos senderos y hermosas colinas y por fin llegará a casa del profesor alemán. Una criada lo hará pasar, lo conducirá hasta la sala y le pedirá amablemente que se siente. Desde allí, contemplará a dos niñas y un niño a través del largo ventanal; los tres, rubios, desentendidos, juegan en el jardín, se persiguen: tienen 8, 10 y 12 años de edad. El sol golpea sus frentes, ilumina sus sonrisas. Ríen sin parar. La criada vuelve y le dice que el señor no ha llegado, pero que en un par de minutos vendrá la señora a saludarlo. Si en esa breve espera Lawrence hubiese fabulado que el encuentro cambiaría su destino, si alguien venido del futuro le hubiera dicho que su arte, su poesía, sus cuentos y sus formidables novelas, toda su forma de pensar y de vivir, se verían afectados por ese encuentro, hubiera soltado una enorme carcajada. Pero así fue.

Frieda entra a la sala. Se miran. Ella contempla su mirada azul, fiera, cristalina; él queda deslumbrado por la mujer de Weekly: para bien y para mal, las cartas están echadas. Nada ni nadie va a detener, por los próximos dieciocho años, esta suerte de locomotora enloquecida que es su amor, esta inmarcesible fuerza de la naturaleza dispuesta a llevarse todo tras de sí… hasta sus últimas consecuencias. Ni los tres hijos de ella, ni la orden judicial en su contra, ni un país enemistado, ni la destrucción de su pequeña vida burguesa, ni la falta de dinero y sueño, ni el riego, ni la temeridad y la locura, ni los consejos de sus dos hermanas y su padre… nada.

La leyenda cuenta que a los veinte minutos se acostaron allí mismo, frente al ventanal. Es probablemente mentira. Lawrence escribió en su diario que, aunque durante dos meses hicieron el amor donde encontraron oportunidad, él siempre se opuso a la idea de hacerlo en la casa del profesor. Ernest Weekley había sido un tipo generoso con él y no podía hacerle eso. A sus 27, Lawrence se había topado con la mujer de sus sueños: Frieda von Richthofen, de 33 años, rubia y ancha de caderas, ubérrima, bella y ultra liberal, prima hermana del afamado Barón Rojo durante la Primera Guerra Mundial. A los 24, Frieda había ya tenido a sus tres hijos. A sus 33 se había acostado, por lo menos, con tres amantes. Lawrence sería el cuarto, pero no el último. La única diferencia era que con los otros jamás se le pasó por las mientes la idea de abandonar a su marido. Al principio Frieda pensaba que lo suyo era, cuando mucho, un arrebato, un mero desliz, pero el precio a pagar sería muy alto: no volver a ver a sus tres hijos por muchísimos años.

11

Durante veinte años, hice todo lo que pude por ajustar mi nuevo país de adopción a mi exacta y justa medida. Miento, los primeros cuatro o cinco intenté lo normal, es decir, lo opuesto, lo único más o menos sensato: ajustarme yo al país, a sus costumbres y horarios, a su forma aburrida e idiota de vivir y divertirse. ¡Dios! ¡Qué difícil! Intentar ajustarlo se fue convirtiendo en una desgastante batalla en la que, tras dos décadas, terminé como un mango sin pulpa: el puro hueso mondo de la fruta sin sabor. Debo argüir que, al menos al principio, imaginé que todo sería más o menos fácil, que las cosas se irían dando conforme transcurriera el tiempo… pero la verdad es que nunca se dieron. Primero, ya lo dije, me esforcé hercúleamente para que Estados Unidos se ajustara a la exacta horma de mis zapatos; más tarde —y esto sucedió poco a poco—, hice lo que pude para ajustarme yo al país. Cuando digo "país", me refiero a esa pequeña célula de conocidos en la que vivíamos inmersos los cuatro, María, Beto, Lucho y yo.

Amigos como Braulio y su mujer Beatriz, hicimos, no lo niego (hacerlos y preservarlos era una forma *in extremis* de sobrevivencia, un apócrifo sucedáneo de patria). María y yo nunca fuimos esa clase de pareja introvertida y cerrada al mundo que eran Braulio y su mujer. Desde que llegamos al Gabacho (a mediados de los noventa), quedó claro, y esto sin ponernos nunca de acuerdo, que haríamos hasta lo imposible para inventarnos un país a la medida... y luego hicimos el esfuerzo contrario: nos fuimos adaptando nosotros al país. En esta segunda fase, María fue mucho más eficiente que yo. Llegó el punto, de esto ya hace algunos años, que admitió a propios y extraños que ya no volvería a México, que México no servía para maldita cosa y que cualquier vestigio de añoranza había quedado enterrado en su corazón. Acaso esto ocurriera aquel verano en que vimos los primeros cercenados en el zócalo de Cuernavaca, aquellos torturados sin cabeza colgando del puente esa mañana en que iba con mi hijo Alberto al Sanborns. No lo sé con exactitud. Nunca se lo pregunté a María. Acaso el espejismo se hizo añicos mucho tiempo atrás y yo no me enteré. Acaso María supo escuchar a sus padres, que cada verano nos decían con sapiencia: "¿A qué vuelven? Quédense allá".

Es difícil aceptar que el Gabacho sea una maravilla sin disputa, y más difícil admitir que uno es el más afortunado ser del planeta sólo por haberse salido de su inmundo país y por tener trabajo en el otro. Las cosas no son así de sencillas. La verdad es que yo nunca me sentí *muy* afortunado que digamos. Por esa y otras razones, María me atacaba sin piedad, por eso nos enzarzábamos en ácidas disputas morales y patrias, en las que, cada vez un poco más, ella iba teniendo la razón y yo la tenía menos. En este caso, lo admito, María la tenía porque a mí, francamente, nada en el mundo me hacía sentir *muy* afortunado, porque siempre he sido, sin remedio, ciclotímico y porque jamás he podido sentirme satisfecho con lo que tengo, con lo que adquiero o consigo... aunque, quizá, exagero la nota aquí: de algunas conquistas sí me envanezco... por ejemplo, la de mis dos hijos, ambos extraordinarios futbolistas, excelentes estudiantes, sanos, inteligentes y guapos. Pero ¡qué voy a decir que no repitan todos los padres de sus propios hijos! Lo único que sí fue un duro golpe en su momento fue ese desdichado día en que, primero, Alberto nos avisó que estaba harto de aprender piano y que ya no lo volvería a tocar. Al poco tiempo, previsiblemente, se le unió Luciano; emprendieron una especie de cruzada contra la música clásica en particular y contra la idea de que todos los niños debían aprender un instrumento, como habíamos venido inoculándoles desde su más tierna infancia.

—No es cierto, papá —recuerdo que nos gritó Alberto a los 13 años—. Nadie en el equipo de fut toca nada y tampoco los hacen tocar todas las tardes como ustedes nos obligan. Estoy harto del piano. Odio a Mozart, a Haydn y a todos los demás. Yo quiero ser futbolista. Yo voy a ser el próximo Cristiano Ronaldo…

—Y yo Messi, papá —añadió Lucho, un año y medio menor, aquella infausta ocasión.

Allí se resquebrajaron años de constante trabajo, de sentarlos frente al piano a diario durante cuarenta y cinco minutos, antes o después de la práctica de soccer; años de clases privadas, de recitales y concursos entre niños, de ensayos sabatinos en la academia donde puse miles de dólares, aparte de cientos de horas y galones de gasolina. Todo lo avanzado, todo el tiempo invertido, ¿para qué? María y yo estábamos, por decir lo menos, demudados. Yo me sentí traicionado en lo más hondo, pues adoraba la música y siempre me había sentido un pianista frustrado. Al final, María buscó a una psicóloga para niños para que tratara a nuestros dos hijos e intentase salvar la situación… Después de tres sesiones, la guapa doctora (de origen cubano y recién llegada de Miami) nos mandó llamar a su consulta:

—Temo decirles que tanto Lucho como Alberto han decidido no volver a tocar el piano. No, por ahora…

—Eso ya lo sabemos… —murmuré yo.

—Ustedes no pueden ni deben forzarlos con un instrumento que ambos están empezando a odiar —dijo, cruzando unas espléndidas rodillas que asomaban, desnudas y coquetas, de su minifalda rosa magenta—. Mejor dejar el piano ahora… Tal vez más tarde vuelvan a él. Uno nunca sabe… Comprendo que debe ser una desilusión para ustedes… Todos estos años ensayando, todo el dinero invertido… me queda claro, después de haberlos oído por tres sesiones, que es hora de que ustedes los dejen respirar. Es fundamental respetar sus inclinaciones, sus gustos… No estoy diciendo que deban hacer su santa voluntad, no, de ninguna manera, pero veo que el asunto del piano y las prácticas diarias se ha vuelto una fuente de discordia e insatisfacción para todos en su casa… ¿O me equivoco?

—Es cierto, doctora —reconoció María, entrecerrando los ojos, resignada.

Iba a decir algo, quería rebatir a la doctora, no sé, pero me di cuenta de que habíamos perdido esta ingrata batalla. Ni a Lucho ni a Alberto les interesaba mayormente el piano y mucho habíamos conseguido María y yo haciéndolos tocar por tantos años. En el fondo ya barruntaba (aunque hubiese preferido negarlo) que este duro momento llegaría. El pianista que nunca fui, tampoco iban a serlo Lucho o Albertito; en cambio, quién sabe, serían jugadores profesionales de soccer, cuestión que no se me había pasado por las mientes sino hasta ese preciso momento.

—Y quiero asegurarles —añadió la psicóloga—, que todo el esfuerzo no ha sido en vano, aunque creo que esto también ya lo saben. El piano los ha ayudado para otras muchas cosas que no están, quizá, a la vista. Luciano y Alberto son niños muy inteligentes y los dos se han dado cuenta de algo muy importante, algo fundamental…

—¿Qué? —dije levantando la vista de sus rodillas lustrosas.

—Que el piano, como cualquier otro instrumento, es lo más esclavizante del mundo, y si no lo adoras, si no estás dispuesto a sacrificarle tu vida entera, se puede volver tu peor enemigo. Y nadie quiere eso, ¿verdad?

La psicóloga había dado en el clavo. Yo hubiese soñado con que al menos uno de los dos se hiciera concertista. ¿Cuántos padres no cultivan sueños similares? Y, en cambio, los dos querían ser futbolistas… y eran buenos, muy buenos: mediocampista Luciano, delantero y goleador de su equipo, Betito.

María y yo salimos del consultorio, cabizbajos. Sabíamos que era hora de reconocer la derrota: ambos amábamos la música, sí, pero el futbol nos había ganado la puta batalla. Al final, la terapia con la cubana había sido para nosotros… y así se lo dije a María.

—Eso fue evidente, Fer —respondió, medio amargada—, pero la verdad, ya no quiero hablar sobre este asunto.

—¿Crees que debemos vender el piano?

—¿Estás loco?

—Tienes razón… —rectifiqué—. Tal vez se les antoje volver a tocar algún día. Nunca se sabe…

Como sola respuesta, mi mujer, que no quería hablar del tema, añadió antes de subirse al auto:

—No se te olvide que invitaste a Braulio y su mujer a cenar a la casa mañana.

—No lo he olvidado, cariño.

—Olvidas todo —y era cierto: cada día mi memoria me traicionaba un poco más: no olvidaba los nombres de personajes de libros leídos hace veinte años, nombres de pianistas, conciertos, grabaciones, número de Óscares que tal o cual película había ganado hacía un lustro, pero olvidaba lo inmediato, lo próximo, lo de ayer…

—¿Ya sabes qué vas a preparar? —dijo mientras encendía el coche.

—¿Tú crees que mi cordero con ciruelas y jengibre sería buena idea?

—¿Por qué siempre te complicas la vida, Fer? Ni siquiera sabemos qué diablos comen ellos, mucho menos sus cuatro hijitas. Pon unas hamburguesas en el asador y una ensalada, y con eso sobra y basta. Yo compro helado para postre. Tenemos tequila, ¿no? Ellos hicieron pizzas cuando fuimos a su casa, ¿recuerdas?

—¿Cuánto tiempo hace?

—No los hemos visto en meses —dio la vuelta en la avenida principal, y luego agregó—: Le he dicho a Vero y a Selene que vengan mañana también. Espero que no te importe. Por eso, mejor haz unas hamburguesas. A todo mundo le gustan…

—¿Vienen sus hijos?

—Los de Selene sí, que no tiene quien se los cuide.

—¿Y Arnold?

—De viaje.

Al final, hice hamburguesas y ensalada como María sugirió. Beatriz y Braulio llegaron sobre las seis, lo mismo que Vero, nuestra vecina yucateca. Selene llegó sin su marido, el gringo Arnold, pero trajo a sus dos hijos, ambos futbolistas como Betito y Luciano…

Más o menos de esta forma, como por generación espontánea, se ensanchaban las comunidades latinas en Estados Unidos… Digo "latinas" pues basta con que uno de los invitados al convite no sea mexicano para que, en lugar de "mexicana", se le llame "comunidad latina", lo que en el caso de la nuestra era cierto pues, aparte de Vero, la yucateca, formaban parte del grupo Gabriela, una atractiva brasileña de Bahía, y

Günter, su marido alemán (y mi mejor amigo durante aquellos años). También formaban parte de esta nutrida célula Jaime y Matilde, arequipeños e indocumentados; Selene, la segoviana más chistosa del mundo, y Arnold, su esposo gringo, republicano y cristiano, pero, a pesar de todo, simpático. Con todos nos reuníamos al menos dos veces al mes en casa de alguno. Nadie era de Charleston, ni siquiera Arnold, que, por cierto, hablaba español tan bien como Günter hablaba el portugués. El problema era que Gaby, la mujer de Günter, hablaba muy bien español y éste no hablaba una jota, lo que producía una cierta incoherencia, pues Günter se comunicaba con nosotros en portugués creyendo que le entendíamos todo lo que decía cuando en realidad sólo entendíamos la mitad. Los únicos que lo habíamos estudiado a medias éramos María y yo. Por eso a veces la conversación gravitaba hacia el inglés sin que ninguno se percatara del despropósito. Esa tibia noche de otoño sería, si mal no recuerdo, la primera —y última— en que Beatriz viniera a nuestra pobre casa —pobre en comparación a la de nuestros vecinos, pues éramos, hay que decirlo sin vergüenza, cola de ratón en un barrio de leones... cuando alguna vez, siendo jóvenes y privilegiados en México, habíamos sido cabeza de ratón.

Aquí tal vez sea propicio mencionar, aunque sea de refilón, al hijo mayor de Verónica, Badi, quien será, sin imaginármelo a esas alturas, uno de los detonantes que decidirá mi abrupta estampida de los Estados Unidos. Por ahora sólo diré que Vero, originaria de Mérida y tres años mayor que yo, se había casado no sé cómo ni por qué con un sirio musulmán que se la había llevado a vivir a California cuando apenas tenía 19 años. Durante treinta, la maltrató, abusó de ella (psicológicamente), le hizo dos hijos musulmanes, hasta que, por fin, ella se atrevió a huir, acompañada de Badi y su pequeña Agar, al otro lado del país, al Este, justo a la casa aledaña a la nuestra. Escapar del sirio es una exageración. En Estados Unidos no puedes huir con tus hijos por más jodido que te esté yendo en la vida. El juez otorga o niega la custodia, de lo contrario, te los quitan en un abrir y cerrar de ojos (eso, por ejemplo, le pasó a una criada que tuvimos, quien no volvió a ver a sus hijos porque se los quiso llevar). Vero se divorció del sirio y éste, por increíble que parezca, le cedió la custodia sin chistar. Ella se largó de su casa sin dinero y con una sola maleta. Estaba desesperada. Era ahora o nunca, nos contó. Al sirio pareció no importarle demasiado, y ella, pobre y liberada, llegó a Charleston porque aquí le habían dado trabajo de maestra en una escuela del condado. Ahora no quería saber absolutamente nada de los hombres. Los odiaba (bueno: odiaba a los que querían acostarse con ella). Era la mejor amiga de María desde hacía diez años y a mí me caía muy bien: era lo que se dice una buena mujer, demasiado buena, en mi opinión. Habíamos visto crecer a Badi y a Agar, su hija, lo mismo que ella había visto crecer a Lucho y a Albertito. Esto era, a fin de cuentas, lo que aquí se le denomina "comunidad latina". Cuando no hay tíos, primos o abuelitos, te los inventas, los creas a tu imagen y semejanza y los preservas, claro está, como si fuesen de tu propia sangre…

El viernes que Braulio y Beatriz llegaron con sus cuatro hijas, las niñas hicieron su pequeño círculo sin apenas saludar a nadie (así eran de tímidas o descorteses). Las cuatro habían dejado muy en claro que los varones —léase los dos hijos de Selene y los nuestros por igual— no eran bienvenidos a su excluyente clan de señoritas. Encantados y desentendidos, los cuatro niños se largaron a la calle a jugar una cascarita. No creo que nuestros hijos y sus hijas hayan cruzado una palabra esa velada. ¿Era que las suyas eran niñas y los nuestros, niños? ¿O acaso porque sus hijas eran como la madre: enemigas de la integración, es decir: segregacionistas? No exagero. Esa misma noche, María y yo descubriríamos, por ejemplo, que, en todos esos años que habían estado en Estados Unidos (casi los mismos que nosotros), ésta era la primera vez que visitaban la casa de otra pareja, con otros amigos, otra familia...

—¿Y eso por qué? —preguntó, intrigada, mi mujer en el patio trasero, donde estábamos sentados bebiendo cervezas bajo una enorme sombrilla medio rota. Desde junio y hasta octubre hacía un calor endemoniado en Charleston. En el verano no oscurecía sino hasta las nueve y media o diez de la noche. Era septiembre, supongo, u octubre. Habíamos vuelto de Cuernavaca, como solíamos, a mediados de agosto, listos para reanudar otro nuevo ciclo escolar, uno más lejos de mi patria odiada, otro más escindido entre dos culturas adversas y enemigas.

—No hemos tenido mucha suerte —contestó Beatriz.

—Más bien no hemos hecho el intento —la corrigió Braulio.

—No somos muy sociales que digamos.

—Habla por ti, Bety —prorrumpió Braulio otra vez sirviéndose un tequila—. Yo sí lo soy... Cada vez que he intentado jalarte a una reunión de la universidad, te niegas a acompañarme...

—¿Qué esperabas? —replicó su mujer.

—No entiendo —dijo tímidamente Selene, quien no tenía un pelo de tímida y sin embargo no estaba enterada de nada.

—Sus colegas son gente que ni conozco ni me interesa. Una bola de ateos comunistas. ¿Para qué pierdo mi tiempo con esa gente? Si Braulio quiere ir, que se largue él solito…

María y yo nos miramos con el rabillo del ojo: ella amaba a Elizabeth Warren y yo a Hillary y los dos éramos ateos redomados. ¿Qué pensaría Beatriz si lo supiera? Di un trago a mi cerveza. Empecé a sudar.

—¿Y tienes hijos? —le preguntó Beatriz a Verónica, acaso para darle un giro a la desagradable conversación.

—Sí, dos, pero están ya grandecitos. Prefieren quedarse en casa. El mayor se gradúa el próximo año y luego se me va a la universidad.

—Felicidades… ¿A cuál?

—Quiere irse a California.

—¿California? Pero ¿por qué tan lejos?

—Allá vive su padre.

—¿Eres divorciada?

—Felizmente… desde hace diez años.

—¿Te fue mal? —preguntó Braulio.

—Sí, era musulmán. Éramos completamente diferentes. Digamos que se aprovechó de mí. Él era doce años mayor que yo. No sé por qué me casé, francamente…

—Estabas jovencita —acudió Selene en su ayuda.

—¿Te hiciste musulmana? —preguntó Beatriz sin soltar su vaso de agua mineral: era la única que no bebía esa noche. Ella parecía la musulmana, pensé…

—No, Dios me libre —se rio—. Aunque, claro: lo intentó de forma muy persuasiva por varios años…

—¿Y tus hijos? —dijo Beatriz, alarmada.

—Ellos son musulmanes, pero no practican. Ahora mismo, no son nada.

Braulio y Beatriz, que no conocían a Vero ni su historia, estaban perplejos. No era para menos: ¿qué hacía una yucateca casándose con un sirio musulmán doce años mayor que ella?

Justo cuando empezaba a escanciar otros dos tequilas para Braulio y para mí, Beatriz conminó a su marido:

—Ya son muchos.

—Es el tercero —dijo él, como si le estuviera pidiendo permiso.

—Luego te pones muy pesado.

—Es el último —intervine con la botella de Herradura todavía en la mano, dispuesto a que Beatriz no nos arruinara la velada con sus melindres etílicos, por lo que de inmediato añadí para hacerme el simpático—: Luego pasamos al mezcal...

Evidentemente, mi chiste no le había caído en gracia a Beatriz. Se hizo un breve silencio, el cual rompió ella misma para decirle a su marido, esta vez sin dirigirse a mí en lo más mínimo:

—Tienes que manejar y si nos detiene una patrulla, nos jodimos, Braulio.

—¿No tienen papeles? —se atrevió a preguntar mi mujer.

—Tenemos la *green card*, pero no es lo mismo, María...

—¿Y las niñas? —preguntó Selene.

—Ellas nacieron aquí.

—Igual que mis hijos —respondió la segoviana—, pero, claro, mi marido es americano...

—Acompáñame a poner las hamburguesas —le dije a Braulio, levantándome de la mesa, ligeramente incómodo con su intragable mujer. Él hizo lo propio y me siguió sin soltar su caballito rebalsando tequila. La calina había menguado, pero la humedad no. Debían ser las siete y media, hora más que razonable para cenar, aunque los gringos, ya se sabe, acostumbren hacerlo sobre las seis de la tarde. Ese hábito lo seguíamos más o menos al pie de la letra durante la semana, pero por alguna razón —y siempre que la comunidad latina se reunía—, ese puntual horario se transgredía y terminábamos por cenar más tarde de lo habitual.

Ya frente al asador y con las hamburguesas listas para echarse al fuego, le pregunté a Braulio sin que nadie nos escuchara:

—¿Siempre te jode con lo del chupe? Tampoco es que te vayas a poner pedo.

—Ella no bebe y cree que cualquiera que se toma dos cervezas es un alcohólico.

—¿Qué dirá de María y nuestras dos amigas?

—Mejor ni te digo —y se echó a reír.

A pesar de fingir acompañarlo en su risotada, sentí un escalofrío: ¿de veras era cierto que Beatriz fuese tan prejuiciosa como Braulio la dibujaba? ¿No estaría exagerándolo todo? ¿Nos estarían tomando el pelo los dos?

Luego de un trago, Braulio añadió en un susurro:

—No sabes el trabajo que me dio convencerla para que viniéramos. Mis hijas nunca han ido a otra casa desde que nacieron, te lo juro…

—¿Y no van a las casas de sus amigas de la escuela?

—Nunca han ido.

—No te creo.

—No te lo tomes personal, Fer. Simplemente a Bety no le gusta ir a casa de nadie. Así ha sido desde que la conozco. Dice que cualquier hogar ajeno puede ser una mala influencia para nuestras hijas; dice que no conocemos las costumbres de los otros, que debemos ser cautelosos y consistentes con su educación y eso sólo se logra, según ella, evitando los peligros que acechan en el mundo. Ridículo, lo sé, pero ¿qué le voy a hacer? ¿Ponerme a pelear con ella todos los días?

Aproveché la coyuntura para responder esa pregunta, aunque fuera claramente retórica:

—Pues opinar... Decirle que no estás de acuerdo, qué sé yo... No puedes tener a tus hijas metidas en una burbuja toda la vida, y tú tampoco, Braulio.

—Así ha sido —reconoció—, como vivir en una burbuja. Exactamente.

—Salte de ella —dije, y luego corregí—: Salgan de esa burbuja... los dos. Sácala a ella para que vea que hay más cosa allá afuera aparte de tu nueva casa.

—¿Tú crees que no lo sabe?

—...

—El demonio se ha apoderado del mundo, según ella.

—¿Un demiurgo?

—Hablo en serio, Fer —me contestó, ríspido, y luego, en voz baja, añadió—: Por eso quiere vivir encerrada, con el mínimo contacto social. Odia el cine, nunca hemos salido de Charleston, ni siquiera a Savannah, que dicen que es muy bonita.

—No te lo creo. Savannah vale mucho la pena. Estamos a hora y media...

—Jamás ha querido ir a un concierto conmigo o a la playa; nunca hemos ido al centro a cenar porque dice que es muy caro y, para colmo, hace hasta lo imposible para que yo no salga contigo por las noches ni en el día.

—¿Te lo prohíbe?

—No, exactamente —se rio—. Lo hace mucho mejor que eso. Es muy lista. Por ejemplo: si le digo que hay una lectura en el departamento y que luego iremos a cenar todos los colegas, me dice: "Por mí no hay problema, pero ya sabes que mañana te toca llevar a las niñas a la escuela temprano y odias madrugar. Así que, si yo fuera tú, mejor no iría. La despertada va a estar terrible. Aparte, si no vas a la lectura, nadie se va a enterar". Tiene una forma sutil de sobajarte, si se lo propone...

107

Yo ya no sabía qué decir. Estaba aturdido y no entendía si era el tequila, el calor nocturno y las cigarras o lo que estaba oyendo. Enterarme de estas peculiaridades, que poco o nada me incumbían, me sacaba de quicio. Era como si le estuvieran haciendo algo malo a un hermano y el imbécil no se diera cuenta de nada. Claro: Braulio no era mi hermano y tampoco era un bebé. Entonces ¿por qué me irritaba oír estas verdades? Les di vuelta a las hamburguesas; Braulio le puso una rebanada de queso a cada una y yo volví a cerrar la tapa del asador.

—Ya van a estar listas —dije—. Voy por el jitomate y la lechuga a la cocina.

Entré a la casa y en lugar de ir a la cocina, fui a lavarme la cara y refrescarme con el aire acondicionado, que enfriaba maravillosamente. Volví por las legumbres, saqué el kétchup y la mostaza, y al final llamé a los niños, que seguían jugando en la calle. Una hermosa luna redonda retumbaba sobre las copas de los frondosos árboles. Las farolas de nuestra cerrada coadyuvaban a iluminar los rostros mugrientos y felices de los cuatro.

Llegó Selene a hacerme compañía. Ella también había ido a avisar a sus hijos y los míos. Me dijo con su fuerte acento segoviano:

—Pero hombre, ¿de dónde mierda ha salido esta mujer?

—¿Beatriz?

—Sí, ¿qué otra?

—¿Por qué lo dices?

—Porque cuando te fuiste a poner las hamburguesas empezamos a hablar de sexo y ella puso una cara de enfado que ni te imaginas.

—¿Pues qué decían?

—Tonterías. Las ventajas de estar divorciada, como Vero, o algo así... Los hombres no te están jodiendo todo el día con el puto sexo, ja ja ja...

Me reí. Selene era muy explícita. Y eso me encantaba.

—Pues estoy de acuerdo con Beatriz. No es para menos… —dije, riendo, sólo para jorobarla.

—Hablo en serio —respondió Selene—. Nos confesó que tenía solucionado ese problema desde hacía mucho tiempo.

—¿A qué te refieres?

—Al buen entendedor, pocas palabras. Pero hombre: pareces un crío, Fer.

—¿Me estás jodiendo? —pregunté para cerciorarme de que había entendido correctamente—. ¿No hay nada *de nada* en su casa?

—Eso dijo —y de inmediato añadió—: Dame eso, yo lo llevo a la mesa…

Tomó las verduras, los frascos de mostaza y kétchup y luego se giró hacia los cuatro niños que seguían jugando al futbol sin hacernos el más mínimo caso:

—Que os voy a dar por culo si no vienen ahora mismo a cenar.

—Las hamburguesas están listas —grité a su vez y nos volvimos por el jardín iluminado por la luna blanquísima. Ella se siguió hasta el patio trasero, donde seguían departiendo las señoras, y yo me dirigí hasta el asador. Aún seguía perplejo con el comentario de Selene. ¿Sería cierto? No me atrevía a preguntárselo a Braulio. Cuando me acerqué hasta donde él estaba, ya había sacado las hamburguesas y las acomodaba sobre una fuente extendida de talavera, una hermosa pieza que teníamos desde que María y yo nos casáramos.

—¿No te conté? —me dijo alargándome una cerveza helada—. Me invitaron al Festival de Poesía de Oaxaca. No sabes cómo me hace falta una buena escapada. Voy a leer un texto sobre Paz en el que estoy trabajando. Luego te lo paso.

—Por supuesto —dije por decir, y luego agregué—: ¡Qué envidia! ¡Oaxaca! Fui hace veinte años. Lawrence vivió en Oaxaca…

—No sabía.

—¿Leíste *The Plumed Serpent*?

—Tampoco.

—Léela. Te vas a asombrar…

—Lo haré… —dijo mientras se acomodaba sus lentecitos estilo León Trotsky.

—¿Y no te ha armado un lío Beatriz? —pregunté.

—No puede, porque la universidad me lo paga todo. Aquí no hay argumento que valga.

—No me refiero al dinero… sino a que vayas a México y la dejes sola con las niñas.

—Por supuesto que hay pedo —se rio como si fuera de lo más natural que tu mujer te armara líos por cada movimiento que haces—. Se pone histérica, dice que sólo voy a ver a quién me cojo…

Estaba a punto de decir que no era para menos… pero me contuve.

Por lo que acababa de escuchar, ellos dos no hacían el amor desde hacía mucho tiempo. Este detalle no me lo había confesado Braulio en nuestros cafés *todavía*. Había sido Beatriz la que se lo había insinuado a las mujeres y Selene apenas me lo había transmitido a mí. Lo último que hubiese deseado esa noche era armar un lío entre ellos. Ya habría oportunidad de explorar ese lado tenebroso de su turbia relación, pensé…

—Por cierto —dije mientras volvíamos al patio con las mujeres, quienes ya habían acomodado los platos y los vasos en un par de mesas desplegables que teníamos en el garaje para ocasiones como ésta—: ¿cómo te fue en el maratón? Nunca me contaste.

—Bien y mal.

—¿Y eso por qué?

—Porque mejoré mi tiempo por dos minutos y medio, pero me jodí la espalda.

—Mierda —prorrumpí girándome a verlo bajo la sombra del abultado tilo que nos tapaba de todos los demás—. ¿No me digas que no te compraste los tenis para correr?

—No, por eso me jodí —y añadió—: Aún no me los he comprado. Ya te lo dije, pero no me lo quieres creer: o café en Starbucks contigo o tenis para correr. No hay de dos sopas con Bety. Ella es la administradora...

—Sí —la cancerbera, pensé—. Definitivamente no se puede tener todo en el mundo.

12

El viernes 3 de mayo de 1912, a las dos de la tarde, Lawrence se citó a escondidas con su nueva amante, ambos listos para abordar el vapor que los llevaría al continente. Ninguno augura lo que está a punto de cambiar sus vidas para siempre. Lawrence no imagina que no volverá a Inglaterra en mucho tiempo; piensa que el viaje a Alemania es cosa de unas cuantas semanas. Frieda igual. Han pasado dos meses desde que se conocieran y la exaltación y el arrobamiento no dan señales de disminuir. La temeridad los empuja a planear nuevas y desquiciantes aventuras. Con todo, Frieda von Richthofen no está preparada para confesarle a su marido su infidelidad. Sabe que la afrenta será difícil de aceptar. Y le sobra razón. Prefiere, en lugar de confesar este desliz, contarle otro que ha tenido con nada menos que el amante de su hermana Else, el psiquiatra austriaco Otto Gross, padre de la contracultura del siglo XX, discípulo de Freud, paciente de Jung, teórico de la liberación sexual y drogadicto. Ernest Weekly pierde la cabeza y Frieda decide dejar a sus hijos con sus suegros y marcharse a visitar a sus padres a Metz. El joven Lawrence no está contento. Quiere que Frieda confiese su amor incondicional hacia él y no la anodina relación que ha tenido con antiguos amantes. Este subterfugio no lo satisface. Lo suyo es distinto; algo puro y absoluto. Su amor es como una religión. Ella no está preparada para dar ese salto. Lo quiere, lo admira y lo desea, pero nada más. Lawrence se empeña, no obstante, en abrir su relación al mundo, confesárselo todo a Weekly cuanto antes y empezar de cero con Frieda. Ella no está preparada. El joven escritor le pide demasiado. Así continuarán, con largos estira y afloja, sin lograr definir su estatus por un periodo. Él exigirá cada vez más de ella y Frieda se resistirá a ceder a sus exigencias. Lawrence le dice en Metz: "No más artilugios, mentiras, suciedad y miedo". Después de una semana en Alemania, el novelista está harto de vivir a escondidas: apenas y consigue ver a su amante, quien pasa la mayor parte del tiempo con su madre y sus hermanas. Ambos tienen que mentir y buscar nuevos pretextos para reunirse y hacer el amor. No es esto lo que el escritor ambiciona, por supuesto. Él sueña con una especie de utopía sexual y moral. La utopía del amor prístino, limpio y natural, sin supercherías, engaños o excusas. La del amor absoluto: un espejo frente a otro donde todo se sabe, donde nada se esconde, donde se vive el sexo como se vive una religión: con fe absoluta y ciega. Eso no lo encontraría con Frieda, pero encontraría otras cosas. Con ella descubrirá otra manera de querer, acaso muy distinta de la que imaginó en un principio, una forma de amar que yo también descubriría al lado de Irene, pero más tarde… cuando por fin decida abandonar a María y mis hijos.

Ernest Weekly le escribe a Frieda a Metz: exige saber si sigue viendo a sus amantes. Específicamente, a Otto Gross. No imagina que es otro el enemigo. ¿Qué debe responder Frieda? ¿La verdad, tal y como exige Lawrence, o debe continuar engañándolo? El tiempo apremia… Ernest le ha puesto un ultimátum: quitarle para siempre a sus hijos. ¿Debe decirle que tiene un nuevo amante, seis años más joven, y que se llama David Herbert Lawrence? ¿O mejor seguir el consejo de su madre y hacer hasta lo imposible por continuar la farsa, preservando así su matrimonio, sus hijos, su desahogada vida inglesa, la servidumbre en casa, la ropa cara y los viajes, su holgada economía burguesa? Harto del asunto, Lawrence decide escribir una pequeña carta a Ernest confesándole que ama a su mujer, pero no se la envía. En cambio, se la entrega a Frieda, pidiéndole —amenazándola— que sea ella la que le aclare la verdad.

Justo a mitad de este intríngulis, Lawrence es detenido por las autoridades militares alemanas: lo acusan de ser un espía inglés rondando una base militar. Para poder absolverlo, Frieda termina por revelar su identidad, y por ende la de su padre influyente. El noble estatus de los Von Richthofen sirve para eximir al joven escritor y dejarlo en libertad. Sin embargo, el padre desaprueba a Lawrence una vez ambos se entrevistan, por lo que el novelista tendrá que salir de su hotel y refugiarse en Trier, un poblado cercano, con el poco dinero que le ha prestado Frieda.

Durante esta ausencia, Lawrence piensa que su amante ya le ha escrito a su marido contándoselo *todo*. Cuando la vuelve a ver en Trier un par de días más tarde y se entera de que no lo ha hecho, monta en cólera, uno de esos típicos arranques que no lo dejarán nunca en la vida. Coge a Frieda del brazo, la lleva al correo y le exige mandarle un telegrama a su marido en el que admita estar viendo a su amante, y más aún: donde le diga que ama al joven escritor por sobre todas las cosas y desea hacer una vida a su lado. Lawrence ya ha enviado, por su cuenta, una carta a Weekly esa misma mañana. Éste recibe de manera conjunta las dos y de inmediato asume que han sido enviadas con el propósito de que sepa la verdad y consiga unir los cabos: el telegrama de Frieda no aclara el nombre del amante y la misiva de Lawrence habla del incondicional amor que profesa a su mujer. Enloquecido, Weekly responde pidiendo el divorcio y le dice a Frieda que le quitará a los niños.

Los padres de Frieda se ponen furiosos. El padre la amenaza diciéndole que si elige escaparse con ese muerto de hambre, no lo volverá a ver. Frieda no resiste un día más en Metz y se marcha a Múnich a visitar a su hermana Else, la actual amante de Otto Gross. Lawrence no tiene otra alternativa más que largarse a Waldbröl, a ocho horas de distancia, a hospedarse por dos semanas con las primas de su cuñado, la causa original que motivó todo este desaguisado conyugal.

A pesar de su frustración con Frieda, Else les consigue un departamento gratis en una pequeña ciudad cercana a Múnich. En Icking vivirán los siguientes dos meses. Allí Lawrence escribe cuatro cuentos y termina otra revisión de su novela. Piensa que ésta por fin está lista para enviársela a su viejo editor, William Heinemann. Su futuro económico está puesto en *Sons and Lovers*. Las siguientes semanas, Lawrence y Frieda las pasarán en una especie de montaña rusa, entre agrias negociaciones y docenas de cartas en las que Ernest y Frieda querellan cada pormenor de su ya inevitable separación. En julio, Heinemann le contesta a David Herbert diciendo que ha decidido rechazar la novela, pues le parece pobremente estructurada y "muy sexual", entre otras tonterías. Con ese descalabro, Lawrence recibe otra carta, de su amigo Edward Garnett, en la que le dice que la novela es maravillosa, pero necesita algunos pequeños ajustes. Mientras tanto, la amargura y el coraje acumulados de Frieda contra su marido se desplazan contra Lawrence: es sólo por su culpa que ha tenido que sacrificar a sus tres hijos. Weekly no le ha dejado alternativa: o el escritor o los niños. Aunque

Lawrence admite que Frieda ha tenido que elegir entre sus hijos y él, no parece calcular las consecuencias. Mal que le pese, esta elección acarreará un precio: Frieda estará, a partir de entonces, culpándolo por lo que no había sido, a fin de cuentas—piensa Lawrence—, más que su propia decisión.

A fines de agosto se cumple el plazo de dos meses para usar el departamento prestado donde Lawrence ha podido, mal que bien, reiniciar el manuscrito de su novela. Lleva setenta páginas. Falta mucho, pero la mejoría es notable. Piensa que el rechazo de Heinemann tiene su lado luminoso: ahora puede revisar sus sentimientos actuales hacia Frieda a través de lo que Paul Morel siente hacia la señora Clara Dawes, esa amante divorciada de la novela. Esto significa que no sólo ya están imbricadas en la construcción psicológica del personaje Louie, Alice y "Jane", sino también Frieda.

En ese momento, y sin tener un sitio claro adonde marcharse, Else les sugiere que se vayan a Italia, puesto que la vida allá es mucho más barata que en Alemania. Aceptan sin titubear: a estas alturas no tienen nada que perder y queda claro que necesitan abaratar su estilo de vida. El 5 de agosto de 1912, con escaso dinero y un mínimo de pertenencias, cruzan la frontera austriaca y dan inicio a la que se convertiría en la más grande aventura de sus vidas y uno de los capítulos más singulares de la historia literaria y amorosa de todos los tiempos.

13

Ocho, mi amigo de la infancia, tenía una hermana tres años mayor que nosotros. Mónica me encantaba desde niño, pero jamás me hizo el menor caso. Era la séptima de esos ocho hijos que habían quedado huérfanos repentinamente. Ya conté que mi amigo aprendió a la mala la tarea de labrarse un lugar en el mundo; también conté que dejó la escuela secundaria y se puso a trabajar en cuanta cosa pudo desde los 13 años, lo contrario de mis otros amigos, quienes eran, casi todos, niños pudientes, malcriados, un poco como yo, con la diferencia de que yo era, a diferencia de ellos, insufrible, atolondrado e hiperactivo.

Por años me dediqué a perseguir a Mónica, haciendo caso omiso de la obvia diferencia de edades y sin querer entender lo evidente: que una chica de 15 jamás se fijará en un chico de 13, por más calenturiento y persistente que éste sea. Y vaya que yo era un niño ardiente. Lo fui desde la adolescencia, acaso desde mucho antes de la pubertad. Tenía vello por doquier: axilas, brazos, piernas y hasta un poco en el pecho (Albertito y Lucho heredaron esa parte de mis genes). Las mujeres me enloquecían desde que tengo memoria, y si eran mayores, me enloquecían más. No voy hablar de mi fijación por varias amigas de mi madre, mi maestra de matemáticas, mi tía Esther, prima hermana de mi padre, o incluso las madres de Álvaro o Gracián, ambas sumamente atractivas. Me enfocaré en Mónica, quien compartía conmigo una obsesión: le gustaban los hombres mayores, mucho mayores, tanto como a mí me gustaban las mujeres mayores. Para ella, por eso mismo, yo no existía. Era, si acaso, la enfadosa abejita zumbona que no dejaba de irritarla un instante; era, cuando mucho, el mejor amigo de Ocho, su hermano menor, otro abejorro insufrible. En algún momento, Ocho llegó a infatuarse con Sofía, mi hermana; sin embargo, Sofía jamás le hizo el menor caso. Con los años, se pondrá más gordo, al punto de que Linda, su esbelta y broncínea mujer, se dedicará a defenestrarlo a cada oportunidad, a ponerle apodos y a compararlo con cualquier flacucho que se cruzase en el camino.

De la familia de ocho hijos, sólo Mónica terminará una carrera y será una mujer más o menos exitosa y más o menos normal, lo que sea que esto signifique. Los demás hermanos se convertirán, poco más o menos, en parias, tipos fracasados, ora pobres, ora enfermos, ora desempleados a perpetuidad, ora con infinitos problemas conyugales, ora dependientes de la pobre madre prematuramente envejecida; en resumen: una larga familia disfuncional, sin padre, sin dinero y sin brújula...

Mónica estudió economía en la UNAM y allí haría también su maestría. Justo en el posgrado, a sus 26, se enamoraría de su flamante profesor veinticinco años mayor. Ese profesor era el padre de Álvaro, mi amigo pintor, padre de Elba, la mejor amiga de mi hermana Sofía. El doctor Horacio García era un tipo menudo, calvo, de una oratoria impecable, de maneras majestuosas y medianamente culto. Aparte de sus dos hijos y su ampulosidad, el economista tenía un atractivo que lo distinguía: era muy rico. (Cabe aclarar que la mayoría de los profesores de la UNAM suelen ser tipos más o menos ricos a pesar de lo que cree la gente; enseñan en su *alma mater* como forma de retribución, filantropía o acaso por remordimiento. Nadie que enseñe en la UNAM vive de ese sueldo miserable.) No pretendo aducir que Mónica se hubiese fijado en el dinero de don Horacio, ni mucho menos. La conozco bien. Casi crecí a su lado. Sólo una vez la besé, y eso fue a fuerza y porque Ocho le vendó los ojos engañándola con no sé qué juego de las adivinanzas, lo que me costó, por supuesto, una posterior paliza de su hermana. Así que, mal que bien, sé de lo que estoy hablando y por ello pondría las manos en el fuego: a Moni la atrajo la edad de don Horacio, en primer lugar, y en segundo su oratoria, su voz segura y gutural, y sólo en tercer lugar le importó su dinero, su posición económica, justo lo que ella había perdido con la muerte de su padre. No deja de saltar a la vista el que Moni tuviera casi la edad de los hijos de don Horacio, Álvaro y Elba. El primero tenía mi edad. Elba tenía la edad de Sofía, casi dos años menor que su hermano. Pero este detalle no pareció incordiarle a don Horacio, quien estaba divorciado por segunda ocasión. Si algo había que aprenderle y admirarle era su singular desprecio por el qué dirán, su desdén absoluto por la sociedad casquivana del Distrito Federal. Eso le aprendí y creo que también lo aprendió su hijo, quien, desde muy temprana edad, mostró su irrefrenable pasión por el arte, la pintura, la escultura, la cerámica y poco o nada hacia una carrera universitaria y las convenciones sociales. Este detalle es importante para comprender mejor su decisión cuando, tres décadas más tarde, se una conmigo en la creación de un *ashram*, la comuna lawrenciana de la que ya hablaré.

En cualquier caso, Mónica dejó a su novio, un compañero de estudios, para irse a vivir con don Horacio y compartir cama, mesa y macarrones con sus hijos, Álvaro y Elba, más la servidumbre que, en esa casa inmensa, menudeaba. Yo estuve allí muchas veces. Sofía también. A veces íbamos los dos juntos; a veces cada uno por su cuenta. Ella para ver a Elba y yo a ver a mi amigo. Como podrá echar de ver cualquiera que lea esto, era por demás extraño saludar a Mónica en casa de mi amigo. Si la hermana de Ocho tenía 26, yo tendría unos 23. No obstante, ella era la nueva irrefutable señora de la casa, la madrastra de mi amigo. Exagero con lo de llamarla madrastra, por supuesto. Gracián y yo jodíamos a Álvaro con eso, pero, bromas aparte, Moni era una chica inteligente y la nueva compañera de su padre. Ni qué hablar que jamás le dije una palabra a Álvaro sobre mi atracción, sobre esos delicuescentes sueños eróticos que tuve por la hermana de Ocho. Si era de por sí ya incómodo aceptarla —sobre todo para Elba—, hubiese sido cruel echarle más sal a la herida. Al final los dos hermanos hicieron de tripas corazón y continuaron sus vidas como si nada hubiera ocurrido.

Creo que dije ya que Ocho y Álvaro no eran amigos. Se conocían a través de mí, por Sofía, por vivir en la misma zona de la ciudad, pero nada más. Si jamás fueron amigos, menos lo serían a partir de este momento. Ni qué hablar que la madre gazmoña y chapada a la antigua de Ocho puso el grito en el cielo cuando supo que su hija (la mejor) se había ido a vivir con un señor que le doblaba la edad y con hijos de la misma edad que su hija. Era una desgracia, una vergüenza, se desgañitó en una ocasión que no consigo olvidar, pues casi le da un paro de lo lívida que estaba. Pero ni siquiera esto arredró a Moni. La atractiva hermana de mi amigo era una de esas mujeres que, cuando se impone una meta, la cumple. Esto sin contar con que estaba realmente enamorada. En todo caso, Ocho perdió un poco la cabeza por aquella época, según recuerdo, y empezó a odiar al pobre Álvaro —¡como si hubiera sido culpa suya que el economista se llevara a su alumna más aplicada a vivir a su casa!

Así habrá pasado un año, hasta que don Horacio y Mónica anunciaron su compromiso. No sé si esto fue, al final, un alivio o una pena mayor para aquellos que, como la madre de Ocho y sus hermanos, veían con malos ojos esa relación. En todo caso, Sofía y yo fuimos a la boda. Gracián Méndez también, pero ninguno de los hermanos de Mónica o su madre asistieron. Ellos, supongo, se solidarizaron con la madre dolida y agraviada… La sorpresa mayor ocurrió cuando, con doscientos invitados esperando la llegada de la novia a la ceremonia civil en el hermoso jardín de laureles de la India, Moni no apareció. Nadie entendía nada. Sofía le preguntó a Elba y yo le pregunté a Álvaro y ninguno nos supo decir nada, o fingieron no saberlo. En cualquier caso, entremetido y curioso, llamé por teléfono a casa de Ocho para preguntarle qué sabía… cuando, para mi sorpresa, fue Moni la que respondió al teléfono entre irreprimibles sollozos. Yo ya no podía colgar… aunque tampoco quería hacerlo; deseaba enterarme, saber a partir de la mismísima fuente primordial lo que había sucedido tras bambalinas, pues nada menos que doscientas y pico de personas seguían esperando en el jardín, esa tarde maravillosa con crepúsculo rosa y magenta.

—Nos peleamos, Fer —me dijo con voz temblorosa.

—No entiendo.

—Tal y como lo oyes…

—Pero es sólo una pelea, Moni. Todos nos peleamos, no es para tanto. Yo sé que don Horacio te quiere mucho —dije por decir, porque era lo más obvio e inmediato—. Se llevan bien y tú también lo quieres…

—Claro que lo quiero, Fer, pero no entiendes.

—Cuéntame. Soy todo oídos.

Estaba sentado en la biblioteca del padre de mi amigo, un sitio acogedor, casi todo de madera, que conocía de sobra, pues hacía algunos años don Horacio me había pedido que se lo forrara de libros. Y eso hice, encantado. Don Horacio conocía mi pasión por la literatura y, quizá, para animarme o fomentarla, me había ofrecido un muy divertido trabajito durante un verano que estuve desocupado: elegir qué libros faltaban en su biblioteca, hacer la lista e irlos a comprar con su consentimiento y su dinero.

—¿Nadie te escucha? —me preguntó.

—Nadie.

—¿Dónde estás?

—En la biblioteca. La puerta está cerrada.

—¿Y los invitados?

—En el jardín, esperándote —dije perdiendo la paciencia, pero conteniéndome—. ¿Qué pasa, Moni? Hay doscientas personas allá afuera.

—No te lo puedo contar, Fer.

—Sabes que nunca se lo diré a nadie. Te lo prometo. Nos conocemos desde niños.

—Lo sé, pero…

—¿Qué pasa? ¿Qué diablos te impide casarte?

—Me acusó.

—¿Quién te acusó? —prorrumpí.

—Horacio, ¿quién más?

—¿Te acusó de qué?

—…

—Dime, Moni. Nadie nos oye, te lo juro.

—Me da vergüenza contártelo, Fer.

Tenía que hacer de tripas corazón: algo flotaba en el aire y estaba a punto de descubrirlo, estaba a punto de desenmarañar el enigma. Insistí, imploré:

—Dime.

—Dice que me acosté con Álvaro, tu amigo. Álvaro, su hijo, ¿lo puedes creer?

—¿Qué? —no cabía del estupor. Las órbitas de mis ojos empezaron a dar vueltas. Estaba realmente perturbado.

—Está loco. Está chiflado, Fer. ¿Cómo diablos se le pudo ocurrir ese despropósito? Y justo un día antes de nuestro matrimonio. ¿Acaso no me conoce? ¿No hemos sido novios más de un año? Dios… Estoy desecha.

—¿Y por qué lo dice?

—No lo sé —dijo entre sollozos—. No quiero imaginar siquiera que tu amigo le hubiese dicho una mentira como ésa, pero no se me ocurre otra cosa, Fernando. Estoy desesperada, me quiero morir. No me merezco que me traten de esa manera…

—Tranquila —dije, pero no sabía qué más añadir.

—¿Cómo voy a estar tranquila? Yo quiero a Horacio y lo voy a perder. Ya lo he perdido.

—Ven y arregla las cosas. Hablen. Todo se puede aclarar hablando —no podía dar crédito a mis palabras, las más insulsas que he podido expresar en mi vida y en el peor momento posible, pero ninguna otra cosa se me ocurrió. Tenía las sienes y las palmas de las manos bañadas en sudor.

—Imposible. Me siento dolida… ofendida. Le grité, me gritó, nos dijimos cosas terribles. Odio a tu amigo, Fer. No sabes cómo lo odio. Ojalá se muera el miserable…

Justo en ese instante la puerta de la biblioteca se abrió de par en par: era don Horacio. Se me quedó mirando con ojos de hierro candente:

—¿Qué haces aquí?

—Estaba hablando… —balbucí aterrado.

—¿Tan importante es? —y en ese preciso instante caí en la cuenta de que don Horacio nos había estado escuchando por la otra línea—. ¿Con quién?

—Con…

—Pásamela —dijo con la voz más dura que le había oído, furioso, pero contenido.

Se acercó, me arrebató el teléfono y me dijo con voz tonante:

—Lárgate de aquí y vete con los invitados.

Salí despavorido. Me encontré a Gracián, quien sólo me dijo:

—Pero qué pálido estás, Fer.

Y de inmediato nos encaminamos a una barra y pedimos al cantinero dos cervezas. No dije una palabra, por supuesto. Elba y mi hermana se nos unieron al minuto, entre risueñas y atribuladas.

Sofía dijo:

—Pobre Mónica, qué raro es todo esto…

—Mejor así —dijo Elba, quien obviamente prefería ver a su padre soltero que con una joven de su misma edad.

—No digas eso —le reprochó Sofía—. Tu padre debe estar muy triste. No es para menos.

—Ya se le pasará —dijo Elba con severa certidumbre—. Lo conozco de sobra. Tiene debilidad por las jovencitas. ¡Qué vergüenza! No es la primera ni será la última.

—¿Y la fiesta? ¿Y los invitados? —dije yo.

—¿No oíste lo que dijo don Horacio? —se giró Gracián hacia mí con su cerveza helada en la mano.

—No. Estaba en el baño —mentí.

—¿Tienes diarrea o qué te pasa? —pregunto Sofía en broma—. Estás pálido.

—No seas tonta —fingí naturalidad, y luego añadí—: Y bueno: ¿qué dijo tu padre, Elba?

—Que la fiesta siga adelante, que la cena se serviría igual, que la pasáramos todos contentos y que los mariachis llegarían sobre las diez…

—Y eso pienso hacer: pasármela de puta madre y cantar con los mariachis —concluyó Gracián con una risotada que desentonó con el ambiente que se había empozado en el inmenso jardín anochecido—. Ya le eché el ojo a una güerita que está sentada por allá, bajo la sombrilla. ¿La conocen?

—¿Y tu novia? —preguntó Elba.

—¿Ceci?

—Sí, ¿cuál otra?

—No la traje, por supuesto. ¿Para qué llevar sándwich al festín?

—¿Y por qué diablos quieres conocer a una nueva? —prorrumpió Sofía.

—No, sólo quiero una amistad —dijo Gracián socarronamente, dándole un largo trago a su cerveza—. ¿Qué tiene de malo? Dime…

—Eres impresentable —lo atajó Elba—. ¿Lo sabías?

—No —contestó Gracián cuando en ese preciso instante apareció Álvaro, campechano, sonrojado, bohemio y natural; luego añadió, girándose a mirarlo—: ¿Y dónde estabas tú, cabrón?

—En el baño —respondió el pintor.

—¿Tú también? —preguntó mi hermana—, ¿pues qué bicho se les metió en la panza?

Álvaro se giró a mirarme de una manera bastante extraña, casi torva, como si quisiera indicarme con sus ojos gris perla que él ya sabía que yo sabía que él sabía… O eso creí, pero ya no estoy seguro.

14

Durante poco más de una semana, Frieda y Lawrence caminaron como nunca lo habían hecho. Cruzaron a pie la frontera que divide Baviera de Austria, escalaron los Alpes sin equipo, durmieron sobre heno, pernoctaron entre gavillas de trigo en algunos graneros; en una ocasión durmieron a la intemperie, en otra les cayó la nevada a mitad de las montañas; en el poblado de Glashütte se guarecieron en un pequeño hostal; en algunos tramos del recorrido tomaron trenes y en otros, carros de posta; se perdieron en dos ocasiones a mitad de la noche; reemprendieron la marcha hasta Achenesse, donde, nuevamente, volvieron a pernoctar en una granja; pasaron luego por Kufstein para recoger en la aduana una valija con la ropa que Elbe les había enviado; se cambiaron de muda y reenviaron la valija hasta Mayrhofen; acto seguido, caminaron veinticinco kilómetros hasta llegar al valle del Inn; al siguiente día reemprendieron la marcha hacia Mayrhofen, adonde, por fin, arribaron un viernes por la noche completamente molidos. Allí tomaron una habitación en una granja al pie de las montañas por las siguientes dos semanas.

Ocho días más tarde, se reunieron con ellos dos jóvenes recién llegados de Inglaterra. El primero, David, era hijo de su querido amigo Edward Garnett y estudiaba ciencias; el segundo, Harold, tenía la misma edad. Juntos los cuatro, partieron al sur, no sin antes despachar la valija con ropa hasta Bolzano. Aunque felices con las espectaculares vistas del Tirol italiano y con las expediciones que compartían desde el amanecer, en esta ocasión —y después de una semana de largas caminatas— Frieda y Lawrence estaban rendidos. Ni mencionar el número de pequeños poblados donde pernoctaron durante esa nueva travesía; sólo cabe notar que, cuando el joven David y su amigo Harold se hubieron marchado, Frieda le confesó a Lawrence que, cuando el joven David y él habían ido a buscar plantas alpinas hacía un par de días, ella y Harold habían hecho el amor sobre un haz de heno.

¿Cómo describir la cara de estupor del novelista? ¿Habría furia, perplejidad, incredulidad o pura desolación? Por otro lado, uno no puede dejar de preguntarse: ¿y por qué lo hizo Frieda? Decir, como ella dijo, que el joven Harold estaba enloquecido por ella no tiene importancia y no la justifica. Más importante es deducir por qué se lo contó a Lawrence, cuando nadie tenía que haberlo sabido jamás: podía haber permanecido como un secreto. La única respuesta, aparte de una discutible "transparencia" por la que Lawrence siempre abogó, se llama, acaso, "compensación" y se traduce más o menos de esta manera: si yo, Frieda, he dejado todo por ti, ahora tienes que aguantarte y aceptarme tal y como soy. No digo que esas fueran sus exactas palabras y ni siquiera sé si se las dijo. Aunada a esta necesidad compensatoria, estaba, creo, la urgencia de dejarle claro al escritor que ella seguiría siendo una mujer libre e independiente, y que, si así la había conocido, así tendría que continuar amándola.

Pero ¿qué habrá pensado el novelista? ¿Su liberalismo en materia sexual iba en ese sentido? No lo creo. Hasta donde sabemos, su filosofía no congeniaba con la poligamia, aunque sí con los derechos de la mujer y la igualdad de los sexos, por más que elucubrara alrevesadas teorías de dominación sexual. La cuestión no es tanto si Frieda se acostó con Harold, como cuanto si él se acostaría con otras. Por lo pronto, el novelista no tuvo alternativa: si Frieda le había sido infiel a Ernest, su marido, ¿qué le hacía pensar que no se lo sería a él, que ni siquiera era su esposo? Para serlo faltan varios meses; antes deben llegar a Trento donde comprarán su primer diccionario inglés-italiano. Lawrence sorprenderá a propios y extraños cuando, diez años más tarde, se vuelva el primer traductor al inglés del novelista Giovanni Verga.

De Trento toman a Riva, que a los dos les pareció encantador. El clima era lo que ambos siempre habían soñado, un sitio perfecto para la delicada salud del escritor. La ciudad era bastante cara para su presupuesto, y tras una sola noche de estancia, tomaron hacia Gargnano, no lejos de Riva, donde, por fin, se establecerían, pobres y exhaustos, por los siguientes dos meses. Para ese momento, el dinero escaseaba al punto de que apenas tenían para comer. Justo en ese momento, cuando no sabían cómo pagar su estancia en el Hotel Cervo, Lawrence recibe de Garnett el milagroso adelanto de *The Trespasser*.

Mucho, y para siempre, cambiaría Lawrence al lado de Frieda en Italia. Observar sus costumbres, buscar integrarse a las tradiciones y rituales locales, tendrá un efecto difícil de aquilatar en lo que será, a partir de esa época, la nueva cosmovisión del novelista. Esos puntos ciegos de la conciencia con los que aún bregaba se abrieron como ventanas largamente selladas. Supo que debía desaprender toda la vieja rigidez anglicana, la insoportable flema de sus paisanos, el modoso comportamiento inglés. Supo que el autocontrol que se había esmerado en emular de sus compatriotas era lo contrario a cómo él pensaba que debía conducirse el ser humano. Supo que su sensualidad había sido severamente atrofiada, pervertida, por culpa de su educación puritana, o mejor, por culpa de la gazmoñería de su madre. Acaso por primera vez en su vida reconociera algún valor en la incultura y espontaneidad del padre, el mejor bailarín del condado, el minero más dicharachero y jovial que había habido en Eastwood; ese mismo padre, rudo y varonil, que sus hermanos y él repudiaron. ¿Acaso no eran mejores la rusticidad espontánea y jovial, el sensualismo terrenal del padre, que la cicatería y rigidez puritana de la madre medianamente culta? Seguro ésta y otras preguntas empezaron a reacomodar y ajustar muchas de sus ideas, las cuales germinarán en esa obra monumental que empieza a fraguarse en su alma con el título provisional de *The Sisters*.

Pero antes están las querellas cotidianas con Frieda, el difícil día a día en una tierra extraña, viviendo uno a expensas del otro, consolándose, culpándose, leyéndose y apoyándose como Dios les dé a entender y en la agreste soledad de un lugar desconocido, cuya lengua, aparte de todo, no hablan aún; están, asimismo, las eternas negociaciones con Weekly, quien no da señales de dar su brazo a torcer y que, para colmo, le ha dicho a Frieda que no la dejará volver a ver a sus hijos...

En esa época Frieda lee, entusiasmada, *Anna Karenina*, y con ello descubre en la protagonista sus mismas razones, sus mismas dudas sobre su malavenido matrimonio y su obsesión amorosa por el amante que, al igual que Anna, Frieda adora ciegamente y no piensa abandonar. Tiene la peregrina ocurrencia de enviarle la novela a Ernest, esperando que acaso al leer la historia de Anna se apiade, la comprenda y puedan con ello llegar a un acuerdo legal. Sin embargo, olvida quitar de entre sus páginas una pequeña nota perdida: en ella, William Dowson, uno de sus primeros amantes ingleses, le había apenas escrito que si lo que ella en el fondo deseaba era escapar de Weekly, mejor lo hubiera hecho con él. Ni tardo ni perezoso, Ernest le reenvía esta nota a Lawrence, lo que, irónicamente, suscitará un nuevo, terrible, altercado de celos entre Frieda y el joven escritor.

Por fin, después de enviar la nueva versión de *Sons and Lovers* a Garnett para ser publicada por Duckworth, quien acababa también de publicar sus *Love Poems*, Lawrence emprende tres infructuosos intentos de inicio de novela. Los desecha. No es sino hasta febrero de 1913, y tras una larga batalla por encontrar la forma adecuada de contar la historia, que *The Sisters* empieza, ahora sí vertiginosamente, a madurar. Este largo proyecto le consumirá los próximos cuatros años de su vida y lo convertirá en uno de los más grandes escritores en lengua inglesa. Decir cuatro años en Lawrence es como decir ocho o dieciséis en cualquier otro escritor: tal era su capacidad de trabajo (sin contar con que ese mismo año escribirá dos obras de teatro, un hermoso libro de viajes, *Twilight in Italy*, y uno de sus más famosos cuentos largos, "The Prussian Officer", entre otras cosas). Lawrence no sabe que ese inmenso fresco que empieza a germinar terminará por dividirse en dos novelas, ambas, cimas de la literatura del siglo XX: *The Rainbow* y *Women in Love*.

15

A Braulio lo vi a su vuelta de Oaxaca, pero ya no vimos a Beatriz sino hasta mucho tiempo después, cuando el vendaval había empezado a devastar muros y ventanas. Estaba claro que el tema "familias" no iba a prosperar entre nosotros. Por más que insistiéramos, Bety le daba largas a María cada vez que mi mujer intentaba ponerse de acuerdo para salir a cenar o venir a la casa con las niñas. Está claro que no basta ser del mismo país para que se den las cosas en otro. Era evidente que la mujer de Braulio quería seguir viviendo en su pequeña burbuja, lejos de los agentes malignos y virus que abundan en el exterior. María y yo no nos lo tomamos personal. Luego de lo que Braulio me había confesado, y después de haber conversado con Beatriz, captamos que el problema no residía en nosotros, sino en las peculiaridades de la mujer de Braulio. María no insistió. Yo seguí viendo a Braulio, seguimos encontrándonos en el mismo Starbucks. Más tarde nos reuniría en el concurrido *Irish Pub* de Darts Pointe, un hermoso barrio residencial a medio camino entre su casa y la mía, donde servían hamburguesas de carne de venado y chelas a mitad de precio los miércoles. Varias veces invité a Philip, el adjunto de mi departamento, quien le cayó muy bien a Braulio. Philip era un tipo desinhibido, alegre y espontáneo, de enormes barbas blancas, que lo avejentaban más de la cuenta. Tendría unos 58, pero parecía de 65 o más. Era divorciado y vivía arrejuntado con una gringa viuda y rica que lo mantenía, o casi. Podría haber vivido de su sueldo a duras penas —los adjuntos ganan menos que los profesores, y ya es mucho decir—, pero vivía más holgadamente que Braulio y yo. Era claro que la viuda lo consentía, y eso nos lo hacía saber con una buena risotada, como si se riera de nuestra apretada situación. No tenía hijos, no tenía compromisos, no debía nada a nadie y su novia rica no le rompía las pelotas a cada oportunidad. Al contrario, lo dejaba libre, lo instigaba a salir con sus camaradas, a no quedarse en casa apoltronado, a disfrutar de la vida, beber y gastarse su dinero (el de la viuda), con tal de que el buen Philip la mantuviera sexualmente contenta, según nos susurró en una de esas veladas. Pronto, Philip se volvió una pieza indispensable de esos encuentros. Hablaba español a la perfección y adoraba y ponderaba a México tanto y tan exageradamente que, a veces, conseguía irritarnos un poco, pues era claro que idealizaba nuestro jodido país. Había pasado un año en Puebla de jovencito, y desde entonces creía que México era el paraíso; jamás había vuelto para cerciorarse de si en realidad lo era. Lo que no entendíamos era que, si tanta pasión sentía por la patria de Ramón López Velarde y Díaz Mirón, ¿por qué no se largaba entonces a vivir allá? Y la respuesta era la misma que la nuestra: ¿cómo y de qué iba a comer un gringo en México, si los mismos mexicanos no tenían empleos bien remunerados? Nadie quería vivir por debajo de lo que estaba acostumbrado. Nadie deseaba descender en la escala social y pecuniaria, aunque lo cierto era que los tres habíamos descendido —de una u otra forma y por distintas razones— en los últimos diez años. El sueño americano se había ido convirtiendo en la pesadilla americana. Uno trabajaba y se rompía el lomo (aunque exagero un poco) sólo para poder ir tirando, para salir a flote cada mes. En cuanto a mi salario, no había cambiado en, por lo menos, los últimos siete u ocho años, pero la inflación y el costo de vida se habían ido por las nubes. Cada vez se oían más historias de indocumentados —y documentados— regresando a sus países de origen: Honduras, Guatemala, México, El Salvador, Ecuador y hasta España. Pero basta de lamentaciones. Lo cuento sólo para dejar claro el espejismo del que he estado machaconamente hablando: el oasis que en algún momento implicó México (visto desde Estados Unidos, claro), y más concretamente, el edén perdido que podía encontrarse, según yo, en el Oaxaca que Lawrence amó y abominó.

Durante uno de esos miércoles, después de habernos zampado nuestras respectivas hamburguesas y de habernos bebido dos pintas de cerveza cada uno, surgió el tema religioso. No sé quién le preguntó a Philip cómo había aprendido español tan bien, y aunque sabíamos que había vivido en Puebla, no sabíamos cómo había llegado hasta ese rincón del país.

—Era misionero —nos confesó, y de inmediato echó una risotada.

—¿Hablas en serio? —dijo Braulio, que, la verdad, no sabía cómo interpretar la risotada—. ¿Misionero, tú?

—Sí, cabrón —respondió Philip, quien usaba los mexicanismos un poco fuera de lugar y a destiempo—. Era mormón y eso hacíamos todos los chavos al terminar el High School…

—¿Irse a predicar a la montaña? —pregunté.

—Exacto, mano —y le dio un largo trago a su Guiness—. Me enardecía contando la llegada del ángel Moroni, la visión de Joseph Smith, las leyes en las Planchas de Oro que el Profeta tradujo para que todos sus seguidores las pudiéramos entender, y muchas otras cosas, muy largas y complicadas de contar.

—¿Eres de Utah? —preguntó Braulio, medio perplejo y mesándose su barbita de candado.

—No, de Colorado, pero da igual —rio—. No sólo hay mormones en Utah, compadre. Los hay por doquier. Somos legión, ja ja…

—¿Y tú sigues siéndolo?

—Por supuesto que no; de lo contrario no estaría bebiendo con ustedes. ¿No sabes que los mormones no beben?

—La verdad, no —dijo Braulio, aunque yo sí: mi cultura mormona venía de una única fuente: *The 19th Wife*, una excelente novela histórica que acababa de leer por recomendación de María.

—Tampoco beben café ni fuman ni bailan ni celebran Navidad… —agregó Philip.

—¿Y entonces qué chingados hacen? —lo interrumpió Braulio.

—Cogen como liebres… —otra vez soltó una enorme risotada—. Entre más cojan, más Santos de los Últimos Días se irán al Cielo con el buen Jesús.

—¡Ah, caray! —exclamó Braulio.

—¿Qué, no viste *Big Love*? —le pregunté—. ¿La serie sobre las comunas polígamas en Utah?

—Pensaba que todo eso era exagerado…

—No te creas —nos explicó Philip—. Todavía existen, pero son súper secretas. A mí no me tocó vivir en una de ellas, por fortuna. Mis padres no eran polígamos, pero sí muy religiosos, y nos forzaron a ser misioneros antes de entrar a la universidad. Para su pinche mala suerte, fue cuando entré al College, después de estar en Puebla predicando, que abrí los ojos y rompí para siempre con ellos…

—¿Con tus padres?

—Con los mormones, primero…

—¿Y qué dijeron tus padres?

—Pues tuve que romper con ellos también. No hubo remedio. No quisieron escucharme. Estaban ofendidos, decepcionados, qué se yo…

—¿Y tus hermanos?

—También.

—¿Cuántos tienes? —pregunté con las últimas gotas de mi cerveza en el vaso.

—Once.

—¿Once? —dijo Braulio.

—Así se estila, compadre. Como en México…

—¿Y no los has vuelto a ver?

—No. En treinta años, casi. Sólo un par de veces vi a mi hermano menor, pero de eso ya hace mucho tiempo…

—¿Y tu madre?

—Murió sin que me perdonara…

—¿Perdonara qué? —pregunté, aunque entendía de sobra.

—Mi blasfemia, mi herejía, como la quieras llamar. Con los mormones no se juega, ¿sabes? Si estás dentro, no sales. Y si sales, no vuelves a entrar. Es una fe eterna… Estás elegido por Dios desde antes de nacer…

—¿Pero tú querías volver a entrar?

—En absoluto. Yo sólo quería reconciliarme con mis padres, pero ellos nunca me quisieron escuchar. Todo fue en balde. Al poco tiempo me casé a escondidas con una judía que conocí en la universidad y a quien le encantaba el español como a mí. Mis padres se enteraron y eso fue todavía peor, pues el matrimonio entre los mormones es eterno, ya no hay vuelta para atrás. Si te casas, te casas para la eternidad, ¿entiendes? El divorcio es una falacia, según ellos, aparte de una maldición. Yo había muerto para mis padres y para la Iglesia de los Santos de los Últimos Días. Ya luego me divorcié de Deby y por fin fui un hombre libre y feliz y supe que no hay nada eterno, ja ja ja...

Nos reímos los tres con la moraleja. Chocamos nuestros vasos.

—¿Y practicas algunas cosas todavía? —insistió Braulio.

—Soy ateo convencido. Por eso te digo que soy muy feliz. Si no, no lo sería. ¿Y tú, Fer?

—Yo, igual: soy ateo ferviente.

—Lo de ferviente suena raro —comentó Braulio dándole un trago a su pinta.

—Exacto. Ése es el problema conmigo: que soy ferviente en casi todo. Quisiera ser ateo a secas, pero no me sale...

Los dos se rieron. Chocamos las cervezas y pedimos una nueva ronda. Estábamos sentados en el patio y no adentro, en el bar, donde los ancianos de Darts Pointe jugaban al Bingo entre suaves penumbras. La noche afuera era clara y fresca. Algunas estrellas pequeñitas titilaban en el cielo límpido de Charleston. Hacía una suave brisa que despejaba el tibio ambiente. Los ficus y un grupo de setos bien alineados rodeaban el patiecito. Algunas mesas alrededor dejaban entrever su algarabía; algunos grupos comían totopos con salsa, otros bebían o conversaban. Se estaba bien allí; la música era excelente y no excesivamente alta. Reconocí una rola de Band of Horses, una de mis bandas favoritas. El vocalista vivía cerca de mi casa (lo mismo que Bill Murray, el actor), pero nunca lo había visto en mi vida. A los tres nos gustaban cada vez más esos encuentros en el *Irish Pub*, los cuales estaban hechos a la medida presupuestal de Braulio. Yo tuve que prestarle en un par de ocasiones y Philip lo invitó más de una vez: al gringo le sobraba el dinero. Lo de enseñar en la universidad se había vuelto un pasatiempo ahora que había vendido su casa y se había mudado con la viuda millonaria. Yo ya le había contado a mi amigo adjunto la situación de Braulio con su mujer, y por eso los dos, mal que bien, tratábamos de solidarizarnos con él, aunque siempre cuidando de no ofenderlo.

—Tengo que contarles algo —dijo Braulio, saliendo de su ensimismamiento.

—Suena a algo cojonudo —se rio Philip usando una de esas expresiones castizas que había ido mezclando con las mexicanas.

—Conocí a alguien en Oaxaca.

—¡Mierda! —salté—. ¡Qué bien te lo tenías guardado, cabrón!

—Creo que me estoy enamorando.

—¿De lejos y tan pronto? —dije—. No mames, Braulio. Ni que fueras un crío de teta.

—No es eso, sino que la vida con Beatriz se pone peor cada día. De ser mi mamá y educarme, ahora se ha vuelto mi gendarme… Ya no la aguanto… —se detuvo, dejó su vaso casi vacío, y añadió—: En serio, me estoy enamorando…

—No digo que no te cojas a quien quieras —aclaré—, lo que me hace ruido es que insistas en decir que te estás enamorando.

—Cuando no has querido a nadie en toda tu pinche vida, es fácil que te ocurra —contestó, obviamente decidido a sincerarse esa noche.

—¿Nunca quisiste a tu mujer? —se atrevió a deslizar Philip en un suave e indiscreto murmullo.

—Nunca.

—¿Y qué haces con ella, entonces? —preguntó el gringo.

—Por si no lo sabías… tengo cuatro hijas.

—Ya lo sabía, pero igual, eso qué importa…

—¿Igual qué? —prorrumpió Braulio.

—Igual no es vida estar con alguien a quien no has querido nunca, como dices… ¿Para qué carajos lo haces? Ningún hijo merece ese sacrificio, el cual, aparte de todo, jamás te lo va a agradecer. Mi padre toleró a mi madre cuarenta años, y ¿tú crees que mis hermanas o yo se lo agradecemos? Al contrario. Siempre sentí pena por el viejo. La última vez que vi a mi hermano, el más chico, me contó que, antes de morir, mi padre le confesó que nunca había querido a mi madre, y entonces dice que le preguntó: "Pero… papá, ¿por qué te quedaste con mi madre tanto tiempo?" "Porque el matrimonio es eterno", le contestó humillado, "y por ustedes, por supuesto". Mi hermano ya no dijo nada. Cuando me lo contó, pensé: "Mierda, qué desperdicio, qué forma de malgastar la única vida que tienes. ¿Estar tantos años con alguien que no quieres? Yo creo que por eso no tuve hijos con Deby, ¿sabes?, pero eso es harina de otro costal… —vaciló—: Así se dice en México, ¿no?

—Sí, harina de otro costal —corroboré.

—No sólo no quiero a Bety —dijo Braulio sin soltar su nueva pinta, como si, al sujetarse de ella, pudiera cobrar fuerzas para decir lo que estaba a punto de revelarnos—, la detesto, la estoy empezando a odiar… Me siento usado, engañado, manipulado…

—¿Y todo esto ha sucedido desde tu viaje a Oaxaca?

—No sé si desde Oaxaca o desde antes, Fer —me contestó, lívido, atribulado, los labios empapados de espuma—, pero da lo mismo… Supongo que lo mío ya venía incubándose desde hacía mucho tiempo; sin embargo, sólo desde que conocí a Lore me atreví…

—¿Así se llama la oaxaqueña?

—No es oaxaqueña —aclaró Braulio—. Es del DF. Es poeta. Estaba en el Festival y conectamos de inme-

138

diato. Yo ya no me quería regresar, la verdad. Estaba feliz. No me hubieras reconocido, Fer. Era francamente otro. Hacía siglos que no me había sentido tan libre, tan humano, tan feliz, tan yo mismo…

—No te culpo —dije, asombrado.

—Y para colmo me puse a leer al pinche Lawrence, como me sugeriste. No lo he soltado desde entonces.

—¿D. H. Lawrence? —saltó Philip, intrigado.

—Sí —dijo Braulio.

—¿No me digas que te gusta? —le pregunté al gringo—. ¿Lo has leído?

—¿A quién no le va a gustar, hombre? Yo estuve vuelto loco con sus novelas durante una época de mi vida. Creo que las leí todas…

—Pues aquí Fernando escribió un libro sobre él —dijo Braulio girándose hacia mí.

—Bueno, no exactamente —corregí, ruborizado—. Fue mi tesis, y era sobre Octavio Paz. Mejor dicho: la influencia de Lawrence en Paz, pero de eso ya han pasado muchos años…

—Fue Deby, mi ex mujer, la que me puso a leerlo —dijo Philip, muy contento con el recuerdo—. Yo creo que, sin ella, o mejor dicho, sin Lawrence, seguiría siendo un pendejo mormón, esclavo de mis supersticiones…

Y se rio muy fuerte al decir esto. Lo mismo nosotros. Otra vez chocamos las cervezas. Evidentemente estábamos algo achispados y desinhibidos. La brisa perfumaba el patio del *pub*, como si se tratara de un incienso de algas marinas. Los ficus y las hayas se mezclaban con el efluvio invisible del mar. Aquella velada había sido, sin planearlo, especial. Algo inédito y decisivo se había incubado entre los tres; algo que sólo más tarde sabríamos aquilatar en su debida proporción. Allí empezó todo, y si no completamente todo, al menos esa inolvidable velada, una semilla, el germen de algo, se instaló dentro de mí… Pero acaso nuestro *ashram*, la idea de una comuna, había empezado mucho tiempo atrás, con Braulio y sus problemas conyugales, o bien conmigo y la noche en que conocí a Irene, o tal vez mucho tiempo atrás, hacía un siglo, cuando Lawrence tuvo la ocurrencia de largarse de Inglaterra e irse a buscar el edén perdido en Oaxaca…

Como si leyera mi pensamiento, Philip de pronto agregó:

—Cuando leí *The Plumed Serpent* en la universidad, pensé: "¿Qué clase de pendejo he sido al no haber ido a Oaxaca cuando pude hacerlo?" Tuve la oportunidad, pero andaba predicando el *Libro de Mormón* a los recalcitrantes poblanos… —y se rio con el recuerdo—. Ya después, me prometí volver un día, pero hasta el día de hoy, cuarenta años más tarde, sigo vegetando en América, enseñando español a imbéciles que no quieren aprenderlo; me he vuelto un pinche *couch potato* en mi propio país… o como diría Pink Floyd: "I've become comfortably numb", ja ja…

—¿Y qué diablos te detiene? —dije sólo por azuzar a ese solterón sin hijos, divorciado, arrejuntado, sin problemas de dinero y con tiempo libre como para hacer lo que le diera su regalada gana.

—Pues nada, la verdad. El miedo, supongo…

—¿El miedo a qué? —preguntó Braulio—. ¿A los narcos?

—¿Cómo crees? —sonrió—. El miedo a que me quiera quedar para siempre a vivir allá. Y eso creo que me puede suceder.

—¿En Oaxaca?

—Sí, en México —contestó.

—¿Y qué tiene de malo? —pregunté.

Vaciló un instante, se quedó meditando la respuesta, y por fin dijo con una fina luz en los ojos, un brillo que supe de inmediato distinguir:

—Pues nada, la verdad. De hecho, sería maravilloso si me atreviera a dejarlo todo.

—¿Qué es todo? —insistí.

—No sé, la verdad, pues nada me ata, de hecho, a Charleston. Ni siquiera la mujer con la que vivo.

—¿Te das cuenta? Nada te ata, Philip; nada te detiene —exclamé—, en cambio, Braulio y yo…

No pude terminar, no supe terminar…

Braulio aprovechó ese momento de vacilación o ambivalencia, y preguntó a quemarropa:

—¿En cambio nosotros qué, Fer?

—Nada —contesté, muerto de miedo—. Nosotros, nada.

16

A su vuelta a Inglaterra, Frieda se encontraría con que las cosas eran mucho peores de lo que se imaginaba. Cuando trató de ver a sus hijos, se lo prohibieron. Desesperada, una mañana decidió irlos a buscar a la escuela. No podía dormir, había perdido el apetito. Necesitaba urgentemente verlos. Constance, la mujer de Edward Garnett, quien no aprobaba la idea de ir a espiarlos, no tuvo más remedio que acompañarla. Frieda vio al pequeño Monty, el varón, unos cuantos segundos, lo besó, le dio una carta secreta, un poco de dinero y le pidió que les dijera a sus hermanas que su madre estaba de regreso. Para su mala suerte, la hermana de Ernest (quien fungía desde hacía un año como nana de los niños) lo supo, se lo dijo a su hermano y los chiquillos no tuvieron otra alternativa que no volver a ver a su madre. Weekly luego utilizaría esa misma carta en la Corte —junto con la de Lawrence— para conseguir la custodia legal y la prohibición terminante de que la madre adúltera se acercara a los niños. Una mujer que los había abandonado por más de un año no podía ser, bajo ningún concepto, una madre confiable y sensata. Antes de haber finalizado el divorcio, Weekly le mandó otra misiva advirtiéndole que, para sus tres hijos, ella estaba muerta. No sólo eso, la llamó "un cadáver en descomposición".

El único sitio en toda Inglaterra donde pudieron quedarse sin recibir la reprobación —o hasta a veces los insultos e injurias— de la gente era la Cearne, esa acogedora casita a las afueras de Kent donde Edward y Constance los habían recibido en otras ocasiones. Allí Lawrence se sintió en relativo sosiego a pesar de las amargas disputas en las que, habitualmente, Frieda y él se enzarzaban. Lo mejor que, al final, pudo sacar de esa visita relámpago a su aborrecida patria, fue el haber trabado amistad con dos jóvenes editores de una nueva y entusiasta revista, *Rhythm*; ellos eran Katherine Mansfield y John Middleton Murry. La primera empezaba a cobrar notoriedad con sus maravillosos cuentos cortos; el segundo era un tipo encantador, cultísimo, por quien Lawrence sintió una inmediata y profunda atracción. Aunque al principio Lawrence y Frieda pensaban que la pareja tenía mucho dinero (sobre todo dinero para pagar sus contribuciones), pronto descubrirían la verdad: no sólo no podían pagar a sus autores, sino que incluso los Lawrence tenían que invitarles los pasajes de tren o muchas veces las comidas.

Finalmente, y tras un productivo verano de contactos y relaciones públicas en Londres, los dos partieron de Inglaterra a principios de agosto de 1913 para establecerse (vía Irschenhausen, Alemania) en un pequeño poblado italiano cerca de una playa pesquera, Fiascherino, el cual les pareció el colmo del encanto desde su llegada. Con el dinero ahorrado con los adelantos conseguidos y los textos vendidos en revistas y suplementos durante el verano, pudieron pasar el otoño y parte del invierno sin mayores preocupaciones. No sólo eso, Lawrence consiguió alquilar un piano para que Frieda pudiera solazarse y olvidar las intermitentes cuitas que la asediaban. Más importante aún fue la forma exponencial en que *The Sisters* crecía, al grado de que, para enero de 1914, la mitad estaba lista para que su entrañable amigo y mejor crítico, Edward Garnett, la pudiese leer. Para entonces el libro había cambiado de título. Ahora se llamaba *The Wedding Ring*, pero seguía siendo un solo, ambicioso, volumen en el que los temas de la vida conyugal, las relaciones sexuales y la liberación femenina eran los asuntos dominantes, al grado de que, en alguna carta de la época, Lawrence dirá, no sin presunción, que con esta ambiciosa novela estaba haciendo más por los derechos de la mujer en Inglaterra que todo lo que los movimientos sufragistas habían conseguido. Aunque excesivo, lo cierto es que *The Rainbow* y *Women in Love* (los nombres con los que, al final, se conocería ese ambicioso proyecto unitario) cimentarían los fundamentos para la liberación de la mujer y cambiarían la forma de entender las relaciones de pareja.

A pesar de la poco entusiasta acogida que Edward le depara a esa primera parte de la obra, Lawrence no capituló. Sabía que tenía entre manos un libro distinto a cuantos se habían escrito en Inglaterra y que no sería nada fácil convencer a sus contemporáneos de su originalidad. Garnett criticaba el tratamiento y las ideas que David Herbert desplegaba, y no ciertamente la estructura o la forma de la obra. Lawrence sintió que a su amigo le irritaba justo *eso* que él quería decir y que a la postre sería tachado de obsceno y subversivo. Con todo, consintió empezarla otra vez desde cero y de inmediato puso manos a la obra.

Mientras todo esto ocurría, J. B. Pinker, un brillante agente literario de la época, contactó a Lawrence con una nada despreciable oferta monetaria. El que un agente se pusiera en contacto por primera vez con él, significaba que, a pesar de sus pobres ventas, *Sons and Lovers* había cimbrado el pacato panorama literario inglés. Pinker le decía que Methuen, una editorial más sólida que Duckworth, ofrecía un contrato por las siguientes tres novelas (trescientas libras por libro), exactamente el mismo adelanto que recibiera Joseph Conrad un año atrás por sus siguientes tres novelas. Justo cuando todo esto ocurría, Garnett le escribió diciéndole que la nueva versión de *The Wedding Ring*, que Lawrence se había esforzado en reescribir y apenas le había enviado, era, por desgracia, tan poco satisfactoria como la primera. Ésta fue aparentemente la puntilla que motivó que Lawrence se decantara, al final, por Methuen, sin contar con que su entrañable amistad con Edward se vería deteriorada. Sabía de sobra que éste no iba a recomendar la novela a nadie si no le había gustado. En reparación por la inversión de tiempo gastado y la paciencia con que Edward había revisado las distintas versiones de su nueva novela, Lawrence daría a Duckworth los derechos de su primer libro de cuentos, *The Prussian Officer and Other Stories*.

Un año después de su segunda estancia en Italia, los Lawrence volverían a Inglaterra a pasar el verano. Su amistad con Middleton Murry y Katherine Mansifield había quedado más afianzada que nunca, al grado de que ellos serán los únicos invitados a la ceremonia de su boda el 13 de julio de 1914. A los adelantos recibidos por Methuen —en un futuro llamada Random— se sumaría una pequeña nueva oferta que Middleton Murry le acababa de conseguir: escribir un libro sobre Thomas Hardy, uno de sus novelistas favoritos, el mismo en quien Lawrence reconocía a su propio precursor, un genuino escritor de la tierra enlazado a la naturaleza, un profeta trágico de su tiempo, justo lo que David Herbert pretendía ser a su manera.

En agosto de 1914, Gran Bretaña le declara la guerra a Alemania, luego de que las tropas nazis invaden Luxemburgo y Bélgica. A partir de ese momento nada volverá a ser igual en el mundo. La visión de Lawrence cambiaría; se acentuarán su escepticismo y pesimismo, a pesar de tener, aquí o allá, brotes aislados de esperanza o mirruñas de confianza en el futuro de la humanidad. No en balde el bellísimo título apocalíptico de la primera parte de su nueva novela, *The Rainbow*.

Entrampados con el inicio de la Gran Guerra, lo único que los Lawrence podían hacer era buscar un sitio barato para seguir tirando. En septiembre de 1914, nadie pensaba que la contienda duraría más de seis o siete meses. La posibilidad de escaparse a Italia como habían planeado era, a estas alturas, insensata. Continuar en Londres era caro y poco atractivo: Lawrence sólo pensaba en desaparecer y dedicarse de lleno a su libro sobre Hardy. A través de un amigo de Katherine Mansfield y John Middleton Murry, consiguen hacerse de una pequeña cabaña en Buckinghamshire, en el sureste de Inglaterra. Se trata de un sitio húmedo, frío y poco encantador. Sin ni siquiera ver la casita y desesperados por un hogar donde establecerse, la alquilan y se mudan de inmediato. Una vez instalados, Lawrence se pone a trabajar frenéticamente. Entre septiembre y diciembre de 1914 —al tiempo que millones se matan en las trincheras europeas—, escribe, sin tregua, su inclasificable libro sobre Hardy, el cual triplica la extensión originalmente pactada con la colección, que, al final, decidirá no publicarlo. En su estudio, el novelista termina por expresar sus propias ideas sobre el mundo y muy poco sobre el mismo Hardy o su obra. El libro es un híbrido entre filosófico y literario, una mezcla de su propia lectura de Hardy y las teorías de Lawrence sobre el arte y la humanidad, sobre la sociedad contemporánea y la búsqueda de la individualidad en un mundo mecanicista y punitivo. El libro se vuelve, al final, un largo alegato contra la guerra. La influencia de Nietzsche y los trágicos será notable, lo mismo que su nueva, acabada, interpretación de las relaciones hombre-mujer o, como él dirá metafóricamente: eje-rueda. Una vez concluido su estudio, el novelista reemprende su ambicioso proyecto novelístico, que para ese momento está dividido en dos grandes partes.

Un nuevo problema empieza a entorpecer el día a día en su nuevo hogar: al enterarse de que Frieda es alemana, los vecinos de Buckinghamshire comienzan a acusarla de envenenar las moras silvestres del parque, entre otras situaciones absurdas. De la noche a la mañana, y a causa de la guerra, Frieda se ha vuelto *persona non grata*. El aislamiento de la pareja se recrudece por un intervalo, hasta que, hartos de su extrema soledad, deciden empezar a darse algunas escapadas a Londres. En una de ellas, Lawrence conocerá a la ilustre Lady Ottoline Morrell, famosa benefactora de artistas e intelectuales pacifistas y a la sazón amante de Bertrand Russell, quien, años más tarde, pasará a convertirse en la aristócrata Hermione Roddice de *Women in Love*.

En una de esas exclusivas reuniones londinenses, Lawrence trabará contacto con algunos de los miembros del hoy legendario grupo de Bloomsbury, entre ellos Virginia Woolf y Edward Morgan Forster, con quien sentirá mayor afinidad será con el autor de *Passage to India*, y poco más tarde, con el filósofo y matemático Bertrand Russell. Con este último iniciará una campaña antibelicista por Gran Bretaña, la cual concluirá desastrosamente cuando expulsen al célebre filósofo de su *alma mater*, el Trinity College, donde llevaba años enseñando, y acaben por meterlo a la cárcel. Se dice que cuando Russell conoció al novelista, comentó de Lawrence que le parecía una suerte de profeta del Antiguo Testamento, un tipo que lo comprendía todo y que siempre acertaba en su aguda intuición. Algo parecido dirá Forster cuando le dedique un largo capítulo en su famoso ensayo *Aspects of the Novel*. Lawrence tenía, según él, la única auténtica voz profética de la literatura contemporánea. Junto con Bertrand Russell, Lawrence llegó a planear un grupo de conferencias, las cuales se irían a impartir inicialmente en el Trinity College: el matemático se centraría en la ética y Lawrence en la inmortalidad. Por desgracia, estas charlas tuvieron escasa acogida y ambos escritores terminaron por distanciarse. Para Lawrence, Russell no era suficientemente antibelicista; incluso lo veía dispuesto a contemporizar con un asunto que, para él, se había vuelto orgánico: el suyo era un "no" rotundo a la guerra, la cual le parecía la mayor idiotez en la que sus compatriotas se habían embarcado. Russell se distanciará de Lawrence porque comenzó a verlo como un tipo absurdo e incapaz de detentar un pensamiento realista y coherente.

En marzo de 1915, Lawrence concluye la nueva versión de *The Rainbow* y la envía a Methuen, quien responde pidiéndole que haga algunos cambios a los pasajes más flagrantemente eróticos del libro. Lawrence queda anonadado. Poco antes, desde octubre de 1914, Katherine Mansfield y John Murray han aceptado la invitación para irse a vivir cerca de los Lawrence en Buckinghamshire. Lo cierto es que, para ese momento de su vida, David Herbert empieza a echar de menos a sus más íntimos amigos, aquellos con quienes se sentía a gusto y seguro; en especial echa de menos a John Middleton Murry, a quien veía casi como a un hermano.

Otra vez, por un simple descuido, el escritor cogerá un resfriado, lo que lo postrará un largo periodo en cama. Su delicada salud se verá seriamente deteriorada, aquejándolo intermitentemente por el resto de su vida; no por otro motivo, una de sus mayores obsesiones será, a partir de este momento, la de encontrar un sitio salubre y templado donde vivir y escribir sin recaídas.

Durante las fiestas de Año Nuevo de 1914-1915, entre bromas políticas y religiosas, juegos y canciones, surge, a manera de chacota, el extraño nombre de Rananim. Ocurre en una de las muchas cenas donde se hallan presentes los Murry, el escritor Mark Gertler, Gilbert y Mary Cannan y aún más importante, quien será el mejor amigo de Lawrence hasta el último día de su vida, el traductor ruso Koteliansky, estrambótico personaje a quien había conocido en el verano de 1913. Cuando al final de la cena, achispados por el vino y el vodka, alguien le pida que cante una canción hebrea tradicional, Kot empezará a cantar: "Rannani Zadikim Zadikim l'Adonai". En ese momento surgirá la fatal y maravillosa idea, aquella por la que Lawrence, tanto como yo, se obsesionará por el resto de su vida: la creación de una colonia en una isla donde todos pudieran vivir e interactuar libremente, una comuna espiritual, una hermandad donde poder vivir una vida pacífica según los mismos deseos y apetitos.

Rananim.

17

Gracias al ejemplo de Lawrence se me quitó el miedo a perder mi casa, mi coche, mi trabajo en la universidad, mis libros y mis cd's, mis revistas y álbumes de fotografía, incluso mi ropa más cara y hasta mi ridícula cuenta de ahorros... Perdí el miedo a no volver a ver a María, a quien, a pesar de todo, sigo queriendo. Pero ¿y mis hijos? Eso fue lo más difícil. Sigue siéndolo. Por fortuna, ya no eran niños de teta cuando me largué en la búsqueda de ese mismo sueño: Rananim. Lawrence me dio el ejemplo de desposesión y fe en mis libros y en mi arte. Si María y yo no éramos ricos, si nunca lo fuimos, tampoco nos faltaba nada. Entre su sueldo y el mío nos había bastado por más de veinte años; llevábamos, es cierto, una típica vida burguesa americana, una vulgar vida de clase media desmedrada. En cualquier caso, de pronto se me quitó ese servil miedo atávico a dejarlo todo atrás para perseguir ese enloquecido sueño llamado Rananim, y sobre todo, para conseguir ser libre de escribir lo que me diera mi real gana, lo mejor que podía hacer, sin tener que pedir permiso a nadie, ni a mi mujer ni a mi editor ni a mis más íntimos amigos.

Lawrence tenía una visión, una metafísica, una moral... pero también tenía una idea del arte rebullendo en su espíritu. Entendía profundamente lo que la literatura significa y sus incalculables consecuencias. Entendía el rol del escritor en la sociedad y su indefectible deber para combatir sus atavismos y miserias, sus retrocesos, sus supersticiones y su gobierno. Sabía también que, sin un *ethos* y una visión del mundo, ningún arte tenía importancia ni interés. Por eso era que tantos escritores contemporáneos le aburrían soberanamente. La mayoría no le decía nada, no le transmitía una posición frente al mundo. Su casi estoica forma de vida, esa que iría a elegir —una vía hacia la desposesión y el perfeccionamiento del individuo—, era la que deseaba trasvasar artísticamente a su obra. La suya era, como ninguna, una insoluble consubstanciación entre vida y arte, donde ambos se confunden al punto de volverse imposible distinguirlos. En eso creía con fe religiosa y a esto le apostó los restantes quince años de vida. Añoraba ser un expatriado y un apóstata, un paria y un exiliado, un pacifista en tiempos de guerra y un profeta a veces dantesco, un heraldo del amor y un visionario del sexo, un artista pletórico de contradicciones porque eran justo esas ambivalencias, esas paradojas íntimas y morales, lo que lo hacían un gran escritor.

Yo no me atreví. No lo hice cuando pude, a mis 25 años, cuando me enamoré de Irene, mi Perséfone; cuando empezamos a salir a escondidas del mundo, de mis padres, mis hermanas, mis amigos y su madre, quien, por supuesto, no tenía idea de que salía conmigo ni mucho menos de que su única hija era prostituta en Cuernavaca los fines de semana desde hacía por lo menos dos años.

Irene no siempre había sido pobre. Empezó a serlo, según me contó, el día en que le dijo a su madre que su padre electricista se había metido en la cama con ella y la había estado tocando y besando entre las piernas. Tenía 13 años. Su madre le creyó, lo que no suele suceder en estos casos. A los dos días, Irene y su madre se habían marchado del hogar, una pequeña casa del Infonavit en la colonia Tepepan, sin avisar ni decirle una

151

palabra al progenitor, quien, desesperado, fue a buscarlas a casa de su cuñado al otro lado de la ciudad, en
Satélite. La cosa terminó en golpes. Su padre sangraba
de la nariz, su tío de los labios. Con él y su mujer vivieron los siguientes tres años hasta la tarde desgraciada
en que el mejor amigo de su tío, un tal Renato, la violó en su propia cama cuando no había nadie en casa.
"Yo no tengo la culpa —le decía Renato, sometiéndo-
la, oprimiéndola con sus huesos duros y flexibles—. La
culpa la tienes tú, sólo tú, por ser tan bonita, Irene, por
mirarme como me miras cuando vengo a ver a tus tíos,
por tener esa piel y esos ojos achinados, esas piernas
ardientes y…" Era cierto: la piel de Irene era perfecta,
sus piernas igual, sus ojos, los más bellos que he visto
en mi vida: de azabache u obsidiana líquida… Por eso,
cuando la vi en la barra de la cantina de La Huerta
aquella noche lejana pensé que debía ser una aparición
surgida de una Biblia con láminas doradas. Pensé que
aquella que miraba acaso era la virgencita del Tepeyac,
la mismísima Guadalupana, la madre de todos los
hombres. ¿Cómo podía estar allí, parada como si cualquier cosa, en un putero morelense, una virgen tan
hermosa, tan buena, tan santa? Sí, eso pensé cuando,
vacilante, me acerqué y le dije "Hola" con miedo, en
un susurro cobarde. Su sonrisa, la línea de sus labios y
su perfecta dentadura me aseguraban que no era otra
que la virgen morena rediviva. Sobre todo, me lo asegu-
raba ese brillo celestial en los ojos encendidos: esa luz
derramada, luz de bondad hecha carne. La suya era
una belleza empapada de bondad y bienaventuranza…
Por eso me enamoré esa misma noche; por eso caí rendido a sus pies desde el instante en que me dijo ella
también "Hola, ¿cómo estás? Te esperaba" y me tomó
la mano y me acarició largamente; cuando se acercó
a mi cuello para preguntarme algo y dejó allí el vaho

venenoso de sus labios, cuando me fui con ella al fondo del negro tugurio, más allá de las mesas de aluminio plegables y los visitantes arremolinados, más allá del barullo y la música ranchera, más lejos del ruido ensordecedor y de mi amigo Gracián, que se había quedado sentado con una cerveza tibia mirándome como un niño embobado, acaso desaprobando, acaso desinteresado o feliz por mí o por él, no sé…

Lo que pasó después no lo puedo contar. No *quiero* contarlo. Los detalles fisiológicos no importan, porque casi siempre se parecen. Lo que distingue ese encuentro de todos los infinitos encuentros entre todas las mujeres y hombres de todos los tiempos, es su sacralidad. La forma en que cogimos fue sagrada, pura, y esto lo sé porque yo no había cogido así con nadie, porque yo no había cogido nunca con la Guadalupana encarnada, la virgencita morena del Tepeyac. La experiencia fue santa porque yo fui santo para ella, porque Irene me lo dijo esa vez, porque lo vi y lo comprendí en sus ojos inundados de lágrimas y ella lo vio en los míos inundados de lágrimas también. No era semen ni saliva ni sudor de los cuerpos resbalosos lo que nos mojaba; era llanto, dolor torrencial, el suyo y el mío maridados…

Todo lo que cuento, lo que me he atrevido a confesar hasta aquí, puede interpretarse como una enfermiza secuela de mi pasado cristiano, un vestigio de mi añeja y hedionda religiosidad, esa transitoria fe de la que he hablado… pero no lo era. Lo que ocurrió con Irene ese sábado en La Huerta —y lo que seguiría ocurriendo por un año o más— no era sino el comienzo de una nueva religión, una fe fundada en la inteligencia del cuerpo y los instintos, la inextricable fusión del alma con la piel y la carne, donde la carne hace las veces de alma tanto como el alma hace las veces de la piel…

Eso lo comprendimos esa luminosa noche en La Huerta. Por ello, cuando salí de esa recámara, cuando me encontré con Gracián en la mesa, sentado, esperándome, yo era otro para bien y para mal: había cambiado de piel como las víboras, mas eso jamás podía saberlo mi amigo, tampoco lo habría imaginado… y si acaso se lo hubiese tratado de explicar, se habría muerto de risa, se habría mofado de mí y me diría algo así como "Fernando, todas son unas ratas de alcantarilla", y yo no lo hubiera podido aguantar, probablemente lo habría matado, como terminé haciendo con Irene veinticinco años más tarde…

Lo único que ahora consigo columbrar es el fuego que me iluminó esa noche de hecatombes: el ejemplo de Lawrence, su fuego liminar. Aunque yo era un pobre diletante, había comprendido el prístino mensaje. Por eso era que mi hetaira no era una rata de alcantarillado o una perra. No podía serlo. Contradecía lo que yo había experimentado. Irene era Proserpina y había salido del inframundo a rescatarme. Irene era la Virgen de Guadalupe reencarnada. Irene era la madre de todos los hombres, la ramera que había llegado a mi vida para sacarme de las garras del mal y hacerme otro hombre, ese que, al final, no me atreví a ser, en el que pude haberme convertido de haber tenido las agallas…

Después de trece meses de noviazgo, Irene me dijo una tarde caliente y lluviosa, los dos tendidos en un colchón destripado en el Oslo, un motel de paso sobre el Viaducto:

—Voy a ser mamá.

—¿Estás segura? —vacilé.

—Voy a tener un hijo tuyo, Fer.

Y eso cambiaría el futuro. Ese vástago no deseado torcería lo que pudo llegar a ser y ya no fue, lo que quise componer años más tarde, al irla a buscar y fundar nuestra colonia, nuestra isla, nuestra comuna espiritual...

He allí el espejismo. El espejo humeante.

Al final, y esto fue lo último que supe de ella antes de perderla de vista, Irene había abortado.

18

En marzo del 1915, Lawrence termina, por fin, *The Rainbow* y se la envía a su editor. En esa novela expresa todo lo que siente, en lo que cree, lo que ferozmente critica de la guerra, de su país y de su gente y sus costumbres. Sabe que es su mejor libro: no sólo una saga de familia, sino su propia visión (apocalíptica) del mundo y su urgente renovación, una apuesta vital y moral que va más allá de la mera historia de los Brangwen, el *ethos* de un joven escritor encarnado en una forma artística impecable. A pesar de todo, durante ese mismo verano, cuando reciba las pruebas del libro, reescribirá fragmentos de la novela y llevará a cabo una exhaustiva revisión. Tal era su obsesión por la forma.

En agosto de 1915, Lawrence y Frida deciden volver a Londres. No sólo añoran la cercanía de sus íntimos, sino que también se acerca la aparición de *The Rainbow*, lo que implica el segundo pago por el contrato de la novela y nueva publicidad y contactos literarios que no puede desaprovechar si desea vivir un día de sus libros. Junto con Katherine y John Middleton Murry, Lawrence planea una revista hecha a partir de suscripciones, la cual termina por convertirse en un fiasco al sólo conseguir fondos para los tres primeros números, mismos en los que Lawrence participa. Más desoladora y traumática será la terrible acogida que reciba *The Rainbow*. Contra todos sus pronósticos, la obra es atacada con saña por su aparente inmoralidad.

Incluso la mejor reseña del libro provoca que a su autora la despidan de su empleo. Las librerías y bibliotecas deciden no aceptarla en sus anaqueles y la fiscalía pública recolecta todos los ejemplares en existencia. En el juicio que se le conduce basado en las Actas Públicas contra la Obscenidad de 1857 (que hoy, por cierto, siguen vigentes), el magistrado ordena la quema de toda la tirada. Lawrence no puede hacer nada para impedirlo; está devastado. Dos años y medio de trabajo se han ido a la basura en un santiamén y, más importante, sabe que le han arrebatado su libertad de artista. Odia Inglaterra. Odia a su gente. Odia su intransigencia, sus costumbres, su puritanismo y su hipocresía. Esta tragedia refuerza su idea de irse para siempre de su país; específicamente desea irse a los Estados Unidos, donde se han publicado casi todos sus libros. Al mismo tiempo que empieza a tramitar las visas para él y Frieda, comienza a reclutar a algunos artistas (amigos a quienes admiraba) que quieran irse con él a Florida. ¿El motivo? Fundar una colonia, un nicho fuera de la civilización. El compositor Philip Heseltine está en la lista. El sueño se hará trizas cuando la visa le sea negada por no haber aceptado jurar lealtad a la patria como hicieran en esos meses de otoño más de dos millones de ciudadanos británicos. Frieda y él pasarán la Navidad de 1915 en los Midlands junto con el padre de Lawrence y sus hermanas. La visión de los mineros lo trastorna y lo conmueve otra vez: por un lado, admira su sensualidad masculina conectada con eso que él llama "los poderes ocultos de la tierra", pero, por otro, lo desalienta su alienación, su estrechez de miras, su falta de esperanza. ¿Adónde ir? ¿Adónde, si no tiene dinero y no puede escapar de su patria aborrecida? La respuesta llega sin esperarla: una amiga novelista les anuncia que les puede prestar una pequeña casita en Cornwall, en la costa norte de Inglaterra, y allí de inmediato se van. Saben que, a partir de ese momento, la falta de dinero se agravará; saben que el aislamiento y la soledad serán sus diarias compañeras, pero en este punto no hay alternativa: es, entre todas las opciones, la menos terrible que pueden elegir en esos duros momentos de guerra, luego del desastre de *The Rainbow*.

Entre enero y febrero de 1916, Lawrence se dedica a la revisión exhaustiva de *Twilight in Italy*, uno de sus más hermosos libros de viaje, el cual saldrá publicado el verano de ese mismo año. Asimismo, trabaja en su segundo libro de poemas, *Amores*. Cornwall parece gustarles a los dos, al menos al principio. Si no es exactamente Florida —o la idea que tienen de Florida—, al menos se trata de un sitio apartado del mundanal ruido, en la costa céltica, mirando hacia unas grutas y roquedales salvajes. Allí recibirán a varios amigos, entre ellos al compositor Phillp Heseltine, quien se embarcará (junto con Lawrence) en el infructuoso proyecto de volver a publicar *The Rainbow*, esta vez en forma de suscripciones. Con todo, Lawrence continúa extrañando a su gran amigo John Middleton Murry y a su mujer, Katherine Mansfield. Les escribe pidiéndoles que se muden con ellos a Cornwall —algo que, por cierto, hará Heseltine por algún tiempo hasta que ambos riñan y terminen por separarse—. Esta nueva invitación a Murry en el fondo es más sugerente de lo que en principio aparentaría ser, pues en ella Lawrence se atreve a expresar (al menos a sí mismo) y por primera vez en su vida, sus incipientes, inclinaciones homosexuales. Si Frieda había sido durante los últimos cuatro años su amiga fiel, su compañera y amante, el novelista echa de menos el compañerismo y cercanía de un individuo de su mismo sexo: no cualquier hombre, por supuesto, sino uno que fuera extraordinariamente afín. Más que de una neblinosa urgencia sexual, se trata de otras dos cosas, acaso muy distintas entre sí: acariciaba la incierta proximidad de un compañero con quien poder descubrirse, un amigo con quien compartir eso que no podía compartir con Frieda, y añoraba a alguien de su mismo sexo en quien pudiera sentar la mirada, el instintivo y natural placer de los sentidos. Pero ¿qué quiere decir esto exactamente? Que no era el fuego sexual lo que lo empujaba, sino la pura belleza del cuerpo masculino, o mejor: la belleza *de ciertos* cuerpos masculinos, en especial, los cuerpos jóvenes, esbeltos y morenos. Ya desde la época de su amistad con Alan, el hermano de Jessie Chambers, cuando siendo adolescente visitaba la granja de los Haggs en los Midlands, intuía cierta invencible necesidad que tenía por la cercanía de un hombre, alguien con quien no tuviese que vivir el invariable conflicto de los sexos, la querella del hombre contra la mujer. Creía que con Murry podría tener esto, pues, al igual que él, John Middleton era heterosexual. Poco más tarde, Lawrence se permitirá, acaso por primera vez, explorar estos inclasificables sentimientos a través del memorable personaje de Birkin, cuando éste se descubra atraído sexualmente por su amigo Gerald Crich en *Women in Love*. Con todo, cabe recordar que Lawrence repudiaba la homosexualidad y que incluso sentía aversión hacia la naturaleza más o menos promiscua que, según él, conllevaba esta tendencia. Estaba convirtiéndose en un autor pionero de una forma de sentimiento universal, uno que existe desde que el mundo es mundo: el de que no se precisa ser homosexual para sentirse atraído por un amigo del mismo sexo; la convicción de que no te vuelve homosexual buscar la complementariedad en otra persona de tu mismo sexo, y de que se puede llegar a amar a otro hombre sin desearlo. Esto que parece

159

simple, romo y sabido, en el fondo no lo es. El atávico pánico al sexo entorpece nuestros sentimientos, constriñe y atrofia la expresión ilimitada de esos sentimientos. Lawrence anticipó esta posibilidad en su vida y poco más tarde la elaborará con valentía en varias de sus novelas y cuentos, sobre todo en *Women in Love* y en *Aaron's Rod*.

19

Volví a ver a Braulio varias veces, lo mismo que a Philip. Nuestros encuentros en el *Irish Pub* de Darts Pointe se hicieron más frecuentes, mientras que los cafés en Starbucks se fueron espaciando. Yo le contaba a María alguno de los chismes de los que me iba enterando durante nuestras francachelas. No le contaba lo turbio que no se debe contar y pertenece al mundo de los hombres, por supuesto, pero "todo lo demás" se lo decía sin reservas, lo mismo que ella me compartía los mejores chismes de Vero, Selene y Gaby, que, por cierto, le había puesto el cuerno a Günter con un brasileño. Así había sido nuestra relación desde hacía veintidós años: más una historia de compañeros que de esposos. Por eso nuestro matrimonio era lo que se dice bueno, apacible y sin demasiados aspavientos... Nunca tuvimos abismales diferencias, nada que no se pudiese arreglar con un par de tequilas o buen sexo a media tarde. Nuestro problema era de una índole distinta, que no sé cómo explicar salvo diciendo que entre María y yo faltaba lo que sí hubo alguna vez, cinco lustros antes, con Irene... y que yo, la verdad, echaba de menos cada día con mayor convicción.

A Philip, ya lo dije, no lo invitábamos a Starbucks, por lo que los cafés entre Braulio y yo se volvieron más personales, incluso, a ratos, viscerales. Sin saber a partir de cuándo, nos empezamos a decir muchas verdades. Fue en uno de esos encuentros que Braulio me confesó un par de cosas tan privadas, tan íntimas, que casi me siento mal de repetirlas, aunque debo hacerlo para desbrozar el camino de esta historia criminal, para hacer explícito lo que ocurriría poco tiempo más tarde…

—Leí tu novela —le dije esa mañana—. Me gustó muchísimo.

—¿La encontraste? —dijo sin soltar su café, levemente nervioso.

—La pedí por Inter Library Loan, en la biblioteca de la universidad —contesté—. Allí se encuentra todo. Es una puta maravilla. Para que algo así pueda existir un día en México, pasarán varios siglos…

—Te la quería dar, sabes, pero…

—No te preocupes —lo detuve pues ahora entendía mejor por qué no me la había dado durante todo este tiempo—. Dime: es bastante autobiográfica, ¿no es cierto?

Lo noté incómodo. Sabía que tocaba una fibra sensible, pero ya no me iba a detener, había ido demasiado lejos: moría en deseos de hablar sobre su libro desde que lo terminara un par de días atrás. Di un largo sorbo a mi café: ardía. Casi no había gente esa mañana. Llovía a cántaros tras los ventanales, pero adentro hacía, a pesar de todo, algo de calor, una extraña combinación casi habitual en Charleston, donde la humedad suele abrasarlo todo con sus estrujantes esporas todo el año.

—¡Qué pregunta, Fer! ¿Qué novela no tiene algo de autobiográfico?

—Por eso te lo pregunto.

—¿En concreto quieres saber si me violó el chofer a los 12 años? —dijo, levantándose apenas del sillón—. Pues, sí. Eso sí es autobiográfico, aunque lo cuente en tercera persona y diga que ocurrió en Monterrey. No le pasó, por supuesto, a ningún Carlitos de 12; me pasó a mí…

—Mierda —dije, arrepentido de haber llevado la charla por ese terreno—. Debe haber sido algo espantoso...

—Tan duro fue, que cambiaría mi vida para siempre —titubeó, y luego añadió con acerado brillo en los ojos—: Más bien: jodería mi vida para siempre.

Se detuvo. Yo igual. Los dos dimos un trago al café.

—Y lo de la tía de Carlitos, ¿también es cierto? —dije, más enardecido con el recuerdo erótico de la novela que verdaderamente aterrado—. ¿De veras tu madre le pidió a su propia hermana que se metiera en la cama contigo? Eso sí me pareció inverosímil.

—Pues no lo es —dijo enfático, y esta vez sin resabio de enfado, acaso dispuesto a sincerarse completamente conmigo.

Si Braulio había escrito una novelita truculenta contando las tribulaciones de un tal Carlitos, no podía tampoco avergonzarse de que alguien le preguntase sobre lo que él mismo había publicado.

—Después de que corrieran al chofer, mi madre temía que su único hijo se le hubiese hecho maricón, ¿lo puedes creer? Ser homosexual era para mi madre pueblerina la peor abominación, el peor descrédito, la demostración de que algo había salido mal en sus entrañas de mujer. Para mi madre, ser hombre y ser macho era lo mejor que podía pasarle a un ser humano. Odiaba a las mujeres, se odiaba a sí misma, por supuesto. Ser mujer o bujarrón o transexual era como una puta maldición de Dios. Así le enseñaron y en eso creía.

Mientras lo escuchaba, no soltaba mi café; lo bebía a sorbos pequeñitos, regulares: no sé qué me escaldaba más, la temperatura o la historia que iba oyendo, tramo a tramo, más implacable, acaso, que la de Carlitos. De repente arreció la lluvia, pero allí adentro el aire acondicionado, el orden simétrico de las mesas y las sillas, el susurro de una pareja al fondo, nos mantenía a flote, refractarios al vaho de los cristales...

—Pensé que era ficción —balbucí.

—Pues, de hecho, lo es.

—No entiendo. Dijiste que no lo era. ¿Lo es o no lo es?

—En provincia se las pintan gachas —dijo sin contestar a mi pregunta, sin aclararme nada y saliéndose por la tangente.

Pensé que ya no quería hablar del asunto, por eso dije:

—Yo también estuve enamorado de una tía, se llamaba Esther y era prima hermana de mi padre. Estaba buenísima, pero no me la cogí... aunque ganas no me faltaron. Creo que hasta su marido se dio cuenta de que estaba enamorado de ella...

—No fue mi tía, Fernando —me interrumpió bruscamente.

—No entiendo —vacilé—. ¿No te cogiste a tu tía?

—Fue mi mamá.

—¿De qué mierda hablas?

—Mi mamá me cogió.

—¿Qué?

—Lo que oyes.

—Pero dices en tu libro que fue tu tía, la hermana de tu madre...

—Eso digo para hacer la historia verosímil... y por pudor, supongo. Para enmascarar la espantosa realidad.

—Pero ¿estás loco?

—Ojalá lo estuviera.

—¿Y lo de la tía?

—Me lo inventé, por supuesto. No iba a escribir las cosas tal y como fueron. No llega tan lejos mi temeridad.

—¿Y por qué hizo eso tu madre?

—Porque estaba loca…

—Sí, pero…

—Porque estaba loca, Fer. Así de simple. No le des vueltas al asunto. Ella pensaba que su hijo se le he había hecho maricón de la noche a la mañana, ya te lo dije; estaba mortificada, herida de muerte con lo del puto chofer, con lo que me había pasado ese día que el cabrón no me llevó al colegio…

—¿Eso sí es cierto?

—Eso sí…

—¿Y lo otro?

—¿Lo de mi madre o lo de mi tía?

—Lo de tu madre…

—Eso también es cierto…

—¿Entonces?

—Entonces, nada —levantó la voz, enfadado—. Mi madre quería *cerciorarse*. Es todo. Así me lo dijo después.

Me quedé sin palabras, sin aire casi. Pensé por un momento que estaría soñando esta historia. Sentí como si algo viscoso me circundara.

Casi de inmediato, Braulio añadió:

—Las cosas pasaron tal y como las leíste, sólo que donde diga la palabra tía, debería decir la palabra madre, y donde diga que las sábanas eran blancas y suaves, debería decir que eran amarillas y deshilachadas, igual como tú haces en *Ternura* y *El vértigo de las gaviotas*, donde sólo cambias lugares y nombres... Todos los escritores lo hacen, digan lo que digan. Lawrence lo hacía, ¿no?

—¿Por eso no me diste el libro?

—Sí.

—¿Estás arrepentido?

—Sí y no. No lo sé, la verdad. Mientras que lo resuelvo, y ya han pasado algunos años, he decidido no dárselo a nadie y hacer lo mínimo posible con él.

—¿Por eso Beatriz no quiere leer tus cosas?

—Sí, por eso... y porque no le interesan.

—Sigo atónito, Braulio. No había visto una historia así, más que en *La tarea prohibida*.

—¿*La tarea prohibida*?

—La película de Jaime Humberto Hermosillo.

—No la vi.

—Pues pasa algo más o menos parecido. La madre se coge al hijo... El moderno Edipo.

—En todo caso —dijo de pronto, como si se hubiese transformado en otra persona—, te cuento que me voy a México la próxima semana y veré a la Lore otra vez...

—¿Qué Lore? —dije, sacado de contexto.

—La chava que conocí en Oaxaca, ¿te acuerdas? La del festival de poesía.

Claramente Braulio ya no deseaba hablar de su libro, de sus demonios, de su madre, de su tía, del chofer hijo de puta, de su monstruoso pasado. Prefería hablar de Lorena, a quien no había visto más que una sola vez y a quien ninguno de nosotros conocía. ¿No sería un producto de su imaginación, un salvoconducto para fabricarse una fantasía cuando más la necesitaba?

—Creo que me estoy clavando. No hemos dejado de escribirnos, ¿sabes? No pasa un día sin que le cuente mis cosas y ella a mi las suyas... Hasta sabe de ti...

—Pero ¿y Beatriz? —lo interrumpí, dándole un sorbo a mi café, que iba poniéndose más tibio y por tanto más acidulado.

—Ya no puedo más; no la soporto... Me salí de la recámara.

—¿Por qué? ¿Se pelearon?

—Ése es el problema: nunca nos peleamos, Fer. Así ha sido siempre: control, sometimiento, silencio pacato, monitoreo... Para pedirme que saque la basura, por ejemplo, grita en la casa: "¡Pero esa basura apesta!"

—¿Qué?

—Como lo oyes. Y eso significa que yo, su pendejo, debo sacar la basura de inmediato.

—¿Y lo haces?

—Llevo veinte años haciéndolo, ¿tú que te crees? Y así con todo.

—Eso se llama agresividad de baja intensidad.

—Por eso decidí irme al estudio a dormir. Prefiero eso a olerla, tocarla o mirarla en su camisón de abuelita…

—¿Y tus hijas?

—Ése es el problema: mis hijas —corroboró, y luego dijo, bajando la voz—: Empecé a ver a un psiquiatra, ¿sabes?

—¿Desde cuándo?

—Apenas lo he visto dos veces. Mañana es la tercera.

—¿Y qué dice?

—Que debo pensar en mí, que mis hijas van a estar bien, si yo estoy bien, debo trabajar duro en mí mismo, recobrar mi dignidad perdida —se paró un instante, reflexionó y por fin exclamó—: Beatriz ha utilizado mi pasado jodido para dominarme, para sobajarme y minimizar todo lo que digo y hago… Cada vez que he querido hacerme oír en esa casa, me detiene en seco, me dice que no sé de lo que estoy hablando… Siempre ha blandido la espada de mi pasado disfuncional… ¡y vaya que le ha servido! Su control es psicológico, Fernando, y lo peor de todo es que me he dejado, lo he permitido durante veinte años. Soy el único culpable, el perfecto imbécil de este matrimonio… Hay una historia podrida que lo justifica; un pasado que ahora ya conoces. En todo caso, eso es lo que opina el doctorcito.

Me quedé callado. Intenté procesar todo lo que me decía de un solo tirón: veinte, treinta o cuarenta años sintetizados en una sola, espantosa, confesión.

Por fin me atreví a decirle:

—Yo no sabía nada de tu infancia ni de tus padres, Braulio, pero suena a que tu psicólogo tiene algo de razón.

—Es psiquiatra, no es psicólogo, y es brillante.

—Mi suegro también lo es —dije sin venir a cuento—, pero no es brillante. Es un patán…

Nos reímos, acaso para distender la gravedad de lo dicho y oído, y de inmediato tomamos un sorbo de nuestros respectivos cafés. Nos demoramos un largo rato así, sin mirarnos. Luego Braulio añadió:

—Me anda medicando también. Yo no quería, pero creo que las pastillitas me están cayendo bien; me relajan y me quitan algo de la tristeza que cargo últimamente…

—No hay nada malo en ello. Yo las tomé alguna vez, cuando tenía mis broncas… Ya te contaré otro día mis traumas de la infancia…

Se hacía tarde, la clepsidra marcaba el fin. Yo sabía que, en cualquier instante, Braulio se despediría. Debía ir a recoger a alguna de sus hijas o a hacer algún mandado para su mujer. Lo de siempre. Sólo entonces me di cuenta de que yo tenía la camisa completamente empapada: con todo y el aire acondicionado a tope, era claro que la macabra información recibida me había calado hasta la médula de los huesos.

—¿Y con Lorena? ¿Qué va a pasar?

—No sé —se detuvo, y añadió—: Ahora mismo sólo sé que ya no quiero estar con Beatriz.

—¿La vas a dejar?

—Cuando vuelva de México te lo digo. Ahora mismo estoy hecho un lío. Me siento en un puto pozo sin fondo del que no consigo salir. Por eso busqué al psiquiatra...

—Ya sabes que lo que necesites, nos tienes a María y a mí —dije lleno de sincera compasión por este tipo que se había convertido en un inseparable amigo, un necesitado sosias en el destierro, alguien importante con quien hablar y decirse cosas importantes, asuntos de vida o muerte, intimidades que se escriben pero no se cuentan, y que siempre se enmascaran con el celofán de la ficción.

En cualquier caso, mi invitación, mi gesto altruista o como se le quiera llamar, se haría realidad. Dos semanas más tarde, luego de su visita relámpago a México, después de ver a Lorena tres días seguidos en el Distrito Federal, luego de ver a su psiquiatra no sé cuántas veces, Braulio habló con su mujer, la enfrentó, le dijo que ya no la quería, que hacía muchos años que no la amaba y que ni siquiera estaba seguro de si algún día la amó, pero que tampoco eso importaba. También le dijo que ella lo había atrapado con su primera hija y que, aunque a ésta la había deseado y la quería, las otras tres habían sido idea de ella tan sólo, de Beatriz, una idea descabellada y vil, por cierto, y que se daba cuenta de todo por fin, aunque tarde; había abierto los ojos gracias al doctor, pero en ningún momento dijo que gracias a Lorena ni gracias a sí mismo y a su esfuerzo y su heroica resolución. El crédito se lo dimos María y yo por entero a él y sólo a él cuando poco más tarde lo vimos empapado en lágrimas, cuando trajo su maleta a nuestra casa y se instaló en la habitación de Luciano. Lucho se fue a la recámara de su hermano mayor y yo me quedé en la mía junto con mi mujer, pensando, rumiando, tiritando por el sudor, sin conseguir dormir, imaginando lo que iría a pasar a partir de ese momento, lo que ocurriría con Braulio y su tormentosa vida, con Braulio y sus cuatro hijas, con Braulio y con Lorena, con Braulio y con Beatriz, conmigo y con María y mis dos hijos amados.

20

No lejos de la casita prestada de Cornwall, los Lawrence encuentran dos hermosas cabañas adyacentes, al ridículo precio de cinco libras al año. Sin pensárselo dos veces, deciden que allí vivirán, al menos mientras transcurra la guerra. Por su parte, John Middleton Murry y Katherine Mansfield, que viven a la sazón al sur de Francia, intuyen que no es lo más aconsejable mudarse con los Lawrence, como éstos insisten. Tras largos titubeos, se mudan a Cornwall a principios de abril de 1916. Al principio las cosas marchan relativamente bien entre los cuatro. No sólo eso: animado por la visita de sus amigos, Lawrence retoma la idea de continuar la escritura de *The Sisters* a pesar de no haber encontrado las doscientas páginas manuscritas que había esbozado en Alemania. Han pasado dieciocho largos meses sin que el novelista haya escrito una palabra de ficción. La cercanía con los Murry parece alentarlo. Se pone a trabajar, infatigable. Para junio de 1916 tiene incluso una primera versión de lo que, para muchos, es su obra maestra, *Women in Love*. No obstante, la novela dista mucho de convertirse en lo que conocemos hoy. Pasarán todavía tres años de reescrituras y rechazos de editores mojigatos antes de que por fin salga a la luz. Lo más atrayente sería averiguar cómo la cercanía con John influirá tangencialmente en la elaboración de uno de los temas principales del relato: el cariño o amor heterosexual que Birkin (trasunto de Lawrence) siente por el acaudalado minero Gerald Crich, su mejor amigo y concuño. Aunque los personajes están casados con dos hermanas (Úrsula y Gudrun, respectivamente), Lawrence decide explorar el territorio vedado de la homosexualidad, trasplantando sus sentimientos por Murry a los del personaje.

Por desgracia, y esto ocurre mientras Lawrence trabaja tenazmente en su libro, la relación entre los cuatro amigos se deteriora. Al final, permanecen juntos tres meses y medio. Para mediados de junio, los Murry están absolutamente hartos de los Lawrence. Las razones son varias. Frieda está celosa de la excesiva atención que su marido le presta a John Middleton, pero también es cierto que Katherine comienza a aborrecer a Frieda, a quien terminará apostrofando como "un inmenso pudín navideño alemán". Si, por ejemplo, Lawrence no encuentra el apoyo de su mujer en un asunto de cualquier índole, de inmediato se torna a John, lo que, a su vez, enfurece a Katherine. Hacia el final de su aventura comunitaria —un pequeño laboratorio de su utópico Rananim—, Lawrence acabará por sentirse decepcionado de John, quien, a todas luces, parece estar haciendo un esfuerzo constante por agradar al escritor, aunque no siempre se sienta inclinado a ello. Una vez que los Murry se hayan marchado, David Herbert dirá que, a pesar de todo, prefería mil veces a Katherine por encima de su marido. Pero también están las querellas en las que los Lawrence se enfrascan y que los Murry atestiguan. Insultos, vejaciones y hasta golpes de uno y otro lado son el pan nuestro de cada día. Si no era Frieda quien pedía auxilio a mitad de la noche, era Lawrence quien, mallugado a golpes, se iba a la cabaña vecina a despotricar contra su mujer. Lo más degradante, según Katherine, era que al otro día ya se habían contentado, se hacían arrumacos y se daban besos como si nada. Esto la sacaba de quicio y, como reconocerá más tarde, la enfurecía a grados superlativos, pues le hacía pensar en una parte de sí tan repugnantemente parecida a la de su amigo. No sólo Katherine Mansfield hablará mal de Frieda en sus cartas; muchos otros expresarán su animadversión hacia la robusta alemana: desde Lady Ottoline, pasando por Bertrand Russel y Richard Aldington, hasta el ruso Kot, su mejor amigo. Todos, al final, coincidirán en una cosa: lo vulgar y detestable que podía ser Frieda.

Para octubre de 1916, Lawrence termina la nueva versión de *Women in Love*. Cree que será la última y definitiva; sabe que muchos lo aborrecerán por lo que se ha atrevido a decir, así como por su acritud hacia su patria, sus contemporáneos y la guerra. Hay varios retratos en ese libro que lo alienarán aún más —antes de siquiera ser publicada— de su pequeño círculo londinense. Methuen, primero, la rechaza; Duckworth más tarde, y Pinker, su agente, no encuentra ningún editor que se atreva a publicarla. Después de la ruina de *The Rainbow* y con los duros tiempos de la guerra —hasta el papel para imprimir es escaso—, nadie quiere arriesgarse. Lawrence ha mecanografiado dos copias, pensando en una posible edición para los Estados Unidos, cosa que no ocurrirá hasta que rompa con Pinker y se haga de un nuevo editor.

Mientras todo esto ocurre, Lawrence empieza un nuevo proyecto que le ocupará los siguientes dos años: sus doce *Studies in Classic American Literature*, donde confesará sentirse emparentado con Herman Melville, un autor que, como él, odiaba a la humanidad. Junto con este proyecto, nuevas adiciones modifican y ensanchan *Women in Love*: teosofía, ocultismo, cosmogonía, alquimia y otras rarezas que, a últimas fechas, ha estado estudiando. Todo ello, imbricado, otorga nuevas texturas y calas a su libro más extenso.

Un año después casi nada había ocurrido: algunas visitas esporádicas de amigos a Cornwall, inútiles esperas bajo temperaturas heladas, interminables charlas sobre el posible final de la guerra, ataques y sospechas de vecinos que no ven con buenos ojos a la alemana Frieda, pero, sobre todo, una honda amargura que día a día se empoza en el alma del novelista. Su malestar se agudiza cuando las autoridades catean su hogar dos días seguidos y se llevan textos de canciones hebreas, partituras de *lieder* para piano, cartas de Frieda escritas en alemán, una lista de direcciones de amigos del escritor y hasta su diario de plantas y flores. El 15 de octubre de 1917, después de haber sido notificados de que necesitan evacuar su hogar, los Lawrence salen de Cornwall para Londres sin saber qué va a pasar con sus vidas. Durante los siguientes dos años, los Lawrence vivirán a salto de mata; pernoctarán en comedores o salas de amigos y familiares, en habitaciones que tienen que dejar casi siempre al otro día, sin un hogar. Sin dinero, sin empleo y sin poder publicar nada salvo su nuevo libro de poemas, *Look! We Have Come Through!* hacia fines de 1917, la luz al final de túnel no se vislumbra. Todo es tenebroso y reducido en sus vidas. Obstinada, la policía los persigue como a espías sospechosos. Lawrence empieza a sufrir pequeños episodios de paranoia, seguidos de un enorme desprecio hacia sus compatriotas, el cual transferirá a todo lo que escribe. Aunque prefiere estar solo y aislado, trabajando en sus *Studies in Classic American Literature*, no transcurre mucho tiempo antes de que quiera, otra vez, rodearse de gente querida.

La novelista Hilda Doolittle les prestará su pequeño departamento durante esos primeros meses. Cuando éste se ocupa con nuevos amigos o inquilinos, los Lawrence se mudan con otra amiga, la compositora Cecil Gray y, poco más tarde, con Dollie Radford. A partir de mayo de 1918, Ada, la hermana menor de Lawrence, alquilará una pequeña cabaña en los Midlands donde pasarán el siguiente año y pico sin mayor contratiempo. Con todo, es justo durante este recalcitrante periodo que Lawrence retorna a su añeja ilusión de crear una pequeña comuna de artistas afines, gente antibélica y pacifista. El nuevo sitio de su fantasía se halla en un imaginario Perú, lugar del que sabe poco o nada. Al mismo tiempo, decide poner sus renovadas energías en una nueva novela, *Aaron's Rod*, la cual, ya desde su origen, pergeña no tener el aliento y envergadura de la anterior, *Women in Love*. Dos cosas, empero, lo justifican a estas alturas: en primer lugar, ¿cómo escribir un nuevo libro de ficción cuando aún no ha conseguido publicar el anterior, en el que ha puesto absolutamente todo? ¿Cómo embarcarse en un nuevo proyecto cuando su mejor novela sigue durmiendo en el archivero? Y segundo: vivir a salto de mata no es, precisamente, el mejor escenario para dar coherencia a esa nueva historia que Lawrence tiene entre manos. La novela, quizá por ello, carezca de la forma y unidad de la anterior. En el fondo, *Aaron's Rod* es la puesta en escena de esas nuevas formulaciones que se ha venido haciendo sobre la naturaleza de las relaciones de pareja, junto con un ingrediente que ya se perfilaba en *Women in Love*: la posibilidad de establecer una conexión íntima —y no sexual— con alguien de tu mismo sexo, la posibilidad de crear un lazo afectivo más fuerte y sincero con otro hombre que aquel que se tiene con la propia mujer. Y esto es así pues Lawrence comienza a sentirse harto de Frieda y sus ataques de celos, de Frieda y su vulgaridad, de eso que empieza a asociar con su propia madre: cierta sujeción que lo tiene atado a su esposa y él emparenta a la mujer devoradora que fue Lydia. Y es que el amor enloquecido y pasional de los primeros años ha languidecido a últimas fechas. Piensa que hay algo atrofiado en sí mismo en relación con esa inusual dinámica a la que los dos se han ido acostumbrando. Sospecha que se ha sacrificado más de la cuenta; siente que es él quien se desvive por el bienestar económico y emocional del matrimonio. Todo esto lo lleva a reconsiderar sus propios presupuestos sobre la vida conyugal. Piensa, y así se lo expresa a Frieda en más de una ocasión, que la mujer debería dar precedencia al hombre; argumenta que la esposa que se precie de serlo debería estar dispuesta a ceder a las decisiones del hombre en beneficio de la pareja, todo lo cual le parece a Frieda el colmo del machismo y la misoginia.

El 11 de septiembre, David Herbert recibe orden de reportarse para llevar a cabo un examen médico militar. El 26 se apersona en el centro militar de Derby y, contra su voluntad expresa, es examinado a conciencia, desde el ano hasta las orejas. La experiencia lo trastorna: la resiente como la mayor vejación que haya padecido. Es, con todo, eximido de presentarse a filas, pero ello no obsta para que deje constancia en sus diarios y subsiguientes relatos de la afrenta y humillación: "He puesto punto final a mi relación con la sociedad y la humanidad [...]. A partir de ahora es sólo para mí mismo que vivo".

Afortunadamente, el armisticio en el otoño de 1918 coincidirá con una nueva, vigorosa, pujanza en el escritor. Escribirá, casi de un tirón, tres excelentes cuentos, uno de ellos un relato más extenso —y uno de sus más conocidos—, *The Fox*, el cual le remunerará más que muchos otros de sus libros. También por esa época reinicia su contacto con los Murry; en esta ocasión, prefiere la interacción con Katherine Mansfield, a quien redescubre como una persona más afín que el propio John Middleton. Ambos escritores reinician una hermosa relación epistolar, la cual no se detendrá ni siquiera con la influenza que Lawrence sufre en febrero de 1919 y lo deja postrado tres meses. Renuncia a las atenciones de Frieda y elige, en cambio, las de su hermana Ada.

Es este periodo bulle en su mente una nueva fantasía, que no prosperará: abandonar a Frieda, tomar cada uno su camino. Necesita desprenderse del asfixiante abrazo de su mujer. Se trata de un Lawrence que elige no pedir permiso ni disculpas, como él mismo escribirá; un hombre nuevo de 34 años que ha decidido no continuar siendo maltratado por su esposa.

21

Tal vez fue el correo de Álvaro García diciéndome que vendría a Charleston a exponer sus nuevas pinturas en una galería del centro, justo por la misma época en que Braulio se acababa de mudar a nuestro hogar, lo que desencadenó el delirio de nuestra comuna oaxaqueña. Sin su visita, y sin el encuentro en el *Irish Pub* de Darts Pointe el miércoles siguiente, jamás hubiese existido una colonia de amigos y acaso esas tres cabezas (Braulio, Philip y Álvaro) tampoco se hubieran sumado a la locura de una, la mía. Lo que quiero decir es que, al final, no estuve completamente solo en la invención de un *ashram* de artistas en Oaxaca. Los cuatro, de manera idéntica y por distintas razones, nos apasionamos con el plan, y a partir de esa noche —y hasta conseguir hacerlo realidad—, ha transcurrido el tiempo que dura un abrir y cerrar de ojos. No obstante, para llegar hasta aquí falta contar un par de cosas, entre ellas un recuerdo ingrato de la infancia o, mejor: un recuerdo de *nuestra* infancia, la de Álvaro y mía, pues ilumina lo que ocurrirá cuando estemos instalados en Oaxaca.

Nuestras madres eran viejas amigas. En esa época, Álvaro y yo estudiábamos en el colegio Montessori. Estábamos en sexto de primaria. Creo que conté ya que el padre economista de Álvaro dejó a su madre y que poco más tarde se casó (o intentó casarse) con varias estudiantes de la universidad donde enseñaba por caridad; conté aquel conato de matrimonio con Mónica, la hermana de Ocho, y mi efímero amor no correspondido por esa vecina de la infancia. Lo que no he dicho es la irrefrenable necesidad de mi amigo por competir con todo el mundo, lo que, por fortuna, disminuyó en su juventud y se desvaneció en la edad adulta, al grado de que, para la época en que vino a Charleston a exponer sus cuadros, Álvaro era lo contrario de lo que alguna vez había sido: un bohemio sin complicación, un artista irresoluto, un rebelde de la sociedad aristocrática en la que había sido criado. Álvaro seguía siendo mantenido por don Horacio, aunque juraba que sus pinturas le dejaban lo suficiente para vivir como vivía, es decir, como un artista falsamente pobre, a quien nunca le faltaba nada. Pero me desvío… Decía que mi madre y la suya eran íntimas, lo fueron hasta que mi madre murió y lo siguieron siendo a pesar de la estúpida reyerta que paso a detallar.

Se acercaba el fin de año escolar y la maestra anunció que habría un festival del libro para celebrarlo. Nos invitó a escribir un cuento, el cual podría concursar y ser vendido durante el festival a los otros padres de familia. Acaso sin esa maestra no habría soñado con ser escritor, no habría escrito *Ternura* y *El vértigo de las gaviotas*, probablemente tampoco habría llegado al hallazgo de Lawrence y por tanto no habría ocurrido el absurdo crimen que cometí.

Yo, para esa época, leía libros de piratas, sobre todo Emilio Salgari y Julio Verne, así como las historias del detective sueco Teban Sventon, uno de mis ídolos de la niñez. En ese entonces no había *Harry Potter* ni *Hunger Games*, aunque sí existía *The Lord of the Rings*, aunque nadie me dijo que lo leyera y por lo tanto cruzó por mi infancia sin que me enterara de Tolkien. En cuanto a Álvaro, no creo que él leyera mucho, pero lo que sí hacía era competir en todo sin ton ni son y casi como si se tratara de un deporte o un entretenimiento feroz. Recuerdo, por ejemplo, que alguna vez alguien le dijo que sería muy rico cuando fuera grande y Álvaro le contestó: "No, yo seré el más rico del mundo". En otra ocasión, mi amigo dijo frente a toda la clase que él sería el próximo presidente de México, y en otra más, que él sería el mejor futbolista junto con Pelé. Tonterías de niños, por supuesto, trivialidades a las que nadie, más que otro niño, pone atención. El problema es que la madre de mi amigo las creía, o si no, al menos las alimentaba. No sé si eso de querer ser el mejor en todo, el más rico y el más inteligente, era un problema de don Horacio también, pero, por lo que se verá, sí era un defecto persistente de la madre. En cualquier caso, ni tardo ni perezoso, mi amigo se puso a escribir su cuento y yo también. El mío, sin plan ni la más mínima concatenación, empezó a crecer de manera indiscriminada sin que me diera cuenta de ello. Un día descubrí que no había llegado siquiera al preámbulo de lo que deseaba narrar y ya llevaba más de veinte páginas escritas con menuda letra roja (¡oh, bendito arte de la digresión!). Mi madre, por supuesto, no ponía la más mínima atención en ello. Me dejaba encerrarme en mi habitación después de la comida y ponerme a escribir en mi cuaderno de cuadros. Mi historia, debo decir, tenía imágenes, algunas yo las dibujaba y otras las recortaba de revistas y luego las pegaba entre los párrafos del texto. Estaba embelesado con mi cuento largo, deliraba con él cada tarde en la que me enfrascaba narrándolo, inventando nuevas e imposibles hazañas para mis estrafalarios personajes: espías, mercenarios, soldados, policías, adivinos, ladrones, detectives privados y hasta piratas, todos matándose o ayudándose entre sí. Fue la primera vez que sentí la indecible experiencia que significa vivir *dentro* de la ficción y el efecto que produce evadirse del mundo. Recuerdo que perdía la noción de la realidad; ni siquiera el hambre o los ruidos de la calle me importunaban; nada existía fuera de mi cuaderno de cuadros y el relato que iba desgranando. Ni qué decir que mi cuento no tenía estructura y ni siquiera la más mínima coherencia interna; las cosas acontecían raudas, una aventura se sucedía a la otra sin ninguna conexión, los personajes morían aplastados por rocas inmensas o edificios que explotaban en mil pedazos, pero, pocas páginas más tarde, esos mismos personajes no habían muerto o bien habían resucitado *deux ex machina*. Si los requería, reaparecían en un barco, renacían en otro país lejano, y punto. La verosimilitud no me importaba, menos la coherencia o la necesidad de corregir y reiniciar un párrafo o un largo capítulo. ¿Para qué perder el tiempo con esas nimiedades? No, mi pluma corría implacable. Sí, allí descubrí lo que yo deseaba ser, y no era convertirme en futbolista, ni en el mejor pianista como María quiso ser, ni presidente de la República y mucho menos el hombre más rico del mundo. Yo quería escribir historias, fantasías, novelas de misterio y ser famoso también. Fama y fantasía, fama mundial y ficción, fueron las rameras que estimularon mi infancia hasta que, años más tarde, conocí el amor. Pero en el momento en el que estoy, sigo siendo un imberbe obstinado en contar su cuento para participar en el festival del libro de la escuela, y eso hago como un oligofrénico, sin pensar que el número de páginas aumenta de manera alarmante y que de pronto, sin que lo sepa todavía, ya no son propiamente las páginas de un cuento; ahora se han convertido en las páginas de un relato muy largo, acaso una novela, sí, eso estoy escribiendo y sólo tengo 11 años de edad, tal vez 12, y todo esto ocurre gracias a la maestra del colegio

Montessori que sin querer ha dado en el clavo, que, sin querer ha tocado en esa fibra sensible que temblaba debajo de mi piel, esta maestra, digo, ha despertado a las Erinas que cada niño esconde en su psique adormecida, hasta que un buen día, ya grande, descubre que el invisible Eris con el que cohabita, es, sin querer, capaz de asesinar por amor, capaz de perder la cabeza y olvidarse de lo más obvio del mundo: que Eros duerme pegadito a Tánatos, que los dos han convivido como buenos hermanos y son, en el fondo, dos caras de una misma moneda.

Cuando mi madre vio lo que había escrito (ojo: vio, que no leyó, pues mi letra era ininteligible, menuda y color rojo), le insinuó a mi padre que, quizá, sería buena idea hacer un libro de verdad, el primer libro del niño, una forma ejemplar de motivarlo, sí… pero… ¿cómo? Mi padre, que no tenía idea de edición, preguntó cómo hacerlo a un amigo suyo, dueño de una imprenta, quien, a su vez, conocía editores y correctores de estilo. Para no hacer más larga la historia, un buen día una joven correctora de piernas largas se apersonó en mi casa y juntos editamos el libro, lo transcribimos, añadimos dibujos, ilustraciones y recortes de revistas, y después de un mes de arduo trabajo el libro estaba en imprenta, apenas a tiempo de quedar listo para la Feria del Libro. Mi madre, no sé si por desidia o por olvido o por sincera rivalidad con su vieja amiga, jamás se lo comentó a la madre de Álvaro, jamás le dijo que yo había escrito un libro (que ya no cuento), y mucho menos le dijo que mi padre había contratado un editor y lo había mandado imprimir (a todo color y con imágenes) en la imprenta de su amigo. ¿Se lo calló a propósito o no se lo dijo por inercia, como luego ella me contó? No lo sé. El caso es que el resultado fue un desastre de grandes proporciones.

Cuando se abrieron las plicas, arrasé. No podía ser de otra manera. Sólo once niños habían concursado, entre ellos Alvarito. Ninguno de los cuentos había pasado de las siete u ocho páginas. El mío tenía ciento cuarenta y tres. Lo sé porque todavía lo tengo conmigo. No sólo eso, *El hacedor de nubes*, que así se llamaba, al final fue entregado en forma de libro impreso: mi padre había mandado hacer doscientos ejemplares. Aparte de un diploma y un diez final en clase de español, me gané el odio reconcentrado de Álvaro, pero más importante aún, mi madre se ganó la imbatible furia de la madre de mi amigo. La mujer enloqueció. Le gritó a mi madre que cómo no le había avisado, que todos estos meses se lo había callado, que lo tenía en secreto porque quería humillarla a ella y al pobrecito de Álvaro, que tanto esfuerzo había puesto en escribir el suyo de seis páginas y media.

Ese día cada niño podía vender su cuento al mejor postor. Nos sentaron en unos altos taburetes con nuestras flamantes obras apiñadas frente a nuestras narices. En el caso de los otros concursantes, si mal no recuerdo, habían sacado copias, las habían engargolado muy bonito y las habían puesto a la venta a muy bajo precio, pero de todos los cuentos a la venta, el de Álvaro era, por mucho, el más barato y el mío era, por mucho, el más caro, lo que, al final, no influyó demasiado en la venta. No sólo eso, recuerdo que Álvaro se desgañitaba por vender su cuento a cada padre de familia, a cada abuelita que pasaba por allí esa mañana, y yo, en cambio, atribulado y perplejo, no abrí la boca una sola vez, salvo para firmar mis ejemplares y dar las gracias con excesiva timidez. Estaba demudado… No entendía nada, pero lo intuía ciertamente todo. Sólo supe el auténtico tamaño del desaguisado años más tarde. En esa época, apenas comprendí que mi madre y la madre de mi amigo estaban peleadas a muerte por nuestra culpa o acaso sólo por la mía, y que todo se había desencadenado por la extensión de mi libro, o acaso porque Álvaro quería —y debía— ser el mejor, el primero en todo, y yo me le había adelantado en una sola cosa, y eso sí que es imperdonable, mujer, porque de lo que se trata es que nuestros hijos sean amigos... ¿o no? En resumen, que si Fernandito, travieso y prolífico, quiere ser amigo de Alvarito, no puede volver a ser primer lugar en nada, ¿lo oyes? Fernandito tendrá que acostumbrarse a ser el segundón.

Como digo, ese Álvaro cambió (la madre, quién sabe). El que llegó a Charleston con sus cuadros embalados, con sus telas enrolladas en cilindros de cartón, era otro muy distinto. Ni siquiera en el físico se le parecía. Este nuevo Álvaro no tenía pelo y el de la niñez y mi adolescencia cargaba con una mata desorbitante, una melena de león áurea y ondulada que nunca se peinaba y le caía sobre los hombros. Este nuevo Álvaro vivía para su arte y nada más. No tenía mujer ni ex mujer ni amante ni ex amante ni hijos ni responsabilidades o deudas que saldar. En este último detalle era idéntico a Philip y por ello, creo, los dos se cayeron tan bien desde la primera vez que se vieron en el *Irish Pub* de Darts Pointe. A Philip lo mantenía su gringa rica y a Álvaro su padre millonario. Los dos trabajaban como forma de entretenimiento, un sucedáneo de oficio, sin que en el fondo importase demasiado la cantidad y el ingreso: si les faltaba para cerrar el mes, lo pedían... y si les sobraba, invitaban...

Ahora bien, desde que descubriese su verdadera vocación —que no era ser futbolista ni presidente de la República—, Álvaro se había relajado, algo asaz inefable había sedimentado en él: su competitividad ingénita había desaparecido. Parecía como si la pintura hubiese obrado el efecto del bálsamo de Fierabrás, un sedante tonificador, que lo hacía mucho más simpático y agradable que nunca. A través de sus lienzos y carbones, mi amigo dejaba de rivalizar con el mundo. Ya ni siquiera deseaba ser un gran pintor o el mejor pintor del mundo. Ahora sólo quería pintar, o eso al menos decía. En cualquier caso, en una sola cosa sí continuaba siendo el mismo de antes: adoraba a las mujeres y con todas se quería acostar. Aunque sin el atractivo de antes ni con el poder seductor que tuvo en su juventud, continuaba conquistando a muchísimas. Nunca, eso sí, a una prostituta (como era el caso de Gracián). Y eso será parte de lo que trastornará nuestra vida comunitaria una vez que nos mudemos a la casona de Oaxaca.

22

A mediados de 1919, Lawrence rompe con su agente literario, pues, entre otras ignominias, descubre que, durante todo este tiempo, J. B. Pinker nunca quiso enviar el manuscrito de *Women in Love* a su editor norteamericano, Benjamin Huebsch, quien había estado publicando fielmente toda la obra del novelista en Estados Unidos. Para mala suerte de Huebsch, cuando por fin se entera del desaguisado, Lawrence había aceptado ya que Seltzer publicara su obra magna en Estados Unidos. Por otro lado, Lawrence no quería que *Women in Love* apareciera en Inglaterra (al menos no al principio), pues no les perdonaba a sus compatriotas lo que habían hecho con *The Rainbow* en 1914.

Tras varios años de agónica espera, los Lawrence reciben sus pasaportes en octubre de 1919. Frieda parte para Alemania con el fin de encontrarse con su familia, y un mes más tarde, David Herbert sale de Dover rumbo a París y de París hacia Turín. En la ciudad italiana es recibido por el filántropo sir Walter Becker, quien aparecerá más tarde caricaturizado en su novela *Aaron's Rod*, lo que Becker jamás le perdonará. De Turín, Lawrence se traslada a Florencia, donde se encontrará con su amigo Norman Douglas, quien le presenta al norteamericano Maurice Magnus, tipo estrafalario, arribista y esnob, vago y mediocre escritor. Douglas y Magnus serán retratados en dos novelas de Lawrence respectivamente: *Aaron's Rod* y *The Lost Girl*. Con

Magnus, Lawrence siente una fuerte conexión a pesar, o acaso debido a su homosexualidad. Cuando, meses más tarde, Lawrence visite a Magnus en el monasterio de Monte Cassino, refrendará su incapacidad para experimentar una relación homosexual, sin que esto le impida prolongar su amistad con Magnus hasta el día en que éste se quite la vida.

Frieda se reúne con él en Florencia, y parten hacia Picinisco, lo que se convertirá en una pavorosa odisea: Florencia-Roma-Monte Cassino en tren; autobús por las montañas hasta Atina, y de Atina hasta Picinisco a caballo. El último tramo será a pie y con sus pertenencias a lomo de una mula. El lugar al que arriban termina por ser un sitio inhabitable por donde quiera que se le vea: ni siquiera la chimenea permite al escritor ponerse a trabajar o cocinar, tal es el frío y la nieve que los circunda. Luego de pocas semanas, deciden volver a Atina y de allí tomar hacia la isla de Capri, donde su viejo amigo, el novelista Compton Mackenzie, les ha prometido conseguir un departamento a bajo precio. La Navidad de 1919 la pasan en compañía de varios expatriados ingleses, lo que, por un lado, alivia momentáneamente la soledad del novelista, y por el otro, consigue irritarlo sobremanera dado que, otra vez y para no perder la costumbre, añora su habitual aislamiento, esa indefinible suerte de exilio interior que le permite (en los peores momentos) ponerse a trabajar. Esos cambios de humor, esos bruscos giros de temperamento, serán una constante en su vida. Una vez que se reúna con gente que admira o que quiere, se aburrirá o desilusionará al poco tiempo, haciendo harto difícil la convivencia con él.

A principios de 1920, Lawrence recibe, por fin, aquel manuscrito de doscientas páginas mecanografiadas que se había extraviado en Alemania antes de la guerra. Su título era *The Insurrection of Miss Houghton*, y ahora que lo tiene en las manos, piensa que puede servir como base para la creación de un nuevo relato. Al tiempo que pone manos a la obra —esta vez bajo la guía de Mackenzie, quien le explica cómo hacerlo un libro más comercial y convencional que los anteriores—, Lawrence se da a la tarea de concluir sus extravagantes ensayos sobre psicoanálisis, los cuales llevarán el título unitario de *Psychoanalysis and the Unconscious*. En ellos expone sus alrevesadas teorías sobre educación que hoy sacarían sarpullidos a propios y extraños. Como botón de muestra, recomienda corregir a los niños con nalgadas. Mas no se trata de reprimirlos o castigarlos, sino de despertar en ellos la energía almacenada en el "plexo solar", y esto sólo se consigue, dice, golpeando en el "ganglio lumbar". Esas palizas deben ser espontáneas, instantáneas, sin meditación o abstracción de castigo alguno, pues, de llevarlas a cabo en frío y calculadamente, se diluiría la energía eléctrica originada en el brazo de los padres o del educador y el niño no comprendería el amor del golpe recibido.

Su amigo John Middleton Murry, a la sazón editor de la revista *Athenaeum*, le escribe pidiéndole un texto. Dubitativo al principio, David Herbert acepta y le envía un par de extravagantes ensayos de su *Psychoanalysis and the Unconscious*. Al poco tiempo, Murry le responde diciéndole que no los va a publicar, lo que, por supuesto, enfurece al novelista. Para mala suerte, Katherine Mansfield le ha enviado también por esas fechas una carta en la que le expresa su cariño y le comparte la íntima desolación por la que atraviesa al lado de John. Aturdido con ambas misivas, Lawrence no comprende cómo su amigo se ha atrevido a pedirle un texto y rechaza los dos que le ha enviado. Le escribe llamándolo "pequeño gusano asqueroso". Lo que complica aún más la situación es que Lawrence ha recibido *ese mismo día* la carta (retrasada) de Katherine, enviada, por cierto, desde el mismo lugar, lo que sugería que ambos estaban en Italia y habían preferido no decírselo. Doblemente herido, Lawrence le escribe a Katherine diciéndole, sin ambages, que se muera. Con ello, por supuesto, da por terminada su amistad. A pesar de todo, John y Katherine lo perdonarán años más tarde, lo que no cambiará los sentimientos del novelista hacia la pareja.

Al poco tiempo de estar en Capri, Lawrence decide largarse. De manera instintiva reconoce que ese nicho de expatriados no es el lugar idóneo para su escritura. Será su amigo Magnus quien le recomiende probar Sicilia, sitio ideal, dice, para ponerse a escribir, y perfecto para su delicada salud. A fines de febrero de 1920, Lawrence toma un barco de Nápoles hacia Sicilia, y de allí se desplaza al lado más lejano de la península, Agrigento, específicamente Taormina, ciudad de la que se enamora inmediatamente. Por expresa recomendación de su vieja amiga Mary Cannan, los Lawrence descubren Fontana Vecchia, una hermosa residencia a las afueras, en la cima de las montañas, con una increíble vista al océano. Alquilan la parte superior mientras los dueños continuarán viviendo en la planta baja. Aquí los Lawrence pasarán algunos de los mejores momentos de sus vidas, pero, más importante aún, el escritor inglés escribirá algunos de sus mejores poemas y dará fin a su novela más comercial, *The Lost Girl*, la cual no es sino la reelaboración de aquellas doscientas páginas extraviadas. *The Lost Girl* estará lista para publicarse a mediados de mayo de 1920, lo que indica, otra vez, la capacidad de Lawrence para ponerse a trabajar una vez encuentre el lugar ideal para hacerlo.

Sus editores del momento, Seltzer y Secker, se muestran optimistas y le escriben augurándole un enorme éxito comercial, cosa que Lawrence necesita con desesperación. *The Lost Girl* no es el éxito de librerías esperado, mas ello no obsta para que el británico se lance, casi de inmediato, a la escritura de una nueva novela, *Mr Noon*, acaso su relato más descaradamente autobiográfico, donde recrea una etapa de su vida: el año 1912, cuando Frieda y él se conocieron. Junto con *Aaron's Rod* y *The Lost Girl*, *Mr Noon* conforma una suerte de trilogía sobre la fatalidad del matrimonio. Las tres exploran las mismas transformaciones que Lawrence ha ido experimentando en el último par de años. Pareciera que al ideal del amor como camisa de fuerza —una visión consagratoria y a ratos religiosa, ya sabemos— se sucede una visión realista y desapegada, incluso a veces irónica, como si nos predicase un escéptico de la vieja teoría amatoria que él mismo celebrara con fervor siete u ocho años atrás. Palabras más palabras menos, el matrimonio y el amor ya no lo son todo para el nuevo Lawrence y, por lo mismo, el hombre debe aspirar conscientemente a algo más que a bastarse meramente con su pareja. El novelista no niega la importancia e incluso la necesidad del matrimonio, pero ya no lo sublima. Evidentemente, la vida conyugal con Frieda lo ha transformado.

El verano ha llegado a Sicilia y el calor se hace insoportable. Frieda huye a Baden-Baden a ver a su madre y Lawrence se desplaza a Milán, luego se dirige a Venecia y finalmente arriba a Florencia, ciudad donde vivirá su única, decepcionante, infidelidad. La susodicha no es otra que una vieja amiga inglesa, Rosalind Baynes, recientemente divorciada y a la sazón viviendo con sus tres pequeños a las afueras de Florencia. Lawrence se muda a Fiesole con la intención de acompañarla y esperar a que Frieda retorne de Alemania. En una de muchas, largas, caminatas juntos, y luego de haber estado conversando largamente sobre el amor, el dios del amor y la fuerza sobrenatural del amor, Lawrence le pregunta a bocajarro si no deberían hacerlo ellos mismos. Lo consuman de forma inopinada, sin estar del todo seguros de lo que cada quien desea en el fondo de su ser. Las fotos de Rosalind no dejan lugar a dudas: es más joven y mucho más hermosa que Frieda. Apenas cinco días más tarde, luego de un par de infructuosas relaciones sexuales, Lawrence se enfría y decide abandonar Florencia diez días antes de lo que planeaba. Aparentemente al menos, no se sobrepone a una suerte de rechazo instintivo que, de pronto, le produce Rosalind por más que se haya empeñado en amarla; siente un profundo malestar y de inmediato se pone a escribir lo que para muchos son algunos de sus mejores poemas eróticos, pero, en este caso, poemas sobre el fracaso del amor y la desilusión del sexo, algo bastante atípico en Lawrence, quien invariablemente solía celebrar la pasión y a Eros en su poesía.

La experiencia con Rosalind Baynes termina por nutrir *Aaron's Rod*, la cual, para estas fechas, es ya probablemente la novela más fragmentada de su vida. Cabe decir que, a pesar de sus excelentes pasajes y formulaciones, se trata de un libro desigual, en el que se echa de ver una seria falta de continuidad narrativa, acaso acentuada por el hecho de que lo interrumpiera varias veces para ponerse a escribir otros textos, desde su libro sobre psicoanálisis hasta sus más recientes poemas, pasando por *Mr Noon* y *The Lost Girl*. En cualquier caso, la aventura con su amiga le ha revelado asuntos fundamentales sobre su muy peculiar carácter, entre ellos, la necesidad de poner la libertad individual por encima de cualquier condicionamiento romántico o físico.

En septiembre de 1920 se entera de que su querido amigo Maurice Magnus se ha suicidado en la habitación de su hotel. Acechado por la policía italiana por el incumplimiento del pago de deudas en varios de los sitios en los que se había alojado por largas temporadas, el norteamericano elige darse muerte. Tal es el impacto que la noticia le produce, que Lawrence escribe una suerte de memorias de alrededor de ciento cincuenta páginas sobre su convivencia con Magnus, que considerará como uno de sus mejores libros en prosa. Cabe decir que revela más sobre el propio Lawrence y su idea de la amistad homoerótica que sobre el biografiado.

Para mediados de octubre, Frieda ha vuelto de Alemania. Ambos pueden, por fin, regresar a su amada Fontana Vecchia, en Sicilia, donde lo esperan las pruebas de *Women in Love* para ser exhaustivamente revisadas. Han pasado cuatro años desde que diera punto final a su mejor novela. La sensación es de pura extrañeza: siente que es otro el que la ha escrito. En cualquier caso, aquella novela por la que tanto apostó, la continuación magistral de *The Rainbow*, está por aparecer en Inglaterra y Estados Unidos simultáneamente.

A pesar de hallarse relativamente contentos en Fontana Vecchia, Lawrence empieza a acariciar una nueva y peculiar fantasía: hacerse de una embarcación e invitar a un grupo selecto de amigos artistas a llevar a cabo su vieja utopía: Rananim. Junto con esta nueva idea, surge otra distinta: mudarse a Estados Unidos, donde Seltzer, su editor norteamericano, ha estado publicando casi todos sus libros y existe la posibilidad de trabajar en una granja de Michigan. Pero esta idea queda muy pronto descartada. Con todo y los enormes deseos que tiene de seguir viajando, presiente que Estados Unidos terminará por decepcionarlo. Sabe que necesita visitarlo, pero también adivina que no será el lugar de sus ideales comunitarios: representa demasiado aquello contra lo que ha luchado durante toda su vida: el individualismo, el mecanicismo, la tecnocracia, el capitalismo, el consumismo enajenado, la alienación del hombre y la naturaleza por culpa del mercado... Aunque por esta época se siente atraído por el comunismo, el autor de *Women in Love* fue siempre incapaz de abrazar cualquier ideal político, y mucho menos adherirse a una doctrina o partido, fuera de izquierda o de derecha. Supo temprano que, como escritor y pensador, debía buscar su propia forma de vida, su credo, su particular manera de hacerse en el mundo, independientemente (o en contra) de personas cuyos valores no correspondían con los suyos. El socialismo no le basta, por más que algunos de sus presupuestos le atraigan. Debía haber algo más, una forma de vida diferente allá afuera, acaso en otro país, y era tarea del intelectual explorarla, inventarla si cabe. A pesar de estar viviendo en uno de los sitios menos industrializados de Europa, Lawrence desea, otra vez, largarse a buscar un lugar todavía más primitivo, algo remoto y primigenio, mucho menos civilizado. ¿Existirá un espacio donde sea, por fin, completamente libre y pueda realizar su añorado Rananim?

23

—Lawrence vendió mil quinientos ejemplares de *Sons and Lovers* y su amigo Compton MacKenzie, treinta y cinco mil de su novela *Sinister Street*.

—¿Y quién es Compton MacKenzie? —preguntó Álvaro, quien ya estaba quedándose en el pequeño estudio de mi casa.

Cenábamos los cuatro en el *Irish Pub* de Darts Pointe. Era miércoles, por supuesto, y las hamburguesas estaban a mitad de precio. Anochecía. La luna se perfilaba como una hoz ligeramente oxidada. No hacía mucho calor; la brisa marina ventilaba el sitio. El *pub* no estaba tampoco muy lleno, a pesar de que, al igual que cada miércoles, había un grupo nutrido de jubilados jugando al bingo. Nosotros —Braulio, Philip, Álvaro y yo— habíamos conseguido una mesa rectangular con altos taburetes en el patio trasero, entre los ficus y laureles esponjosos que lo mantenían más o menos fresco. Miles Davis sonaba en el fondo. Lo reconocí de inmediato: era su versión de "Hojas de otoño", la cual me erizaba la piel cada vez que la oía. Había un aire de júbilo, algo humano y festivo que, visto a la distancia, me hace pensar en todo lo aciago que ha ocurrido desde entonces...

—Ése es mi punto... —repetí—. ¿Quién es Mackenzie y quién diablos lo lee hoy? ¿Quién se acuerda de sus libros? Nadie. Es como hablar de Sydney Sheldon o Luis Spota. ¿Quién los lee hoy? Yo en mi vida había oído de Mackenzie y hasta ahora me entero de que se hicieron algunas películas en blanco y negro basadas en sus largos folletones…

—En vida, los grandes escritores suelen no vender demasiado y los pequeños son grandes, ja ja —dijo Braulio—. Los lectores mandan, Fer; el público iletrado controla el mercado.

—Son los editores, no el público —soltó Philip—. Los editores promueven los gustos, dictaminan lo que se debe o no leer, lo que se debe o no comprar; los agentes y editores controlan los pinches mercados. Y si hoy las grandes transnacionales han decidido vendernos basura, la gente la consume porque no tiene elección.

—Es al revés —lo contradijo Álvaro—. Son los lectores los que exigen *esa* pinche basura, Philip; es la nueva generación que se conforma con poco, y nosotros, los artistas, somos quienes decidimos si nos adherimos o no a ese público de pacotilla. Por eso no vendo mis cuadros. Si me pusiera, en cambio, a hacer retratos de bebés y bodegones, vendería un chingo, pero, por principio, me opongo a pintar ese *pseudoarte*; que las abuelitas se busquen a su pintor de brocha gorda, pero yo, no…

—Eres un purista —se rio Philip.

—Quién sabe… Sólo creo que ningún artista debe rebajarse. Si no pintas o escribes lo mejor que puedas, mejor no lo hagas; si lo que quieres es vender, entonces eres un traidor, aparte de que has perdido lo único que alguna vez tuviste: integridad. Un artista es una conciencia: es la conciencia de su tiempo. Hasta el marqués de Sade era una conciencia. Era íntegro a su manera. Creía en lo que escribía y se jugó la vida en su filosofía y su arte. ¿No decía Cyrill Conolly que la única razón de ser de un escritor es intentar escribir una obra maestra?

—Suena bien…

—Lo cierto es que no todos están dispuestos a esa clase de marginalización —intervino el gringo mesándose la barba blanquecina y dejando su pinta en una orilla de la mesa—. Pocos están dispuestos a no venderse al primer postor. Poquísimos intentan escribir, hasta la muerte, esa obra maestra que dices…

—¿Acaso no vivimos doblemente marginados en Estados Unidos, escribiendo para un público idiota al que no le interesan los libros? Que yo sepa, no hemos escrito un solo libro para ser vendido…

—Tarde o temprano todos nos vendemos —me interrumpió Braulio—. No seas ingenuo, por favor.

—De hecho, se puede llegar a ser un gran artista, como, de hecho, lo fue Lawrence, y no hacer concesiones —arremetí—. Él no las hizo, y sin embargo deseaba como loco vender sus libros, quería ser leído y tener éxito… y nadie en sus cinco sentidos puede decir que fuera un mercachifle. Lo único que deseaba era tener lo suficiente para poder seguir haciendo lo que más quería. Con cada nuevo libro acariciaba el sueño de ganarse un público más amplio que le permitiera poder escribir un libro más… ¿Qué tiene de malo eso? Ser fiel a tu arte no es irreconciliable con vender… Necesitas vender para comer.

—Lawrence escribió lo que le salía de los güevos y pintó lo que quería pintar y a nadie daba explicaciones —corroboró Philip.

—¿Pintaba? —preguntó Álvaro.

—Por supuesto. Como William Blake.

—El problema era que vivía de préstamos —intervine—. Odiaba vivir de la ayuda de sus amigos, los filántropos y mecenas de la época, pero no tenía remedio; con eso salían a flote Frieda y él… Así se la pasaron toda la pinche vida, siempre esperando que ocurriera un milagro comercial. ¿Se dan cuenta? Lawrence vivía con la ilusión de que cada nueva novela los sacaría de pobres, y si no de pobres, por lo menos le permitiría dedicarse a su nueva novela sin que nadie lo estuviera jorobando...

—Esa parte la suscribo —se rio Braulio—. Que nadie te jorobe, ¡por Dios!

—Por eso no me he casado —sentenció Álvaro—. Hay que estar loco para echarse una mujer encima; mataría mi arte...

—Pero si te echas una encima cada mes —dije, dando un trago a mi cerveza.

—Es distinto, Fer. Me las echo encima, pero luego me las quito. Soy bastante expedito.

—Hasta que te atrapen, pendejo.

—Como *tú comprenderás* —se burló Braulio, acomodándose los anteojitos—. Yo ya me salí, ¿recuerdas? Vivo en tu casa desde hace poco más de un mes...

—Pero ¿y Lorena, la oaxaqueña, no cuenta? —lo aticé—. Ya caíste otra vez, hermano, y bien pronto...

—¿Así se llama tu novia? —preguntó Philip.

—Sí, pero no es oaxaqueña —asintió Braulio, confundido—, y es un asunto por completo distinto. Lorena vive en México y no es mi mujer. Es una novia a larga distancia y eso no joroba a nadie...

—Ninguna joroba al principio —sentenció Álvaro—, pero tarde o temprano todas joroban igual. Está en su naturaleza. Siempre quieren algo más: un poco más de compromiso, de cariño, de dinero, de lo que sea...

—Francamente no veo en qué sean distintas una novia y una esposa —interrumpió Philip.

Y sin dejarlo defenderse, Álvaro arremetió:

—Exacto. Sin una mujer encima jorobándote, es más fácil llegar a ser un gran artista, o por lo menos un artista íntegro. Las mujeres son tus peores enemigos, tus censores, tus cancerberos, tus eternos espías. Si hay, por ejemplo, algo perverso que debes decir o pintar, te lo callas o maquillas. Ni lo pintas ni lo escribes por miedo a ofenderla, por temor al castigo, a la censura conyugal… Es un asco.

—Lawrence fue un gran artista y se echó encima a una matrona diez años mayor —lo contradije—. Y para colmo, no podía pasársela sin ella. Dependía de Frieda para todo, aunque, al final, era él quien había hecho el quehacer, la comida, las compras, la lavandería y la limpieza de la casa, ja ja…

—Se parecía a mí, el pendejo —comentó Braulio. Soltamos una enorme carcajada.

—Al menos no te castraron la ironía —dije.

—El autoescarnio, dirás —profirió Álvaro y otra vez todos nos reímos. Chocamos los tarros y bebimos un largo sorbo, espumoso. Acto seguido, añadí:

—¿Sabían que Lawrence quiso hacer una colonia de artistas y escritores?

—¿En serio? —dijeron Braulio y Álvaro al unísono.

—Rananim.

—¿Qué es Rananim?

—Así le puso de nombre a la comuna de amigos que la formaría… Katherine Mansfield, John Middleton Murry, Aldous Huxley y su mujer, el músico Philip Heseltine, que luego lo traicionará, Robert Mounstier y varios más de los que hoy poco se sabe —contesté—. Los nombres y sitios fueron cambiando a través de los años.

—¿Y al final se hizo?

—No como Lawrence la soñó. Al final sólo la fundaron tres: Frieda, Dorothy Brett y él mismo.

—¿Eso fue todo?

—Sí. Los demás se acobardaron a última hora. Incluido su mejor amigo, el traductor ruso Kot. Un tipazo...

—¿Y adónde se fueron?

—Primero a Nuevo México, luego a Oaxaca.

Guardaron silencio al oír el nombre de Oaxaca. Por unos segundos nos quedamos suspendidos, pensando, meditando... Luego de pedir una segunda ronda de cervezas, Álvaro nos dijo, girándose ligeramente hacia mí:

—¿Te acuerdas de Nancy, mi tía gringa?

—Ni idea.

—Mi tía americana, casada con un tío de mi padre.

—¿Y qué con la tía Nancy? —preguntó Braulio.

—Era viuda y rica. Se había ido a México en los setenta... —Álvaro se detuvo, y luego añadió—: Pues acaba de morir.

—Lo siento.

Estaba desorientado. ¿A qué venía el fallecimiento de una tía abuela millonaria esa noche de cervezas entre amigos ajenos al pasado? ¿Adónde diablos quería llegar?

—Te lo cuento porque dejó su casa vacía... Es inmensa... —insistió Álvaro—. Está en el centro de Oaxaca, a unas diez cuadras de la plaza central... Yo fui muchas veces de chavo —se detuvo y me volvió a preguntar—: Pero ¿de veras no te acuerdas de Nancy? Nos enseñó inglés un verano, cuando éramos niños...

—Creo que sí. ¿Flaca, enjuta y larguirucha?

—Sí. Estábamos en el Montessori y allí no enseñaban una palabra de inglés.

—Eso sí lo recuerdo. Enseñaban francés.

—Como el Montessori sólo tenía primaria, nos teníamos que largar a otra escuela al siguiente año —se aclaró la garganta, y agregó—: Pero ninguna nos aceptaba por nuestro paupérrimo inglés. Tu madre y la mía estaban desesperadas; busque y busque por todas partes: el Olinca, el Cedros, el Green Hills y no sé yo cuántas escuelas más… En todas nos rechazaban por no aprobar el pinche examen de ingreso. Así que mi tía Nancy nos puso al corriente ese verano.

—Después de lo de la Feria del Libro de fin de año…

—Exacto —saltó Álvaro, entusiasmado, y añadió sin pizca de vergüenza—: Sí, lo admito: era insoportable en esa época. Quería ser el primero en todo, ¿recuerdas?

—Eras insoportable. Ibas a ser presidente de la República y astronauta como Neil Armstrong…

Nos interrumpió la mesera con las hamburguesas y una ración enorme de papas fritas al centro. Empezamos a comer con voracidad. Debían ser las diez de la noche pasadas. El bingo había terminado y los ancianos se habían marchado hacía largo rato. De pronto, entre bocado y bocado, Philip sugirió en broma, como si me hubiese leído la mente:

—¿Y por qué no hacemos nuestra propia comuna en la casa de tu tía Nancy? No creo que a ella le importe demasiado.

Y se echó a reír, lo mismo que Braulio. Algo recorrió mi espalda: no era risa ni sorpresa, sino un vago presentimiento, una corriente eléctrica…

—Es lo que yo intentaba decirles —saltó Álvaro de su taburete y emocionado se puso de pie—. Tenemos la casa… Está vacía desde que murió Nancy. Yo pensaba ir a verla al volver a México, a ver en qué condiciones se encuentra, aunque creo que todo está allí, muebles, camas, vajilla y hasta la servidumbre… Tengo una entrevista con Francisco Toledo también, ¿no les dije? Le gustaron unas pinturas y me quiere conocer.

—¿Toledo?

—Felicidades, hombre.

¿Telepatía? ¿Connivencia de espíritus? ¿Mera coincidencia de egos enloquecidos? Así, casi de la nada y como por sortilegio —entre bromas de tías occisas y casas inhabitadas en el lugar más hermoso de México—, surgió nuestra colonia, aunque, claro, escribirlo así, implicaría que todo ocurrió de la noche a la mañana y eso, por supuesto, invita al engaño, desorienta, si no refiero antes esas otras contingencias que empujaron nuestro *pathos*, mi *pathos* particular —mi tragedia y la de Irene Dávila Cienfuegos—. Entre otras, sobresale una, aquella de la que me vine a enterar tres semanas más tarde y sólo por divina casualidad... María, mi tierna e intachable mujer, se acostaba con otro casi frente a mis narices.

Pero ¿hay casualidades, o todo se conjuga en el firmamento —como diría el mago Marsilio Ficino— para que las cosas acontezcan de uno u otro modo, para que un grupo de lunáticos se reúna en un *pub* de Charleston y yo elija dejar mi piel de cornudo y padre responsable, esa piel de oscuro profesorcillo de provincia, epidermis de serpiente seca y trasnochada? Insisto: estas cosas no pasan de la noche a la mañana. Se acomodan, se alinean... (Aunque a veces puedan conjugarse, aunque surjan, explosivas, frente a nuestras narices, hubo factores que intervinieron en mi porvenir, en lo que, más tarde, uno da en llamar, con inocencia de párvulo, Destino.)

Esa misma noche, después de despedirnos y a punto de meterme en la cama, recordé vívidamente a Irene. No era la primera vez, por supuesto. A veces, y sin venir a cuento, pensaba en ella, la imaginaba: ¿dónde estaría, con quién?, ¿qué habría sido de su vida?

Esa noche me rehíce, me levanté de la cama para no despertar a María y tomé a hurtadillas mi laptop que tenía en el secreter. Sigiloso, me escabullí al baño. Me metí en el portal de Facebook, tecleé su nombre y pulsé. Nada. Había docenas de Irene Dávila. Ensayé otra alternativa: "Irene Dávila Cienfuegos" y ahora sí, de inmediato, saltó su nombre. Ella era la única. "¿Quieres ser su amigo?", leí en la pantalla. Respondí que sí y el mensaje fue enviado a su buzón. Cerré mi laptop, apagué la luz y en puntillas, como un ladrón, me metí en la cama.

Esa noche soñé que mi mujer se acostaba con otro, un desconocido a quien no conseguía mirarle la cara, y en cambio no soñé con Irene acostándose conmigo (como debía haber ocurrido). Si uno se pusiera sesudo y freudiano, podría conjeturar que, acaso, ese desconocido no era otro que yo, y María no era otra sino la máscara que le imponía en mi sueño a Irene, la mujer deseada, la hetaira de mi vida.

24

En enero de 1921, siempre al acecho de un sitio mejor, los Lawrence parten en barco hacia Cerdeña, pensando si acaso allí encontrarán un lugar más apegado a sus ideales. Aunque no encuentran el edén anhelado, las semanas pasadas en la isla se vuelven memorables, al punto de que, para marzo, y ya de vuelta en Fontana Vecchia, Lawrence ha dado punto final a un nuevo pequeño libro de viajes, *Sea and Sardinia*, el cual no será publicado sino hasta 1923 con ilustraciones del muralista Jan Juta. Cabe decir que para esta época Lawrence ha decidido abandonar su novela autobiográfica *Mr Noon* y reiniciar la inacabada *Aaron's Rod*. El principal problema con la primera es que *todo eso* delicado que cuenta (su propia explosiva historia de amor con Frieda en 1912) no se ajusta a sus nuevos presupuestos sobre el amor y la pareja. Es más: lo que piensa hoy no coincide con lo que creía nueve años antes. *Mr Noon* se vuelve un libro difícil de escribir con una década más de vida y experiencia matrimonial a cuestas.

En abril de 1921, los Lawrence parten hacia Alemania: la madre de Frieda ha caído enferma y, tal parece, se encuentra a punto de morir (veremos que todavía le quedan muchos años). Camino al norte, el escritor conoce a una pareja de estadounidenses, los Brewster, ambos pintores budistas, quienes le insisten que visite Ceilán (hoy Sri Lanka) pues, según ellos, allí encontrará lo que tanto ha buscado. Ya en Alemania, y mientras acompaña a Frieda al poblado de Eberstein-burg, Lawerence termina *Aaron's Rod*. En ella enuncia, como dije, su nuevo ideal del amor: habrás de some-terte a alguien que reconozcas superior, y, cuando por fin lo encuentres, hallarás la armonía de la vida conyu-gal. No sólo eso: como en ningún otro relato, Lawren-ce se permite desmenuzar fríamente su desapego hacia Frieda a través del memorable personaje de Aaron Sisson. Pareciera que el novelista estuviese diciéndonos que, para amar mejor, uno debe mantenerse en ese umbral impreciso de resistencia o retaguardia, y no mezclarse con el otro bajo ninguna circunstancia. No obstante, y esto Lawrence lo capta a la perfección, la mujer de Aaron en la novela se lo reprocha, lo mis-mo que Frieda se lo ha reprochado en el pasado: es decir, su falta de absoluta e incondicional entrega, ese postrer reducto masculino que Aaron (tanto como Lawrence) se resisten a inmolar con los ojos cerrados. La novela termina con una infidelidad de Aaron, la cual no hace sino sublimar la de Lawrence con Rosa-lind Baynes. En ambos casos, el desenlace es insatisfac-torio y sirve al novelista para entender que, para defenderse de Frieda y su abnegado deseo de posesión, no necesita entregarse a nadie, que hacerlo puede re-sultar, incluso, contraproducente. *Aaron's Rod* convierte al antiguo predicador del amor en un predicador de la libertad y autonomía masculinas. Por si esto no fuera suficiente, *Aaron's Rod* simboliza su rompimiento con una Europa trasnochada que lo asfixia. Sabe con cada fibra que no debe continuar allí, ni siquiera en la bella Taormina, el sitio menos europeizado de Europa que conoce. Necesita huir, necesita llevar la fractura a sus últimas consecuencias. Han pasado dos años, y aunque Sicilia y su clima han demostrado ser más que ideales para escribir —Lawrence ha producido un total de ocho libros durante su estancia y ahora se halla en vías de terminar la traducción de *Maestro Don Gesualdo* de su amado Giovanni Verga—, sabe que es hora de marcharse y así se lo dice a Frieda. Su congénita contradicción interna, su eterna ambivalencia, lo llevan a declarar que no aguanta más Italia, Europa, la cultura de la que él mismo surgió, la absurda educación que ha heredado, todo eso que identifica consigo mismo (lo peor de sí mismo) y que hoy repudia con toda su alma. Frieda comprende que el tiempo ha llegado: deben partir, buscar un nuevo sitio.

A todas estas sensaciones (más que circunstancias) se suma la injusta recepción que, para esas fechas, tiene la aparición de *Women in Love* en Gran Bretaña. De entre todas las ignominias, sobresalen dos. Ya desde poco antes de la aparición de la novela, Heseltine había amenazado a Secker, el editor de Lawrence en Inglaterra, con lanzar un ataque si su antiguo amigo no modificaba el tratamiento de los personajes que lo representaban a él y a su novia. El libelo difamaría al libro como un asqueroso relato homosexual. Temiendo, por supuesto, un posible escándalo de esta naturaleza y una nueva prohibición del libro, Secker termina por reembolsarle las cincuenta libras que Heseltine había gastado en abogados. Al enterarse de la forma timorata en que Secker se ha comportado, Lawrence monta en cólera, despotrica con rabia, pero ya nada puede hacerse, salvo constatarlo en sus diarios. El otro ataque viene de John Middleton Murry, quien publica una reseña devastadora sobre la novela, la cual no tiene, en principio, otra finalidad que conseguir llevarla a la corte por ser "descaradamente obscena", más o menos la misma vieja cantaleta que había ocurrido con *The Rainbow* siete años atrás. Con todo y sus ánimos de venganza, las malévolas intenciones de Murry no prosperan y la novela no llega a ser procesada. Y pensar que con Heseltine y Murry pensó fundar su comuna... Esta nueva, durísima, desilusión lo confirma en lo que ya sabía de sobra: Inglaterra no lo merece, es en Estados Unidos donde debe continuar su labor de escritor libre y soberano. Este sentimiento no deja de ser corroborado con la ininterrumpida labor de Thomas Seltzer, quien le ha pedido revisar cada uno de sus viejos y nuevos libros para ser lanzados en Estados Unidos. Así lo empieza a hacer Lawrence con dedicación, y en apenas unos cuantos meses concluye *Fantasia of the Unconscious*, los diez cuentos que integran *England, my England* y el libro con tres novelas cortas titulado *The Ladybird*, el cual incluye "The Fox", "The Captain's Doll" y el que da título al conjunto. Tal pareciera que, a cada nueva injuria y desengaño, Lawrence responde con renovados ímpetus y demoledora fuerza creativa.

Con todo, la suerte de los Lawrence está, digamos, echada. Es urgente escapar y establecerse fuera de Europa, hacer *tabula rasa*... Ahora bien, para comprender lo que está a punto de ocurrir, habría que zambullirse en el corazón del artista, y acaso ni siquiera así, pues ni el mismo Lawrence sabía exactamente adónde ir. Si, por un momento, todo apunta hacia Estados Unidos, incluida la invitación de su admiradora Mabel Sterne para visitarla en Taos, Nuevo México, a última hora los Lawrence se decantan por ir a Ceilán. Allí los esperan sus nuevos amigos Earl y Achsah Brewster. La justificación para esta abrupta decisión es sencilla y a la vez completamente alrevesada: al iniciar su peregrinación por el este, podrían ir más tarde a Estados Unidos por el oeste y con ello evitar Nueva York, la cual, sin conocerla, ya le causa a David un gran desprecio, pues ejemplifica, dice, lo que más aborrece en la vida: la cultura capitalista de masas en su máxima expresión. En cualquier caso, los Lawrence parten de Nápoles el 26 de febrero de 1922. Es la primera vez que salen de Europa y el escritor no puede dejar de experimentar, según consta en sus diarios, una dolorosa e inesperada escisión, un trauma espiritual que lo acompañará hasta el día de su muerte. Si tanto desea largarse, ¿por qué se siente ahora huérfano? Tiene 36 años, es pobre, no tiene un techo que pueda llamar suyo y, para colmo, su círculo de lectores se ha ido reduciendo, o al menos así lo cree. Todo esto lo confirma en su rancia decisión, pero no deja de cuestionarse hasta qué punto no ha actuado sólo por rencor hacia la vieja Europa, rencor hacia su patria, y no necesariamente porque deseara partir y conocer nuevos lugares. Para su buena estrella, apenas unos días antes de zarpar, *The Lost Girl* obtiene el James Tait Black Prize y junto con el galardón, cien libras esterlinas, las cuales lo ayudan a mitigar el costo de los dos billetes de barco.

En el *Osterly* conoce a un simpático grupo de australianos, quienes, nomás haber trabado contacto con los Lawrence, los animan a visitarlos y conocer el continente. Anna Jenkins, viuda millonaria, quien está casualmente leyendo *Sons and Lovers* durante la travesía, les ofrece su casa para hospedarlos. El viaje en el barco dura dos semanas y da la oportunidad para que Lawrence concluya su traducción de Giovanni Verga. Desde su llegada a Colombo, Lawrence adivina que no escribirá una sola línea sobre Ceilán, aparte de un hermoso poema titulado "Elephant". El intenso calor del lugar lo toma por completo desprevenido; la bruma caliente lo pone de pésimo humor desde primera hora del día. La sempiterna humedad lo oprime, por lo que prefiere casi no moverse. En la casa de los Brewster, a las afueras de Colombo, no se siente bien pues, como le dice a Frieda, no hay nada que hacer en ese sitio: los pintores tienen cuatro sirvientes que lo hacen todo por ellos y Lawrence no está acostumbrado a no hacer nada. Siempre ha sido él quien cocina, lava, barre, limpia y plancha, y ahora que no lo hace, no consigue ponerse a escribir. Cada vez que los Brewster salen a visitar templos y ruinas en los alrededores de la capital, Lawrence se queja aduciendo malestar. Prefiere esperarlos en casa, aguardar inmóvil dentro de su recámara, que, al menos, lo refresca un poco, todo lo cual no deja de ser bastante inusual en el novelista, quien ha sido durante toda su vida un explorador curioso, un investigador obsesionado con el mundo que lo rodea, un amante de la naturaleza y la antigüedad. Los derviches y gurúes paseándose al garete, la impávida gente del pueblo merodeando los mercados, las vacas y bueyes en las callejuelas sucias y el mentado budismo de los Brewster y sus amigos, no le atraen en absoluto. No soporta esa quietud soporífera. Es más: le enerva. Y aunque en algún momento creyó que escribiría una novela sobre Ceilán, al final escribirá una, no muy buena, sobre el nuevo sitio al que acudirán en poco tiempo: Australia. La estancia en Sri Lanka no dura más de mes y medio cuando ya los Lawrence se alistan, presurosos e impacientes, a partir.

El 4 de mayo de 1922, Frieda y David Herbert arriban a Perth, en el lado oeste de Australia. El contraste con Ceilán es inevitable. A pesar de recordarle en muchos aspectos a su odiada Inglaterra, Lawrence se siente a gusto bajo este cielo cobalto, en claro contraste con la espesura sofocante de la selva ceilandesa. Después del primer cálido recibimiento de la familia Jenkins, los Lawrence se hospedan en una hermosa casa de huéspedes en Darlington, a las afueras de Perth. La dueña es, aparte de enfermera, aficionada novelista en sus tiempos libres. Se llama Mollie Skinner y en esos breves días de estancia les enseña el manuscrito de su primera novela, *The House of Ellis*, la cual Lawrence, entusiasmado, reescribirá poco más tarde. Ésa será la primera coautoría de Lawrence. La segunda, también con Skinner, continúa inédita al día de hoy.

Al poco tiempo, los Lawrence parten hacia el extremo contrario del continente, específicamente New South Wales. Dado que Sydney resulta ser más cara de lo que sus bolsillos les permiten, se dirigen a Thirroul, pequeño poblado en la costa, no lejos de Sydney, donde se quedarán por los siguientes tres meses.

Contra todas sus expectativas, Lawrence empieza a garabatear un nuevo relato, que crece exponencialmente, hasta convertirse en novela, y es que, como suele acontecerle, una vez ha conseguido coger el ritmo del relato y comienzan a delinearse personajes e interacciones, Lawrence es imparable: su vigor tiene pocos parangones en la historia de la literatura, su capacidad de trabajo y esa intuitiva forma de concatenar sus experiencias con el trasfondo de los sitios y personajes que conoce, son incomparables. Quizá por primera vez en su vida, Lawrence comienza a hacerse visibles preguntas políticas en el marco de este relato, cuestiones tales como el papel del intelectual en la sociedad, la responsabilidad del artista en el mundo, las flaquezas de la democracia, el socialismo enfrentado al fascismo que había aprendido a aborrecer durante sus años en Italia… En apenas tres meses, *Kangaroo* está terminada en una primera, escueta, versión. Hoy se considera uno de los momentos más flojos de su carrera, pero sigue siendo un documento valiosísimo para entender el momento por el que pasa como artista y pensador: ha elegido dar la espalda a Europa y no consigue desprenderse de la piel con que ha nacido.

El 11 de agosto de 1922, tras varios meses de fructífera estancia en Australia, los Lawrence zarpan hacia San Francisco vía Wellington, Raro Tonga y Tahití. Tres semanas más tarde arriban al nuevo continente. En San Francisco pasan cinco días antes de tomar el tren que los conduce a Nuevo México. El 11 de septiembre de 1922, justo el día en que Lawrence cumple 37 años de edad, la pareja llega a Taos, el lugar del Medio Oeste americano que el novelista había ansiado conocer toda su vida. ¿Sería Taos su Rananim o acaso otra vez la inquietud lo llevará a un lugar por completo diferente?

25

Hablé de Verónica, nuestra vecina yucateca, y de sus dos hijos musulmanes, Badi y Agar, la más pequeña; hablé de Arnold, el gringo republicano, y de Selene, su mujer española de derechas; hablé de Jaime y Matilde, los peruanos; hablé de Gabriela y su marido Günter, el alemán de Baviera y en ese entonces mi mejor amigo —esto antes de conocer a Braulio Aguilar, claro—. Mencioné también, de refilón, que Gabriela tenía un amante brasileño, un mulato a quien veía cada vez que se marchaba con sus dos hijas al Brasil. Ésa era nuestra célula de amigos, aquellos con quienes nos veíamos dos o tres veces al mes. En el exilio se había vuelto una especie de necesidad pasarla juntos, beber juntos, desternillarnos de risa por cualquier fruslería, festejar los torneos de fut de nuestros hijos, ir al cine o los conciertos de la filarmónica en parejas. No dudo que ahora, mientras escribo, acaso estén reunidos todos en casa de Arnold o en la mía, conversando, inquiriendo sobre mí, sobre lo que hice o no hice, acompañando a María, mi ex mujer, quien se ha quedado, al igual que Vero, soltera de la noche a la mañana, casi viuda y con dos hijos pequeños, a quienes no he dejado de extrañar un solo día desde que me marché.

Traigo a colación esta caterva, pues tiene que ver con mi decisión de abandonar a mi familia y embarcarme en mi pequeña y atrofiada utopía oaxaqueña. Pensándolo bien, esa otra cofradía era, de cierta forma, una comuna también, algo parecido a lo que yo insistí en crear al lado de Philip, Braulio, Álvaro e Irene. La diferencia es que en Estados Unidos nadie vivía bajo el mismo techo; la otra diferencia era que sólo nos veíamos dos o tres veces al mes y, por último, estaba el hecho distintivo de que en Charleston nadie era artista, salvo yo.

Badi tenía 17 años. Estaba en el último año de High School y empezaba a solicitar el ingreso a distintas universidades del estado. Verónica, su madre, era, por decir lo menos, un envanecido pavorreal: no paraba de alabarlo frente a nosotros. La yucateca había sabido educar a sus retoños sin necesidad del padre sirio, quien se había quedado refundido en California. Badi había crecido sin padre. Conté que parte de mi decisión tenía que ver con este muchacho; otro motivo, el de mayor peso, quizá, tiene que ver estrictamente con María y el súbito descubrimiento de un amante en su vida, y por último está la sorpresiva respuesta de Irene en el Facebook dos días después de haber solicitado ser su amigo. Esto, en tanto Álvaro se hacía cargo de la casa de su tía en Oaxaca y hacía esa acariciada visita a su ídolo, el pintor Francisco Toledo.

No, María no era amante de Badi. Si hasta aquí he dado esa impresión, la rectifico. La parte en que el joven Badi queda involucrado es acaso mínima, pero fundamental. Y es que, desde hacía tiempo, yo venía atando siniestros cabos en relación con este chico, pistas que nunca le mencioné a María y mucho menos a su madre. ¿A qué me refiero? A la obsesiva idea de que ISIS estuviera, quizá, reclutándolo a espaldas de Verónica, enganchándolo frente a nuestras narices, al lado de mi casa, en la suya, en su recámara cerrada a cal y canto, desde su computadora, en el internet y con el Corán bajo el brazo...

Mi idea se originó la tarde en que, todos reunidos en casa de Vero, Badi, de sólo quince años, se puso a justificar a los terroristas que habían atacado la revista francesa *Charlie Hebdo* y empezarían a asolar Europa y Medio Oriente. Poco después esos hongos empezarían a enquistarse también en Estados Unidos. Esa tarde fue la primera y última en que el chico abrió la boca. Atónitos frente a sus ardientes vociferaciones, nadie dijo una palabra. Verónica lo reprendió e incluso lloró un buen rato con nosotros. Los reunidos fingimos que no tenía importancia; al fin y al cabo, Badi era un muchacho de 15, un tontuelo que no sabe lo que dice. Todos olvidaron el incidente —menos yo, claro—. Ése fue el primer cabo. El segundo vino meses más tarde, una noche en que Badi nos acompañó a los adultos —hombres en este caso— a departir, campechanos, frente al asador en casa de Günter y Gabriela en el patio de adoquines rojos de su casa. No recuerdo cómo surgió la charla, pero esa vez nos hizo saber que despreciaba a las chicas americanas.

—¿Y por qué? —le dije, asombrado y sin soltar mi lata de cerveza—. Hay algunas muy guapas.

—No es eso —respondió.

—*So?* —lo instigó Arnold, girándose a verlo y descuidando el asador.

—*They are all filthy.*

—*What are you talking about?* —le dijo Arnold, estupefacto.

—Tú mismo te casaste con una española, ¿no? —lo refutó el muchacho, esta vez en español.

—Sí, pero no porque las americanas sean sucias, como dices —lo corrigió Arnold dejándome las pinzas para hacer girar los chorizos, que ya humeaban—, sino porque me enamoré de mi mujer. Eso es todo, Badi. No habría tenido problema en casarme con una americana.

No todas son *filthy*, como dices. *I don't get it! You're an American too.*

—*One that is not proud about it* —remachó sarcástico, y el republicano enmudeció al instante.

Confieso que el adjetivo *filthy* aplicado a una mujer (cualquier mujer) me hizo un espantoso ruido en la cabeza. Me retrotrajo a mi viejo amigo Gracián Méndez y su formulación de que todas las mujeres eran unas ratas, y en especial las prostitutas. En el caso de Badi, y a pesar de su corta edad, las jóvenes americanas eran todas —por adelantado y sin darle a ninguna el beneficio de la duda—, *filthy*, es decir, sucias, es decir, unas ratas puercas y despreciables...

—¿Y por qué dices eso? —intervino Günter con acento portugués y apagando su cigarrillo en los adoquines bermejos.

—Mira —dijo Badi—, había una chica que me gustaba. Me gustó por mucho tiempo, la verdad. Pensaba en ella siempre. Un día me atreví a acercarme y se lo dije. Ella se rio en mi cara y se largó. Luego supe que esa chica se besaba con todos. ¿Te das cuenta? Yo había hecho el ridículo. *She is a whore.*

—¿Pero, acaso no hacemos lo mismo los hombres? ¿No nos reímos de ellas en sus narices? —dije.

Me di cuenta, nomás decirlo, que mis compañeros no estaban de acuerdo conmigo, pero callaron, supongo, por solidaridad.

—Sí, Fer, pero nosotros somos hombres, ¿te das cuenta? —dijo Badi: el chico había cogido el anzuelo, pensé—. Y ellas son mujeres.

—¿O sea que hombres y mujeres son distintos?

—Por supuesto. Ellas pertenecen a otra clase...

—¿No tenemos los mismos derechos? —asestó Jaime, el peruano, quien había permanecido callado, cerveza en mano, hasta ese momento.

—Por supuesto que no. Al menos así lo establece mi religión. Las mujeres deben permanecer puras, limpias y vírgenes, de lo contrario… — y se calló—. En este país, las musulmanas ni siquiera se cubren el rostro. Es el colmo.

—No estoy seguro de que sea así en el islam —lo corrigió Günter, acalorado, a pesar de que había caído la noche en Charleston.

—Con perdón, pero ustedes no saben más que yo sobre las leyes del Corán. Yo las he estudiado mucho tiempo.

—*Well!* —interrumpió Arnold, ligeramente enfadado y acaso para darle un giro a la conversación—. *I believe stakes and* chorizos *are ready. Time to eat!*

Ése fue el otro cabo que quise atar. Tal vez llevara a un extremo mis asociaciones, pero éstas, lo confieso, no dejaban de unirse en mi afiebrada imaginación. Por ello, cuando un año más tarde, Vero nos dijo que el padre de Badi se lo había llevado a Siria a ver a su familia, me quedé de plomo. Por supuesto, ella también estaba aterrada, mas no podía impedirlo. El tipo era su padre y Badi, finalmente, quiéralo o no la madre, tenía primos, tías y abuelos en Alepo. Las cosas estaban mal, muy mal, pero no habían llegado al punto en que terminaron, es decir, Alepo no había sido arrasada. La gente aún la visitaba, sobre todos los que tenían parientes allá, como Badi y su padre. Al final, la visita no pasó a más: un par de meses más tarde, Badi estaba de vuelta en su casa con su madre y su padre de vuelta en California, donde moriría poco tiempo después.

A partir de ese viaje y del fallecimiento del padre, la manera en que el chico se recluyó fue más que notoria; la forma en que dejó de hablar con nadie, ni siquiera conmigo o con su madre, se hizo evidente para todos. Ya ni siquiera se reunía con nuestro grupo en las opíparas cenas de asador y carnes. Verónica lo justificaba siempre. Decía que estaba en casa, leyendo o estudiando, preparándose para los legendarios exámenes del SAT para la universidad. Lo cierto es que, en el último año y medio, Badi era un fantasma al quien nadie le veía el rastro. Algo lo trastornó en Alepo, estaba claro; algo vio que lo marcó... y no era para menos...

¿Y mi papel en todo esto? Mejor dicho: ¿cuál fue el papel de Badi en mi escapada, en mi decisión de vida, en esa vuelta a un espejismo llamado México?

Cuando supe que María tenía un amante, tomé la resolución de llamar anónimamente al 911 para informarles de mis sospechas... Y eso hice venciendo todos mis escrúpulos, incluidos los que me decían que esta decisión heriría a Verónica en lo más hondo. Sí, yo mismo llamé sin dar mi nombre y desde una caseta telefónica de un centro comercial, la cual, por cierto, fue muy difícil encontrar, pues casi ya no existen en Estados Unidos. Fui parco. Con una irrisoria voz de gangoso, insinué que había un chico que vivía en tal lugar y que podría estar siendo reclutado por una célula terrorista islámica, y colgué. Yo ya sabía que la policía, y el FBI en particular, seguirían ésa y cualquier otra pista que cualquiera (hasta un loco) les ofreciera. No iban a desdeñar ese dato como si cualquier cosa... y menos en la situación en que nos encontrábamos, una que todo mundo reconoce y en la que todo mundo vive... con el puro miedo en la piel, sobre todo cuando ISIS ha dicho claramente que Estados Unidos y sus aliados son hijos de Satanás.

Hice esta llamada un día antes de mi partida, cuando ya tenía mi boleto de avión comprado sin que María supiera una palabra de mi decisión.

26

Acostumbrarse a Taos llevaría algunos meses de ajustes. Su primera reacción frente a la tribu de Pueblo, a sus costumbres y ritos, a la "aburrida" vida campirana (sin más que hacer, salvo mirar por largas horas las inmensurables llanuras desérticas, las barrancas rojizas y abruptas; sin otra cosa que oír, día y noche, el novedoso y extraño silencio del desierto), no fue de su agrado. A pesar de que Lawrence siempre había deseado un rincón solitario para escribir, un sitio apartado del mundanal ruido, una vez que lo tuvo frente a sí, le costó mucho trabajo habitarlo, hacerlo suyo. Al final, y con el paso de los días y las semanas, se enamoraría de Nuevo México, pero no precisamente de su anfitriona, origen de lo que sería, muy pronto, su principal fuente de conflictos. Mabel Luhan, casada con Tony Luhan, oriundo de Taos, adoraba a Lawrence, pero, acaso por esta misma razón, no lo dejaba en paz un segundo: parecía que deseara exprimirlo, consumirlo, asimilarlo... Instintivamente, el novelista reaccionaría a este feroz acoso. Entre otras menudencias, Mabel deseaba que Lawrence escribiera una novela sobre Taos (incluso una en colaboración con ella), quería también que se sentara a conversar con Tony y ella por largas horas tras la merienda; deseaba, en resumidas cuentas, tenerlo para ella sola y su marido, para complacerlos y compartirles, de paso, su inextricable espíritu lleno de aventuras y experiencias, de lecturas y teorías. Aprender a montar fue una de las mejores formas de escapar a su cuidado. Lawrence empezó a dar largos paseos a solas, con su caballo, explorando los desérticos alrededores de Rancho Kiowa, donde, por el momento, vivía con Frida. De hecho, no habitaban la misma casa que los Luhan, sino otra más pequeña, a unos pasos de allí. A pesar del ininterrumpido acecho de su anfitriona, Lawrence supo encontrar el tiempo para revisar y terminar *Kangaroo*, escribir una serie de nuevos poemas y más tarde reescribir por completo sus *Studies in Classic American Literature*. En enero de 1923 recibe un telegrama anunciando la muerte de su vieja amiga Katherine Mansfield, con quien no tuvo tiempo de reconciliarse. La cuentista neozelandesa tenía 32 años y de cierta manera anticipaba la prematura muerte de Lawrence.

A partir de esta misma época, la situación en Taos se agrava por culpa de Frida y Mabel, dado que la primera empieza a resentir el mal disimulado acoso de su anfitriona sobre su marido. Lawrence se siente asfixiado: está lejos de desear, como lo hiciera en 1911 y 1912, el amor maternal, sustitutivo, de su madre fallecida. Esa clase de pasión no le interesa en lo más mínimo. La considera dañina para la salud espiritual, para el fortalecimiento del alma, cualquier cosa que esto signifique. Está lejos, escribe, de esas trampas del amor, y es a través de las novelas y cuentos de este periodo donde deslindará sus formas y manifestaciones, los sentimentalismos y chantajes que no han conseguido, a la postre, sino averiar las relaciones humanas. En su lugar, le obsesiona averiguar lo que verdaderamente es esencial de esas relaciones, lo que las mejora o las mengua, lo que hace que no puedan coexistir con una simple vida solitaria, independiente, apacible y autónoma, cuestión que nada tiene que ver, insiste, con "el amor", como lo entiende la mayoría.

Justo cuando las cosas comienzan a ponerse sensiblemente más opresivas en casa de los Luhan, los Lawrence descubren una ruinosa cabañita abandonada a treinta kilómetros de distancia, la cual (en apariencia al menos) pertenece al hijo mayor de Mabel. El sitio es inhabitable en invierno, mas esto no lo disuade para convencer a su anfitriona de que se lo preste por una corta temporada.

A sólo tres kilómetros de la cabaña se halla Rancho Del Monte, lugar donde (pasajeramente) alquilarán dos pequeñas cabañas mientras consigan reparar aquel viejo chamizo prestado. Para ello invitan a dos nuevos amigos daneses, Kai y Kund —ambos pintores recién emigrados a Taos—, a unirse a esa nueva aventura que implica vivir (ahora sí) aislados de cualquier civilización. Toman prestado un par de caballos de Tony, Lawrence compra sus primeras botas vaqueras, Mabel les obsequia unas mantas y utensilios para la cocina y en la Navidad de 1922, los cuatro están ya viviendo relativamente lejos de su anfitriona.

Para sorpresa de propios y extraños, la convivencia con los pintores daneses terminará por ser mucho más positiva y fructífera de lo que nadie imaginara: Lawrence experimentaría con ellos un atisbo de lo que alguna vez soñó vivir al lado de Katherine y John Middleton Murry. Por cuatro meses, Frieda, Kai, Kund y David Herbert crearán una pequeña sociedad donde todo marcha a la perfección: juntos recogerán y apilarán leños cada mañana, montarán y cantarán juntos, cocinarán y comerán juntos… Esta experiencia reabrirá en Lawrence aquella vieja idea, latente todavía, de construir un día su añorada Rananim.

Hacia la primavera, una vez pasadas las duras nevadas del desierto, Lawrence sabe que ha llegado el tiempo de emprender una nueva aventura. Desde hacía meses barruntaba que México era el lugar al que debían inevitablemente acudir. Piensa que, a pesar del cariño que ha tomado por los indios y costumbres de Pueblo, en Estados Unidos no fluye lo que él machaconamente denominará "la sangre". Como novelista y poeta, dice resentir esa carencia: la sangre, la sangre… Sin ella, escribe, no hay ficción, y Lawrence era, por encima de cualquier cosa, un extraordinario autor de ficciones. Aparte de la reescritura de *Kangaroo*, no ha surgido un solo texto de creación en esos últimos meses y esto lo empieza a afectar profundamente. Era hora de partir, sin contar con que sus compañeros daneses están a punto de marcharse, así como sus visas de seis meses están próximas a expirar. Se trasladan a Santa Fe, donde fácilmente convencen a sus amigos, los poetas Witter Bynner y Spud Johnson, su amante, de acompañarlos a la ciudad de México. ¿Viajar con el famoso novelista D. H. Lawrence? ¿Quién rehuiría esa oportunidad?

Ya en el Distrito Federal, los cuatro pasan un largo mes saturado de eventos organizados por el PEN mexicano y algunas visitas a lugares históricos. Se hospedan en el Hotel Monte Carlo, que pasará a llamarse Hotel San Remo en *The Plumed Serpent*. José Vasconcelos, ministro de Educación, cancela una comida agendada con Lawrence a última hora, lo que saca al novelista de sus casillas. Con todo, la impresión de la ciudad y sobre todo de su clima, resulta tan favorable a su enclenque salud, que siente acaso por primera vez en muchos años, que bien podría establecerse y escribir una ambiciosa novela sobre México. Esta certidumbre se acendra durante su visita a Teotihuacán —especialmente frente al templo de Quetzalcóatl, de quien, hasta ese momento, desconoce absolutamente todo—. Ha transcurrido un mes y la inquietud típica del escritor que no escribe una línea empieza a apoderarse de él. En ese momento llega, para su buena suerte, la invitación de una ex estudiante de UCLA llamada Idella Purnell. La joven insiste en que la visiten en Guadalajara, lugar que, promete, les va a encantar. Idella, autora de libros para niños, es una devota de la capital de Jalisco, donde vive con su padre dentista. Años más tarde escribirá una pequeña novela sobre su experiencia al lado de los Lawrence, titulada *Friction*. Curiosamente, Lawrence le sugirió el título del libro a Idella en alguna ocasión. No sólo eso, sino que *Lady Chatterley's Lover* llegará a tener, entre otros descartados, el título de *Friction*.

A partir de este punto existen distintas versiones de cómo Lawrence arriba a Guadalajara, pero una cosa es segura: viaja solo en tren y a los pocos días de su llegada, enamorado del lago de Chapala, escribe a Frida y sus amigos diciendo que había encontrado, por fin, "el paraíso". Bynner y Johnson se instalan en el mejor hotel de Chapala, mientras que Frida y Lawrence alquilarán una hermosa casita de un piso rodeada de árboles frutales con vista al lago en la calle Zaragoza número 4. Allí se quedarán a vivir por los siguientes tres meses, atendidos por una joven indígena, Isabela, quien se hace cargo de la limpieza, las compras y la comida, mientras Lawrence, con su férrea y legendaria disciplina, se lanza cada mañana, bajo la sombra del mismo árbol, a escribir su nueva obra maestra, la más polémica de las que jamás escribiría, su mural sobre un México fantástico: *Quetzalcóatl*. Después de algunos infructuosos tanteos, el 10 de mayo de 1923 le da inicio con pie firme. Ya no se detendrá sino hasta ver concluida una primera versión, que tendrá aproximadamente la mitad de longitud de la que reescribirá al año siguiente, esta vez en Oaxaca, el mismo sitio donde mi tragedia y la de mis amigos va a tener lugar.

27

Pero ¿cómo diablos me enteré de que María tenía un amante?

En realidad, fue fácil. Digamos que descaradamente fácil.

No sé si dije que María fumaba. Cuando la conocí, no fumaba; poco después, por culpa de unas amigas morelenses, empezó con el maldito vicio. Luego, cuando se embarazó de Luciano y Alberto, dejó de fumar, pero una vez que los dos nacieron, volvió a coger el hábito. Y así… hasta la fecha.

A mí, personalmente, no me importaba que lo hiciera. Nunca me ha molestado el olor del tabaco. Incluso puedo decir que me gusta un poco, a ratos, claro. A diferencia de casi todos los que no fuman, lo tolero relativamente bien. En nuestro grupo de amigos, nadie fumaba, sólo Günter y María.

Antes de contar cómo descubrí a María en brazos de Günter (cuando ambos habían salido de la casa de Günter y Gabriela por tercera vez a fumar, una noche sin luna), debo contar una anécdota fundamental, que me dio la pista para abandonar al grupo que estaba dentro de la casa y salir por la puerta lateral a buscar a María y al alemán con cualquier pretexto en el sombreado jardín de su propiedad, a sólo tres calles de la mía, por cierto.

Cuando apareció *Ternura*, a principios del 2014, recibí un inesperado email de un tal Jesús Guerrero.

Trabajaba para la revista *Cultura política* y vivía en Washington D.C. Era corresponsal desde hacía diez años. Contaba que había leído mi novela y le había encantado. Deseaba hacer un largo reportaje sobre *Ternura*. Más específicamente: sobre la vida de un intelectual mexicano en el país vecino. Acepté, por supuesto, y a las tres semanas se apareció en Charleston junto con su mujer. Esto acaecía por la misma época en que yo había conocido a Braulio en la presentación de mi libro, cuando María, los niños y yo fuimos por primera y última vez a su casa recién adquirida a cenar pizzas de mozzarella y albahaca. En cualquier caso, Jesús apareció en la mía, al lado de su mujer, Justina, y los cuatro nos tomamos un café con leche en la salita que da vista a un pequeño *pond* o lago artificial con estorninos y garzas grises. Jesús era guapo, rubio, regiomontano y megalómano. Llevaba patillas y botas vaqueras. Podía haber pasado por texano si no hubiese abierto la boca, pero al hacerlo denotaba su cultura mediana y cierta inteligencia. Su mujer era fea, pero tenía un cuerpo hermoso: cintura breve y ajustada, culo perfectamente torneado, acaso un poco desproporcionado con la cintura. El cabello, negro azabache, caía, como en cascada, por encima de una espalda rectilínea, como de gimnasta de 40 años. Era blanca (demasiado blanca acaso) y extremadamente callada. Parecía venerar al marido, quien, a su vez, no paró de parlotear y controlar la charla desde el primer minuto que nos conocimos. Parecía ser Jesús el auténtico entrevistado.

No voy a alargarme aquí demasiado porque sería desviarme de mi historia… Diré que Jesús fue a mi universidad, entró a mi oficina, visitó mis clases, tomó muchas fotos, habló con el decano unos minutos, le preguntó sobre mi desempeño, tomó innumerables notas en una pequeña libreta y se dejó pasear por todo el *campus*. Diré que el reportero de Washington hacía diligentemente su trabajo. Eso sí no se lo voy a objetar. Lo que le condeno (si así puede decirse), es lo que pasó a continuación, esa misma noche, el segundo día de su estancia en Charleston.

María me dijo que sería apropiado invitarlos a cenar como forma de atención y agradecimiento; al fin y al cabo, habían conducido desde la capital del país a nuestra ciudad y esto sólo para hacerme una entrevista: más de diez horas de carretera. Mi mujer tenía razón. Yo no era tan famoso (al menos, no todavía) como para que vinieran reporteros mexicanos desde Washington a hacerme preguntas sobre mi novela, y sin embargo, Jesús y su mujer estaban ahora aquí, cenando en mi casa, conversando sobre Lawrence y Oaxaca.

Lo que pasó esa velada es harto difícil de explicar. Me parece, incluso, como si nunca hubiese ocurrido: desencaja con María, con la mujer que conocí, con la madre de mis hijos… pero ¿qué diablos? Todos cambiamos. María era otra mujer, en otro país y muchos años después de habernos conocido. María no podía ser la misma, y mucho menos después de haberse bebido cinco o seis caballitos, dos o tres cervezas y media botella de vino. Yo también. Igual Jesús y Justina. Habíamos cenado en el comedor con los niños, más tarde los llevamos a dormir y ahora nos encontrábamos departiendo en la misma salita, sólo que esta vez bastante bebidos, especialmente María y Jesús.

A continuación, oí a María decir que iba a salirse al jardín a fumar un cigarrito. Jesús se levantó y dijo que la acompañaría: él necesitaba fumarse uno también.

—¿Y tú? —le pregunté a Justina.

—Yo no fumo —dijo ella—, pero si tú quieres, no te preocupes por mí…

—Yo tampoco fumo —respondí y le ofrecí otro tequila, el cual serví, diligente, mientras nuestras respectivas parejas cerraban la puerta tras de sí.

Desde donde estábamos no se veía absolutamente nada. Allá afuera, en el frío de enero, todo era oscuridad impenetrable, lo mismo que la noche en que María se había salido con Günter a fumar, no hacía tanto de esto; la diferencia era que, en aquella ocasión, ellos estaban en casa de Günter y Gabriela, y en ésta, Jesús y María se hallaban en la nuestra, los dos ebrios perdidos...

No, no quiero justificar a mi mujer, y menos a Jesús Guerrero, a quien no he vuelto a ver. No soy quién para justificar o condenar a nadie. Menos yo, un asesino. Sólo paso a contar lo que ocurrió sin añadirle un pelo a la historia...

A los diez o quince minutos, María y Jesús regresaron, se sentaron como si cualquier cosa, se sirvieron una copa de vino y de inmediato se unieron a nuestra charla, la de Justina y yo. Otra vez, a escasos diez minutos, Jesús le preguntó a mi mujer si le apetecía otro cigarro, lo que ésta aceptó sin chistar. Salieron cerrando la puerta tras de sí. Debía haber hecho bastante frío, supongo. Aunque en Charleston nunca es verdaderamente invierno, esos primeros meses del año pueden ser helados: ponemos el calentador automático, cubrimos bien a los niños y nadie sale a la calle sin estar bien abrigado. En cualquier caso, otra vez, a los diez o quince minutos, esta vez más achispados por el alcohol, María y Jesús salieron a fumarse un tercer cigarrillo, y luego volvieron y otra vez salieron a fumarse un cuarto y hasta un quinto. La escena estaba volviéndose un tanto ridícula e irrisoria. No sólo para mí, sino también para Justina: ella y yo sin mucho de qué hablar y ellos dos yendo y viniendo afuera y adentro a fumarse cigarrillos sin nosotros. Por fin, al quinto o sexto, decidí levantarme y salir a buscar a María con cualquier excusa: abajo, cerca del *pond*, entre los árboles tupidos, con sólo dos puntitos fosforescentes cual faros para guiar el camino de los náufragos, María y Jesús no consiguieron escucharme, no me vieron llegar, jamás sintieron al cornudo acercarse como un excelso asesino a sueldo: estaban estupefactos cuando cogí a María del brazo suavemente y le dije que ya era hora de irse a la cama. Se soltaron y yo seguí a mi mujer hasta la casa; entramos y de inmediato nos dirigimos a nuestra habitación sin decir buenas noches a la mujer de Jesús. María se desvistió medio ebria en la oscuridad de la habitación y se metió bajo las sábanas sin decir una palabra. Tal vez fui yo el que la metí, quién sabe. En todo caso, salí unos minutos más tarde a despedir a nuestros invitados.

Todo debería haber concluido aquí, pero Jesús era obstinado. Y borracho lo era todavía más, aparte de loco y engreído.

—María se siente mal —dije, entrando a la salita—. Tuvo que irse a dormir. Se disculpa con ustedes.

Justina, que no entendía qué pasaba o lo empezaba a sospechar, murmuró:

—Sí, ya es tarde. Creo que es hora de irnos, Jesús.

—Pero yo quiero despedirme de María.

—Yo le digo de tu parte, no te preocupes —contesté, estupefacto con su osadía. ¿No acababa de cogerlos in fraganti bajo un árbol y en mi propia casa?

—No, no —insistió levantándose y yendo a mi recámara a través de la cocina y la sala de estar—. Tengo que decirle algo… Es importante.

No me dio tiempo de alcanzarlo, ni tampoco pudo detenerlo su mujer: en un santiamén, ya estaba en mi recámara, parado en medio, desorientado por la completa oscuridad. María estaba ebria y dormida y jura que no recuerda nada de lo que ocurrió a continuación.

—Te pido que te salgas, Jesús —le dije levantando la voz—. Ya es tarde.

—Sí, sí, disculpa…

—Ya nos vamos —entró la mujer a sacarlo de allí a trompicones—. ¡Qué vergüenza!

—No pasa nada —mentí, y cerré la puerta tras de ellos.

—¿Quieren llamar un taxi o mejor los llevo yo? Creo que Jesús no debería manejar así como está.

—Por supuesto que no —dijo ella—. Yo conduzco, Fernando.

—¿Y sabes cómo llegar a tu hotel? —pregunté.

—Con el GPS me las arreglo. No hay problema. Gracias por todo.

Mientras decíamos esto, Jesús ya se había desenganchado de su esposa y había vuelto a mi recámara: necesitaba urgentemente hablar con María, insistió.

Esta vez le di un fuerte empujón echándolo fuera, lo que hizo que se tropezara y se diera contra la pared al caer. Quiso levantarse. Estaba colérico. Se tambaleaba.

—Salte —gritó su mujer—. Salgamos ya, Jesús.

A lo que, por fin, el tipo cedió, aunque con muchos trabajos.

Salimos los tres de la casa, los acompañé a su auto y lo subí a la fuerza mientras que Justina encendía el motor. Por fin se marcharon. Yo estaba exhausto, pero más que eso, estaba perplejo… No conocía este lado (¿travieso, retozón, infiel?) de María. Nunca lo había sospechado. Dirán quienes me lean que peco de ingenuo o mendaz o que simplemente justifico a mi ex mujer, pero no es así… Aunque estaba confundido y cansado, no conseguía enfurecerme, ni siquiera me sentía enfadado por el engaño, como deben sentirse todos los maridos del mundo en situaciones como ésta. Yo los había visto besándose, los había visto abrazados. Muy probablemente, Jesús le habría cogido las nalgas a María, quién sabe; acaso se las habría apretado con fuerza mientras la besaba. Quizá hasta le habría sobado las tetas, pero, al final del día, no estaba *tan* enojado por una sencilla razón: no sentí celos. No sentía celos. Y eso francamente me horrorizó. Fue, tal vez, la primera llamada de atención, pero quise enterrarla, restarle importancia: y es que, tal vez, no estuviera tan enamorado de María como, a pesar de todo, lo estuve, como, a pesar de todo, había creído estarlo todos estos años desde que la elegí por encima de Irene. Verlos abrazados, besándose, había surcado mis nervios (o mis sentimientos) como si, al final, nada más hubiese visto a una hermana besarse con su novio: algo no necesariamente grato, pero en ningún sentido incorrecto. Así me sentí y me llevó largos meses admitirlo, o acaso nunca lo admití del todo, sino hasta esa segunda ocasión, tres años más tarde, en que, otra vez, me encontraba a María abrazada, besándose con mi querido amigo alemán, el esposo cornudo de Gabriela. Hoy me pregunto si, de alguna enrevesada manera, María se sentía más o menos exculpada, más o menos justificada, al engañar a su mejor amiga con el ruin argumento de que Gaby, al fin y al cabo, le ponía el cuerno a Günter con un mulato durante sus visitas a Brasil. No lo sé. Son sólo conjeturas. Nunca se lo pregunté. No hubo tiempo. De hecho, a partir de esa noche, fueron ya muy pocos los días que transcurrieron antes de que yo partiera para México.

—¿Qué hacen aquí? —pregunté, sabiendo de sobra lo que hacían: la noche era tibia, apacible; nada que ver con el invierno del 2014. Ahora era abril. (No ha pasado mucho tiempo desde entonces.)

—Nada —dijo María, aterrada, pálida como la cera. No exagero: su bello rostro resplandeció como una llama amarilla en la noche—. Sólo fumábamos.

—Sí, fumábamos —repitió Günter como un autómata y se marchó sin añadir una palabra.

La verdad, estaba más decepcionado de mi amigo que de mi mujer, pero esta vez, lo admito, *también* un poco de María, ¿para qué mentir?, ¿qué ganaría haciéndolo?, ¿con quién debo quedar bien a estas alturas? Si no me había roto el corazón, tampoco me hacía maldita gracia: ¿besándose con sus compañeros de cigarro, besándose con cada tipo con el que se salía a fumar bajo un cielo estrellado? Mierda. ¿Con cuántos no lo habría hecho si de dos me había enterado? ¡Y en la casa de Gabriela, su mejor amiga! ¡Era el colmo! Pero no dije una palabra. Tampoco dije nada al volver a entrar a casa de nuestros amigos, que nos esperaban, de pie o bailando, con la música a tope, medio bebidos. Al otro día, temprano, antes de dictar mi primera clase del día, me dirigí a Recursos Humanos, una exigua oficina en las lindes boscosas de la universidad. Pedí hablar con Jessica Galvin, una negra muy simpática, a quien conocía desde mi ingreso a la universidad. Me atendió en un instante. En breve, le dije que quería tramitar un *leave of absence*, es decir, un año de asueto sin derecho a sueldo. Se quedó petrificada, pero intentó ocultarlo. No preguntó por qué, sólo me dijo si ya lo había conversado con el decano. Le dije que lo haría, pero no lo hice. La verdad no me importaba regresar a Charleston después de mi partida, y ni siquiera me importaba conservar mi trabajo en un futuro cercano. (En ese momento tampoco pensaba en mis hijos.) Si por su propia cuenta Jessica tenía a bien decírselo al decano más tarde, o si éste me escribía preguntándomelo, le respondería que no pensaba volver sino hasta el próximo año. Sí, eso le contestaría al *dean* cuando me escribiera o cuando Jessica me pidiera confirmar mi decisión por correo electrónico. Faltaba una semana para rendir los exámenes finales. Era, ya lo dije, la última semana de abril. Si no me otorgaban ese *leave of absence*, tanto daba; en el fondo, ya lo dije, no pensaba regresar. María me había dado la mejor excusa de mi vida, la coartada perfecta, y para colmo de bienaventuranzas, Irene, mi hetaira, me había escrito en Facebook. Estábamos en contacto desde hacía algunos días. Le había contado sobre mi intención de volver, sin especificar cómo estaban las cosas con mi mujer. A María ni siquiera la nombré, e Irene tampoco me hizo demasiadas preguntas.

Álvaro, por su parte, me decía que la casona de Oaxaca estaba lista para recibirnos. Los astros se alineaban en el claro firmamento.

Ahora faltaba convencer a Philip, el gringo mantenido.

Faltaba compartirlo con Braulio.

Faltaba llamar al 911.

28

Lawrence supo pronto que su nueva novela sobre México era tan sólo un primer borrador, la mitad justa de aquello en lo que se convertiría. La tituló, tentativamente, *Quetzalcóatl*. Crear, como un demiurgo, un espacio de la nada, una sociedad ajena por completo a él y su experiencia, a su cultura anglosajona, imaginar una subversión que no existía (y con ello inventarse una nueva religión con el propósito de superponerla a la católica-pagana de los mexicanos), tejer una cosmología con sus propios mitos y poesía (la novela interpola hermosos poemas escritos ex profeso, todo ello fue una tarea mucho más ardua de lo que en principio había planeado. Para fines de junio, y después de una intensa labor de siete semanas, se detuvo. David Herbert había conseguido, una vez más, convertirse en el amo y señor de su universo narrativo: Ramón y Cipriano, la inglesita Kate Forrester Leslie, Owen el irlandés, el gringo Bud Villiers, Mirabal y Juana, entre una larga lista, eran los nuevos trasuntos del autor, los testigos de esa atípica historia religiosa, política y erótica que había creado y que tanta polémica feminista acarrearía los próximos cincuenta años. Éste es su periodo místico por excelencia, la etapa en que su feroz antagonismo contra la sociedad europea queda mejor y más explícitamente plasmado, donde su recalcitrante odio contra el racionalismo —y lo que él veía como un puro atroz mecanicismo de una sociedad industrializada cada vez más inhumana— hace eclosión de forma superlativa, cuestiones que, por otra parte, lo empujarán a límites de bizarra y paradójica espiritualidad. Al igual que Hume, Lawrence siempre había creído que las pasiones dominan la razón, al contrario de Platón, que pensaba (en el *Timeo*) que la razón es quien domina nuestras pasiones. Si, por un lado, anatematiza contra el exceso de ideas y teorías típico de nuestra mente cartesiana, si se encarniza contra la abstracción producto de esas ideas que, según él, no llevan a ningún lado, la novela no deja de expresar inextricables teorías y sensaciones que requieren ser formuladas como lo que son: ideas… De allí el oxímoron que representa. Para cualquier mexicano, leerla cien años más tarde no deja de ser una experiencia peculiar e incómoda; puedes abominarla o quedar atrapado por su intrepidez y su dislate. Lo que no ocurre es que uno quede impávido frente a ella. Algo interno se violenta, insisto, lo mismo que acontece con otra obra maestra ligeramente posterior, *Under the Volcano*. Uno no puede dejar de preguntarse si acaso Lawrence, como una suerte de vidente o nigromante, pone el dedo en la llaga. Ahora bien, independientemente de si comprenda o no al mexicano y su idiosincrasia (¿quién puede decir que la comprende?), interesa no perder de vista las fases por las que atraviesa su *alter ego*, Kate Forrester: y es que Lawrence transita (de forma febril casi siempre) del repudio al amor, de la fascinación por México a su completo rechazo. Un momento ama todo lo que hacemos y en lo que creemos; en otro, lo destruye sin miramientos. Queda claro que no sabe si México le gusta o lo desprecia. Kate es una lupa magnificadora; nos sirve para rastrear las enormes contradicciones de ese genio que, como en ningún otro libro, está constantemente experimentando (y desvelando) las sensaciones que le producen los indígenas y los criollos, las mujeres y los niños, los pobres y los ricos, los soldados y las criadas, todos aquellos con quienes traba efímero (o fructífero) contacto durante su estancia. Nadie ni nada se salva. El resultado es un libro asombroso y extraño, pletórico de contradicciones, de aberraciones y de magia, de sexo y de locura, de profunda comprensión y total falta de entendimiento. Pero todo eso no importa. *The Plumed Serpent* —eso en lo que se convertirá *Quetzalcóatl*— es la obra de un novelista en su cúspide. Es, antes que cualquier otra cosa, una novela, una ficción, y tal como Lawrence escribió: ellas nos enseñan a vivir, ellas son el medio perfecto para revelarnos, al igual que el arcoíris, nuestras cambiantes relaciones vitales… Las novelas revelan la vida, pero no sólo en un sentido mimético o realista, sino en toda su proteica magnificencia y en su compleja interacción.

El 9 de julio, Frieda y él se despiden de Johnson y Bynner —los personajes de Villiers y Owen se basan en ellos dos— para reingresar a los Estados Unidos; esta vez marchan directo a la ciudad de Nueva York, donde Thomas Seltzer, su editor, les ha ofrecido hospedaje mientras parten de vuelta para Europa. Lawrence podrá trabajar allí en las pruebas y correcciones de los varios libros que su editor ha conseguido reeditar para el público norteamericano y esperan su aprobación para salir a imprenta.

Una vez que se hayan instalado en casa de Seltzer, una nueva, nada incipiente, tensión comienza a asomar entre los Lawrence: Frieda se encuentra ansiosa y decidida a marcharse a Europa y reencontrarse con sus hijos (ahora los tres mayores de edad) y Lawrence, por el contrario, se siente cada vez menos con ganas de abandonar Estados Unidos, el cual, sin embargo, vitupera en cartas y ensayos de la época. Al tiempo que la tirantez se acendra en la pareja, John Middleton Murry le escribe a Lawrence pidiéndole que se reencuentre con él y colabore con su nueva revista, *Adelphi*. Al final, luego de largos estira y afloja, Lawrence contribuirá en seis de los siete números, pero no retornará a Inglaterra con Frieda. Justo la noche anterior a su partida, y después de comprados los billetes de barco, el novelista se despide de su mujer. La balanza se inclina hacia América. Volver a Europa lo contraría; lo exaspera y abruma más de lo que nunca imaginó.

Ahora bien, ¿en qué pensaba Lawrence cuando, días más tarde, le escriba a Murry pidiéndole que cuide de Frieda, que se haga cargo de ella durante los siguientes meses en que él no estará allí? Huelga decir, que, a pesar de sus sinceras reticencias, su viejo amigo (ahora viudo) y su mujer lo traicionarán una vez más. Mientras esto ocurra en Gran Bretaña, al otro lado del Atlántico Lawrence se embarca en la reescritura de aquella otra interrumpida novela (en colaboración) australiana, originalmente titulada *The House of Ellis* y luego vuelta a titular *The Boy in the Bush*. Considerado hoy como uno de sus más pobres relatos, *The Boy in the Bush* carece justo de lo que nutre y sostiene sus mejores: la eterna querella con Frieda, la ríspida confrontación con su mujer, las cuales proveen, de cierta alrevesada manera, esa inigualable tensión que informa sus mejores novelas. En este caso, Jack, el protagonista, es amo y señor de la historia: no hay un solo personaje que dialogue realmente con él, nadie que discuta o se le enfrente. Hace y deshace a su antojo; no tiene contraparte ni rival. En ese sentido, *The Boy in the Bush* es, antes que nada, una furiosa fantasía lawrenciana, una diatriba en la que el autor (abandonado a su suerte en América) no hace sino

234

exorcizar sus más rabiosos instintos contra el dolor que le ha causado la pérdida de Frieda. El relato es más un lamento, un gruñido de autonomía, que una genuina obra de arte con dos o más polos en tensión. Nada contrasta con Jack, nada tampoco lo detiene. Lo que en la novela se halla más o menos sublimado, en la vida del autor se vuelve cruda realidad: Lawrence se encuentra solo, despechado, añorando las cotidianas peleas (su alimento diario) con su mujer. Hoy podemos decir que, sin Frieda, sus novelas, cuentos y poemas no serían lo que son; carecerían de esa eterna voz antagónica que Lawrence lograba reproducir, casi instintivamente, en sus textos.

A la par que trabaja en la revisión y reescritura de *The Boy in the Bush*, Lawrence se desplaza hacia el oeste de Estados Unidos, pasando por Chicago, Kansas y Colorado, hasta, por fin, llegar a California. Como era de suponerse, su visita y contacto con la gente de Hollywood es una de las más abominables huellas que le deja el país del norte. Detesta la parafernalia hechiza y desangelada de los estudios cinematográficos, esa atomizada sociedad de actores, productores y arribistas, pues representa ese mecanicismo contra el que siempre ha luchado. Se interna de inmediato en México, cruza Navojoa y Mazatlán. Pronto descubre que no todo en el país del sur es tan prístino y colorido como el lago de Chapala y sus alrededores jaliscienses. El desierto del noroeste de México lo deja más deprimido de lo que ya se encontraba por culpa de Frieda. Por fin, después de tres meses de viajar y escribir incansablemente —y entendiendo, por fin, que su mujer no piensa regresar a Estados Unidos—, Lawrence se desplaza al puerto de Veracruz, donde se embarcará rumbo a Europa el 21 de noviembre. A bordo del trasatlántico escribirá su hermoso e inacabado cuento largo "The

Flying Fish", una suerte de despedida nostálgica de México, a la par que una meditación sobre el Viejo Mundo que poco coincide con el que, dentro de tres semanas, se va a volver a topar.

29

No sé si, finalmente, escribo para ustedes, Alberto y Luciano. Quizá, de grandes, se acerquen a esta historia, el relato resumido de mi vida. Antes les dirán que su padre fue un asesino y nadie se detendrá a darles una explicación, ni siquiera su querida madre. Yo, que odio darlas, no he dejado de hacerlo en estas páginas. Pero no, no es cierto... Hasta aquí he contado mi historia; no he intentado explicar nada. Tampoco he perdido el tiempo justificándome. Si algo he aprendido en mis años de vida, es que cada uno se hace la idea que quiere sobre lo que sea. Al final, no importan los hechos. Importan las impresiones: los hombres ven lo que desean ver, cada quien oye lo que quiere oír. Por eso, justificarse no es el remedio ni el bálsamo. Aclarar, tampoco. Mejor contar... que, al fin y al cabo, cada quien se hará su propia impresión de ese individuo que escribe aquí. Eso: una pura impresión. Algo así como una mancha diminuta en el tiempo. La ráfaga perecedera de una mancha. Nada más. Al final ustedes, hijos, se harán una impresión de quién fue, quién era su padre, Fernando Alday.

¿Por qué los abandoné, si eran lo que yo más quería en este mundo? Más bien, los dos deberían hacerse esta pregunta: ¿cómo y por qué, a pesar de amarlos tanto, elegí dejarlo todo: su madre, mi empleo, el país que me acogió y, más importante, ustedes dos, Lucho y Beto? Eso fue lo más duro, lo terrible, pero de ello no cobré cabal conciencia sino muy tarde, cuando había ocurrido casi todo, cuando el espejismo de México se me había hecho añicos, cuando la comuna de mis sueños se había ido por completo a la mierda, cuando ya había asfixiado a Irene con mis propias manos, pero sin mi voluntad.

30

Tan pronto haya arribado a Gran Bretaña, Lawrence sentirá, una vez más, el antiguo sofoco, la misma sensación de claustrofobia, la tiesura plúmbea del horizonte londinense, esa falta de sangre de sus compatriotas, como a él le gusta llamarla. Han pasado cuatro años desde que abandonara su aborrecido país, y es evidente que México y Estados Unidos han dejado, mal que bien, su indeleble marca en el escritor. Ya no se acopla (si es que alguna vez consiguió hacerlo) a su país de origen. Casi inmediatamente corrobora lo que más temía: no debía haber regresado. Está profundamente arrepentido.

No lejos de la casa de su vieja amiga Catherine Carswell, donde Frieda y él van a hospedarse por unos cuantos días, conocen a una joven aristócrata, incipiente pintora, millonaria y sorda, que definirá el siguiente segmento de sus vidas: Dorothy Brett. Sin imaginarlo Frieda y mucho menos Lawrence, Dorothy, de 39 años, es amante de Murry desde que Katherine Mansfield falleciera; de hecho, John Middleton Murry ha sido el primer y único amante de esta tímida y apocada mujer. John le ha exigido a Dorothy que mantenga su relación en secreto de Frieda, al mismo tiempo que ésta ha hecho hasta lo imposible para mantener su propio *affaire* con John en secreto de Lawrence.

Apenas una semana tras su llegada a Londres, el novelista convoca a sus más íntimos amigos a una memorable cena en el legendario Café Royal en Piccadilly. El 22 de diciembre de 1923, David Herbert hace extensiva su invitación a ese pequeño núcleo: unirse con él y Frieda a construir su añorada y postergada Rananim. El plan es abandonarlo todo en Inglaterra por una temporada y embarcarse en esa utopía de artistas al otro lado del Atlántico. En principio, dice, habría que intentarlo en Nuevo México y luego, si todo marcha bien, trasladarse a algún sitio remoto y primitivo de México, algo así como Oaxaca. Embobados, sus amigos lo escuchan arengar con emoción, explayarse sobre los beneficios que conlleva habitar el Nuevo Mundo y abandonar el Viejo, una carcasa que nada tiene que ofrecer, un cuerpo sin vida y sin sangre. En aquella legendaria cena están Mary Cannan (su marido, el novelista, Gilbert Cannan, se halla internado en un manicomio), Mark Gertler, John Middleton Murry, su entrañable amigo ruso Koteliansky, Catherine y Donald Carswell (sus actuales anfitriones) y, finalmente, Dorothy Brett. Algunos fueron parte de aquel otro grupo que celebrara el Año Nuevo entre copas y canciones hebreas en el invierno de 1914-1915 en Buckinghamshire. Todos recuerdan aquella larga noche de jolgorio, el detallado plan del que se habló entre risas hasta el amanecer: Rananim... Sí, pero era un juego, una travesura de adultos, un sueño de ebrios efervescentes durante una memorable noche de copas.

Al final de la velada, sólo Middleton Murry y Dorothy Brett se han comprometido a acompañar a los Lawrence en su travesía americana. Los demás lo pensarán. No obstante, Murry, taimado y calculador, tiene entre manos un plan muy distinto: casarse con Violet le Maistre —una hermosísima joven a quien apenas conociera el año anterior— en cuanto todos los demás hayan partido. Está claro que su objetivo era ya, para esas fechas, el deshacerse —de una buena vez y para siempre— de Dorothy y de Frieda al mismo tiempo. ¡Qué mejor coartada que aquella que su viejo amigo le ofrecía sin sospecharlo! ¡Llevarse con él a esas dos inservibles amantes!

En enero de 1924, Lawrence visita a su familia en Eastwood. Poco después viaja a Shropshire para conocer al astrólogo y ocultista Frederick Carter, con quien ya había establecido una curiosa relación epistolar. Carter lo lleva a visitar los Stiperstones, extrañas formaciones de cuarcita de la era glacial en la no muy lejana frontera con Gales, sitio donde transcurrirá su nueva novela breve, *St. Mawr*, que nos ha llegado en dos distintas versiones. Carter, por supuesto, aparecerá en ella y será importante a la hora de emprender el que se convertiría en su último libro, *Apocalypse*, en 1930.

Poco después, Lawrence y Frieda viajan a París y posteriormente a Alemania a visitar a la madre de ésta en los balnearios de Baden-Baden. Allí Lawrence escribe su cuento "The Border-Line", el cual no es en el fondo otra cosa que la sublimación de su propia historia reciente con John Middeton Murry y la de éste con Frieda, relación de la que, para ese momento, intuye que existe o existió en la época en que él se encontraba en México. En el cuento se habla de una viuda: el muerto es el propio autor, quien a su vez imagina la nueva posible vida de su mujer con su antiguo amigo y rival. En la vida real, Lawrence atribuye a John toda la culpa de lo acaecido y exonera a su mujer. En las cartas que le escribe a Murry por ésa época —apenas dos meses después de la legendaria velada en el Café Royal—, queda claro que su amistad, ya fracturada desde hacía tiempo, ha terminado para siempre. Lawrence incluso lo desinvita a acompañarlos a Nuevo México y a participar en Rananim, lo que, por supuesto, no sirve más que como salvoconducto para el crítico. Con todo y los mutuos agravios epistolares, una vez que Lawrence haya fallecido, Murry dedicará un libro entero al estudio de la obra de su amigo. No será el único, por supuesto. Casi todos los que se codearon o vivieron con Lawrence en algún periodo de sus vidas dejaron alguna semblanza del autor, unas memorias, una novela o estudios críticos sobre su obra. La lista es interminable.

Para cuando abandona Alemania, Lawrence se encuentra hastiado de John Middleton y de lo que (asombrosamente, hay que decir) vislumbra como una nueva, peligrosa, fuerza política que se cierne sobre este país: el Nacional Socialismo. Estamos en marzo de 1924 y Lawrence ya lo ha detectado. Incluso nos previene contra él.

31

Cuando Braulio y yo llegamos al aeropuerto de la ciudad de México a principios de mayo de 2016, cada uno con su maleta y un pequeño maletín con las dos laptops bajo el brazo, Irene —sí, Irene— nos estaba esperando. No estaba seguro de si, al final, ella estaría allí como me había prometido. Para ser francos, pensaba que se arrepentiría al último momento, que inventaría cualquier excusa. Apenas y habíamos cruzado una docena de correos a través de nuestras respectivas cuentas de Facebook y ahora, en el transcurso de tres semanas, habíamos reestablecido un conato de algo... pero ¿de qué? Al día de hoy, no lo sé bien todavía.

Sólo verla, supe que era idéntica. La misma joven de La Huerta, la prostituta que conocí una noche en la carretera vieja a Cuernavaca, cuando Gracián Méndez se quedó esperándome en la barra, lerdo y aburrido. Era, sí, la misma, pero también otra distinta. Siempre somos otros, cada instante. Lo que vendría más tarde me lo demostraría, lo mismo que María me había demostrado esa verdad al meterse con Jesús y con Günter: no somos los mismos después de veinte años, y ni siquiera somos conscientes de esa imperceptible transformación que obra a cada instante en nuestro espíritu. Por eso cuando digo aquí que Irene era idéntica, me refiero al aspecto estrictamente físico, a sus enormes ojos negros achinados, a su estatura y su largo cabello azabache, lustroso como el de una indígena azteca sacada de una ilustración, es decir, el reverso de María, quien, ya conté, era trigueña de piel, de cabello castaño y ojos verde claro. Lo más increíble era que mi antigua hetaira aún tenía esa misma piel virgen de su juventud. A sus cuarenta y pico, conservaba el mismo cutis suavísimo que recordaba y que pude sentir nomás abrazarla en la salida de la terminal del aeropuerto. Sus ojos de almendra mantenían también la misma luz, una chispa o fogonazo. No hablo aquí metafóricamente. Cuando hablo de una chispa, me refiero a un brillo bastante inusual, algo espasmódico que rondaba alguna parte ilocalizable de sus pupilas, como si los aretes dorados que llevaba reverberasen dentro de sus ojos demoniacos.

Braulio también la abrazó, como si se conocieran de toda la vida. Los tres, allí parados entre la multitud, nos dimos cuenta de lo obvio, lo irrefutable: estábamos contentos, eufóricos, y ninguno podía ni quería ocultarlo demasiado. Era el principio de algo, y siempre los principios son felices, agradables... El problema es el final, como las vacaciones de verano o Navidad, cuando sabes que tienes que empacar y la magia se ha acabado.

Braulio, por fin, había firmado los papeles del divorcio. Y es que en el estado de Carolina la ley exige esperar un año antes de proceder a la separación. Durante ese año debes probar que no has vivido bajo el mismo techo de tu cónyuge y que estás convencido de tu decisión. Lo anterior no era difícil de probar, por supuesto. Durante los primeros meses, ya lo dije, Braulio había vivido con María y conmigo, antes de mudarse con un ex estudiante que le alquiló una habitación en el centro de la ciudad. Ahora, por fin, estaba oficialmente libre, soltero y divorciado; se había quitado a Beatriz de encima para siempre, a diferencia de mí, que seguía casado con María...

244

—¿Y eres casado? —preguntó Irene mientras caminábamos a la estación de autobuses, al final del aeropuerto.

—Ya no —se rio Braulio—. Acabo de separarme.

—Lo siento.

—Al contrario... Estoy feliz —se rio—. ¿No se me ve?

Irene parecía ligeramente desorientada: veinte años no es poca cosa, claro. No obstante, conforme más la veía, más me parecía que lo nuestro hubiese sido ayer, apenas unas cuantas semanas, cuando, furibunda, me persiguió con un cuchillo y me gritó que no quería volver a verme en la vida, cuando sobrevino aquel puto melodrama por haberle declarado sin ambages que no quería tener un hijo con ella ni con nadie —lo cual, a fin de cuentas, fue una espantosa mentira, como se echa de ver.

Conforme caminábamos por el corredor del aeropuerto iluminado con intensos arbotantes, pensaba que no era sino una indescriptible suerte el que Braulio estuviese en medio de nosotros, acompañándonos. De cierta forma, su presencia distendía esos peligrosos minutos del reencuentro, cuando ninguno de los dos, Irene y yo, sabíamos qué decirnos...

—Braulio tiene novia —añadí para romper el hielo y sin venir a cuento.

—¿Y viene a Oaxaca? —preguntó Irene, mostrando sus sempiternos dientes albos, perfectamente alineados.

—Sí, sólo que vive en Guadalajara; vendrá en unos días... Por cierto —preguntó, girándose hacia mí—: ¿Le dijiste a Álvaro que llegábamos mañana temprano?

—¡Nos espera desde hace días! Me aseguró que la casa es enorme. No te preocupes por eso. Antes, en tiempos de su tía, era un *bed and breakfast* para gringos y europeos...

—¿Crees que el gringo nos deje plantados? —dijo Braulio.

Hacíamos cola en el mostrador de los Autobuses de Primera Plus.

—Más le vale que no. Nada lo detiene en la vida. Puede hacer lo que le venga en gana...

—¿Qué gringo? —preguntó Irene.

—Philip —sonreí—. Es profesor como nosotros. Te va a caer muy bien. Sabe más que nadie sobre historia de México. Le encanta la Revolución: Villa, Zapata, Obregón...

Me di cuenta de que no paraba de parlotear, acaso como una forma pedestre de llenar el silencio y los años perdidos... Hubiese preferido preguntarle más sobre su vida, sobre lo que había pasado luego de que me marché, si se había casado o si tenía hijos... pero ya habría tiempo para eso. En el fondo, los dos continuábamos igual de perplejos e indecisos: ¿todo esto, los dos reunidos, estaría sucediendo o era un puro sueño? ¿Era una auténtica segunda oportunidad? Y si lo fuese, si de veras no estábamos alucinando este reencuentro, ¿qué decirse después de veinte años?, ¿y cómo comenzar una historia de amor fracturada, interrumpida abruptamente? ¿Se podría, acaso? ¿Lo habrán conseguido otros? Acto seguido, pensé: ¿y si todos estos años Irene se hubiese empeñado en odiarme? Y si fuera así, ¿en qué momento empezó a hacerlo? ¿Esa misma noche en que hui, aterrado, de su casa, o cuando, más tarde, busqué una imposible relación a espaldas de quien sería, meses después, mi esposa embarazada? ¡Dios, había tanto que decirse! ¿Estaba sola, divorciada o vendía su cuerpo como hacía antes? Sobre todo, estaba la más delicada de todas las preguntas: ¿había sido madre alguna vez? Ese día y los que le siguieron tuve que morderme la lengua. Por lo pronto, una cosa estaba clara: mi antigua hetaira estaba a mi lado y con mi amigo, a punto de subirse al autobús que nos llevaría esa larga noche —y hasta el amanecer— a Oaxaca, mi ciudad favorita en el mundo.

—Ojalá no nos toque el paro de maestros —dijo Irene al subirnos al autobús y buscar nuestros asientos.

—¿Cuál paro? —dije, asustado.

—¿No sabían que los maestros están en huelga desde hace año y pico? Todo empezó en Oaxaca.

—No sabía.

—Algo escuché —mintió Braulio—, pero pensaba que eso ya se había solucionado.

—¿Pues en qué mundo viven ustedes? —se rio Irene—. Están en contra de la reforma educativa que quiso implementar el presidente. Temen quedarse sin trabajo si los examinan, y en parte tienen razón…

A las pocas horas descubriríamos el cabal sentido de sus palabras. (Evidentemente, me dije, Braulio y yo vivíamos en otro país, con otros problemas y otras grillas políticas, otros tejes y manejes, todos distintos de aquellos por los que atravesaba México, aquel amado y temible terruño que fuera alguna vez nuestra patria y al cual candorosamente regresábamos de la mano de mi puta bienamada.)

Al alba, después de siete largas horas de carretera, contemplaríamos el desastre en que se había convertido el sureste, al menos el de las autopistas. Justo en la intersección de caminos de la carretera federal 190 —que inicia en Puebla y se une más tarde con la 135-D—, a menos de una hora de entrar a Oaxaca, padecimos el primer bloqueo. Un contingente de maestros aguerridos, ceñudos, con enormes pancartas y machetes en ristre, estorbaba la entrada al pueblo de Asunción Nochixtlán, paso obligatorio para llegar a la capital del estado. Ni siquiera nos permitieron apearnos y llegar a la gasolinera a comprar un refresco. En ese tramo nos detuvieron cerca de dos horas, hasta que, por fin, benévolos o exhaustos, se dignaron dejar pasar los coches y autobuses, uno a uno, según les daba su regalada gana ¡Ni a quién se le ocurriera desobedecer sus señalamientos! ¡México entero debía solidarizarse con ellos… por las buenas o las malas! ¡A güevo, pues!

—Apenas dos días antes —comentó de pronto un señor con sombrero de paja sentado a mi izquierda— hubo un enfrentamiento en este preciso lugar —señaló por la ventanilla—: la policía los quiso desalojar, pero los maestros se obstinaron y empezaron los catorrazos, ¡debía usté haber visto!

—¿Y en que quedó la cosa?

—Al final, los polis les lanzaron gas lacrimógeno. Los maestros se dispersaron, pero sólo por un ratito… A la media hora, volvieron más envalentonados.

—Dos muertos y varios heridos fue el saldo, creo —dijo otra señora de rebozo azul que escuchaba, muy atenta, la conversación.

Al parecer, la policía del estado —detenida a tiempo por los altos mandos capitalinos— terminó por retirarse sin haber conseguido maldita cosa salvo enardecer los ánimos de los cientos de docentes aposentados allí.

—La verdad es que el gobierno federal no sabe cómo solucionar este conflicto; se le ha ido de las manos desde hace rato —comentó el señor de sombrero a mi izquierda.

En medio de la carretera, como si se tratase de un cementerio fantasma, y conforme avanzábamos en zigzag, contemplamos varios coches volteados que aún humeaban. Azorados, inmersos en esa extraña película de zombis mexicanos, mirábamos el espectáculo desde nuestros cómodos asientos reclinables, sin saber muy bien qué opinar...

Otra vez, al llegar al pueblecillo de Cuenca, los bloqueos no se hicieron esperar —esto justo a la altura de Valle Nacional, sobre la carretera federal 175—, y luego, nuevamente, en el tramo Buena Vista-Tuxtepec-Oaxaca, a la altura de Boca San Cristóbal. Poco más tarde, en la entrada a la localidad Vega del Sol, topamos con el tercer bloqueo, sólo que en esta ocasión los maestros nos detuvieron por tres infames horas. Por fortuna nos pudimos apear, lo mismo que cientos de conductores a nuestro alrededor, muchos con niños de brazos, otros con abuelos desaseados: familias enteras cansadas, sedientas y frustradas. El sol pegaba duro; debían ser las once o doce y teníamos hambre. La situación era por demás absurda: ni los maestros nos odiaban ni nosotros deseábamos ponernos en su contra. La gente sólo quería llegar en paz a sus hogares. ¿Por qué tomarla contra nosotros, los ciudadanos, gente común y corriente, los turistas que traían divisas a su estado? ¿Por qué usarnos como rehenes? En medio de este galimatías, estaba, como fui aprendiendo, el empeño del gobierno por implementar la susodicha reforma a la que miles de maestros se oponían por miedo a perder sus plazas. Cuando, por fin, sobre las tres, cruzamos estos últimos estamentos, ya sólo vimos pequeños grupos dispersos a la altura del puente La Cuchara y a la entrada de la localidad de San Juan Lagunas. Allí no nos dijeron nada; el autobús paso lentamente; eso sí, sin alharaca, lo mismo que cientos de coches enfilados. El cementerio de autos, las ruinosas barricadas de antiguos lances, montículos de vidrios o vigas rotas, charcos de sangre y chatarra amontonada en las cunetas, era lo que había aquí y allá, esporádicamente, bajo el sol resplandeciente y hasta conseguir entrar a la capital.

Pero ¿en este basural endemoniado se había convertido mi patria?

32

El 5 de marzo de 1924, Frieda, la joven Dorothy Brett y Lawrence zarpan rumbo a América en el *Aquitania*. Thomas Seltzer los recibe en Nueva York con muy malas noticias: la editorial (en la que Lawrence ha puesto parte de sus dividendos y acciones) se halla en bancarrota. El novelista pierde ocho mil dólares. Se trata de un terrible golpe para quien vive a duras penas de sus libros. Dos días más tarde, y bajo una intensa nevada, toman el tren rumbo a Taos. El panorama invernal es desolador, no obstante, viajan con ánimo optimista. Mabel y Tony los reciben, entusiastas, felices de volverlos a ver. Esto al menos mengua levemente la sensación de desventura. Por fortuna, la relación esta vez fluye desahogada; la tensión y acoso de marras ya no existen —esto, claro, luego de que Lawrence le había escrito a Mabel exigiéndole el espacio necesario para escribir que ella solía arrebatarle cuando le venía en gana—. Por las noches los cinco se reúnen para leer poesía, bailar, beber, cantar y hasta ensayan juntos una comedia de enredos que Lawrence garabatea para la ocasión.

En sus ensayos sobre los indios de Pueblo que escribe a su llegada, se perfilan varias de las mismas nociones que Lawrence ya había pergeñado en *Quetzalcóatl*: su consabida animadversión al cristianismo y su idea de que los oriundos no creen en un solo Dios, sino en que todo el universo y sus criaturas son divinas… Sus nuevas teorías antropológicas giran alrededor de lo que ve como una suerte de panteísmo pagano (o animismo esotérico), aunque con cierta complicada ambivalencia emocional (e intelectual); si, por un lado, le atraen los rituales, ceremonias, cánticos y supersticiones de los indios, por otro, le repugnan. En todo caso, los cuentos y novelas de este periodo —*St. Mawr, The Princess, Quetzalcóatl*— continúan más o menos el mismo patrón de sus artículos: el choque de civilizaciones, el enfrentamiento del hombre blanco con el indígena y su cosmogonía ancestral, la incapacidad del europeo para asimilar de forma profunda el universo primigenio de los nativos de América. De lo que parece no percatarse es de lo más evidente: para lograr sentir o creer como hacen los aborígenes hay que tener una fe que él no tiene, aunque quisiera…

Después de algunas semanas de sana convivencia, Mabel entrega legalmente el Rancho Lobo a los Lawrence —esto a cambio del manuscrito original de *Sons and Lovers* que Else, la hermana de Frieda, había recuperado en Alemania—. El 5 de mayo, los tres se mudan a Lobo junto con Dorothy Brett, quien se queda en una habitación contigua a la cabaña. Durante las siguientes seis semanas acometerán la dura tarea de remodelar grandes porciones del rancho con ayuda de tres albañiles mexicanos. El escritor se pone a trabajar hombro a hombro en las faenas de reconstrucción; nada lo arredra. Lawrence ha aprendido a fabricar adobes y a reparar cercas, construir libreros, armarios, sillas y lo que se requiera. Aparte cocina, limpia, ordeña las vacas al amanecer, recolecta huevos y hornea pan, su nuevo pasatiempo. Su apego al rancho es profundo; de hecho, se trata del primer hogar de sus vidas, la primera casa de la que son verdaderamente propietarios, por más minúscula y aislada que se halle. La rebautizan "Kiowa" en lugar de Lobo, pues ése es el nombre con el que los indios Anasazi la conocen. Mabel y Tony los visitan en un par de ocasiones; todos duermen a la intemperie, cocinan en una fogata por las noches, cantan y hacen planes para el verano. En uno de esos encuentros, Tony lleva a Lawrence a la cueva ceremonial de Arroyo Seco, sitio "encantado", según los nativos, que pasará a ser el centro de su famoso relato "The Women Who Rode Away".

La muerte de su padre en septiembre de 1924 —Emily se lo informa por carta, a la que adjunta una foto— y la llegada del duro invierno de Nuevo México lo impulsan a dejar su rancho por una temporada y volver a México para reescribir, *in situ*, su inconclusa *Quetzalcóatl*. Acaso así tendríamos que leer *The Plumed Serpent*: con la imagen sesgada que Lawrence se ha hecho de su padre ausente. Si no exacta, esta noción paterna —y falocrática— permeará la reescritura de su novela mexicana: el recuerdo de un hombre cálido, aunque reservado; un tipo de claras convicciones sobre la vida y la justicia; un padre en pleno contraste con la madre autoritaria y puritana; un inglés desfasado de su época, amante de los animales y la naturaleza, enemigo del industrialismo y el progreso, en resumen: alguien más o menos parecido al personaje de Mellors, el guardabosques de la futura *Lady Chatterley's Lover*. Pero ¿ese hombre era su padre en realidad, o todos dibujamos uno a nuestra propia conveniencia? En cualquier caso, el padre que se pinta el novelista a su medida encaja cual anillo con el hombre nuevo y silvestre que Lawrence desea ser, en el que ha soñado convertirse y el mismo que empleará en varios de sus nuevos héroes masculinos. Esto al grado de que va a llegar incluso a juguetear con la idea de reescribir *Sons and Lovers*, pues se impugna no haber hecho allí justicia al minero, su progenitor.

Al llegar a la ciudad de México el 23 de octubre, el cónsul británico le recomienda visitar Oaxaca, donde su hermano sacerdote vive y trabaja. Lawrence no quiere volver a Chapala, a pesar del grato recuerdo que tiene de Jalisco; desea un rincón más bien alejado de la civilización, con menos turistas y más cercano al trajín de los indígenas y el México profundo que quiere captar durante la expansión de su novela. El *timing* es perfecto: Plutarco Elías Calles está por investirse presidente de la República y ¿qué mejor situación que la de poder atestiguar esta transición cuando de lo que trata *The Plumed Serpent* es de un cambio político, mágico y religioso? Junto con Calles, un nuevo gobernador toma posesión del estado de Oaxaca: Genaro Vásquez, amigo del presidente. El escenario, el tiempo y las circunstancias son los indicados para acometer su novela más larga.

Una vez instalados en una pequeña casa de adobe que alquilan al párroco inglés, Lawrence se lanza a trabajar sin detenerse, salvo para escribir en Navidad algunas de las estampas de su famosísimo *Mornings in Mexico*. Dorothy Brett se hospeda durante ese tiempo en el Hotel Francia, no lejos de donde viven los Lawrence; la joven aristócrata sorda transcribe diligentemente los manuscritos de su ídolo. Sin embargo, y para no perder la costumbre, los celos de Frieda no se hacen esperar. Éstos pronto estallan y se lo dice así a la joven, quien, al final, no tiene más remedio que volver sola a la ciudad de México. En exactamente seis semanas de febril creatividad oaxaqueña, *Quetzalcóatl* pasa a convertirse en *The Plumed Serpent*. El trabajo, empero, le pasa factura en enero de 1925: la adormecida tuberculosis se activa por culpa de la extenuación.

El clima tampoco ayuda. Conforme pasan las semanas, empieza a comparar más y más Ceilán con Oaxaca; ambas le provocan una sensación de opresión de la que no consigue huir. Con fiebre y malaria, tirado en la cama, Lawrence está a punto de morir. Como nunca, Frieda siente próxima la muerte de su esposo; hablan de sepulturas y lugares donde el escritor quisiera ser cremado. El lazo entre ambos se afianza. Frieda se hace cargo de él, lo cuida, lo alimenta y de paso culpa a Oaxaca y su clima pseudotropical de lo que le ocurre a su marido. A fines de febrero salen de vuelta al Distrito Federal, pensando que luego tomarán un barco en el puerto de Veracruz que los llevará a Europa, pero el doctor capitalino les prohíbe viajar, por lo que permanecerán en México hasta fines de marzo. Después de haber mirado los rayos X, el galeno les espeta la cruda realidad: uno o dos años a lo sumo. La tuberculosis se encuentra en tercer grado y su única posible salvación es trasladarse a otro sitio. Vuelven, por fin, a Taos, con sus visas renovadas para los siguientes seis meses.

En Kiowa, dos nativas, Trinidad y Rufina, cuidan de él. Conforme se acerca el cálido verano, Lawrence comienza a dar leves señas de mejoría. El clima del desierto parece ayudarle. Lo primero que acometerá una vez que se halle por completo reestablecido es una pieza dramática que había prometido desde hacía tiempo a su amiga actriz Ida Rauh, titulada *David*. Éste será el primer texto que Frieda se anime a traducir al alemán.

Casi a la par, Dorothy Brett, quien había vuelto antes que ellos al Rancho Kiowa, se dedica a mecanografiar *The Plumed Serpent*. Débil y con náusea, Lawrence revisa y corrige una vez más las páginas que le envía la joven cada día. Si, por un lado, la novela le recuerda la espantosa postración que padeció en Oaxaca, por el otro, sigue creyendo que ha escrito su mejor libro.

Poco antes de cumplir los seis meses del visado americano y partir a Inglaterra contra su voluntad, Lawrence ha concluido (diríase que milagrosamente) un nuevo libro de ensayos, *Reflections on the Death of a Porcupine*, uno de sus textos más singulares, donde, entre otras cosas, reafirma su adhesión al paganismo y pluralismo de los griegos, su ideal panteísta y, sobre todo, una muy peculiar noción de que el ser humano debe recobrar su antigua relación con el sol como centro del universo (Huxley dirá, años más tarde, que Lawrence era ptolomeico). De cierta manera, un periodo de su vida llega a su fin ese otoño de 1925 y el último lustro de su corta vida está por iniciar. Sus días están contados y por ello no tiene tiempo que perder: debe ponerse a escribir todo eso que necesita decir a sus contemporáneos.

33

Por fin, sobre las seis de la tarde, tras veinte horas de esa infame travesía, un taxi nos dejó a las puertas de un enorme caserón con una placa junto a una campanita donde se leía con letras garigoleadas: "La Catarina". Más tarde sabría que esta antigua casa porfiriana en la calle Mariano Abasolo estaba a un paso de aquella en la que Lawrence y Frieda habían habitado en 1924 en la calle Pino Suárez.

Álvaro abrió los portones de madera negra tallada. Detrás, haciéndole compañía, un hombre y su mujer, ambos bajos de estatura, morenos, de facciones aindiadas. Eran Isidro y Casandra: el mayordomo y la cocinera de La Catarina desde tiempos de la tía Nancy. A mi amigo se le notaba radiante, un poco achispado. Era claro que nos esperaba desde hacía horas. Nos abrazó a los tres, tomó la maleta de Irene y nos hizo pasar.

La casa era grande, demasiado grande. Nomás entrar, y luego de cruzar un estrecho pabellón con un largo banco de madera adosado a la pared, había un gran patio central, fresco y limpio. En medio, una fuente seca con varias macetas simétricamente distribuidas: pequeños cactus, hibiscos, crisantemos amarillos... Rodeando este patio de baldosas había cuatro recámaras en el primer piso y otras cuatro en el segundo, estas últimas bordeadas por un largo corredor con un fino barandal de madera. Todo convergía en el patio central, cuyos muros estaban (casi todos) recubiertos de azulejos. Al fondo había una sala inmensa con una larga mesa de trabajo y un poco más allá estaba la cocina. Álvaro nos enseñó nuestras recámaras, al tiempo que Isidro y Casandra se escabullían a prepararnos la cena. A Irene y a mí nos ubicaron arriba, en cuartos adyacentes. Braulio se quedó en el primer piso, al lado de Álvaro, que conservaba la recámara de su tía.

Philip llegó tres días más tarde. En cambio, la fantasmagórica novia tapatía de Braulio nunca apareció. De hecho, Álvaro y yo llegamos a dudar de su existencia. La primera vez que Braulio la mencionó fue a su vuelta de Oaxaca, luego de un encuentro de poesía del que había regresado feliz y hasta un poco enamorado. Habían pasado meses desde entonces y el tema de su reciente adquisición femenina se había ido difuminando. No era precisamente que Braulio evadiera el tema; sucedía que hablábamos de otras cosas en aquel hoy distante Darts Pointe donde se fraguaría la idea de compartir lo que ahora, por fin, teníamos: un hogar para artistas exiliados.

Los primeros días en Oaxaca fueron alegres, incluso un poco efusivos. Compramos comida en el mercado: gallinas vivas, patos silvestres, cecina, mole, queso y pan, verduras y cuanta cosa nos decía doña Casandra que hacía falta para abastecer su cocina. Casi cada noche paseábamos por el Andador siempre bullicioso de turistas y vendedores ambulantes. Las noches eran claras y frescas en mayo. Comíamos elotes con crema o esquites con limón afuera del Templo de Santo Domingo, bebíamos tejate helado con maíz seco, y ya por las noches, cerrábamos ora con sendas tlayudas que Casandra nos tenía preparadas, ora con tamales de cerdo o hasta con tacos de asada y salsa borracha, especialidad de Álvaro, quien le hacía a la cocina cuando no estaba pintando sus cuadros. Si algo arruinó ese espectáculo, fue la plaza central, la cual recordaba como una de las cosas más bellas del mundo. No exagero. Un centro vibrante, pletórico de cafés y restaurantes franceses y españoles, heladerías italianas y tiendas de cerámica, boutiques y salones de belleza… Los turistas paseaban tranquilos, se sentaban en corrillo a beber cervezas o a escuchar a los tríos que por allí merodeaban, o bien uno simplemente oía el inextinguible jilguero venido desde un cielo exuberante de árboles que lo cubría todo. Pero ahora no había sino un aluvión de maestros en huelga, cientos o miles de maestros pernoctando en el suelo cubierto de cáscaras y basura, uno junto a otro, en petates y bajo lonas extendidas de un laurel a otro, de punta a punta de la plaza. No había grieta o resquicio sin ocupar. Sin barahúnda, en relativo sosiego y bonanza, es cierto, pero allí estaban, unidos y solidarios, aposentados como piedras prehispánicas en espera de que el gobierno capitalino cediera a sus reclamos. Entre cada grupo o tienda de campaña (si así podía llamarse a esos montículos armados al desgaire) se habían ido acumulando docenas de vendedores ambulantes. Allí había francamente de todo: desde marchantas vendiendo tamales o tortas de chorizo y milanesa hasta velas de colores, muñecas y baleros, ropa interior para mujer, huaraches y sarapes, carteras de falsa piel vacuna, bolsos artesanales, cerámica y todo lo que uno pudiera imaginar. Pero ¿quién compraba todo eso?, me preguntaba mientras íbamos cruzando ese río de gente, los cinco cual ridículos exploradores del primer mundo. Esos vendedores existían pues había quien comprara sus productos, su ropa barata, su comida frita, su bisutería corriente. ¿Y los baños? Aparte de un par de cubículos adosados a unos muros llenos de orín, no vi dónde diablos podían hacer sus necesidades ese mundo de mujeres y hombres, algunos acompañados de sus hijos pequeños o incluso de teta. La plaza de Oaxaca, una de las más hermosas del mundo, era un asco, un berenjenal hediondo; una cosa amorfa, latente y oscura a la vez. Algo humano, sí, vivo, pero en repugnante forma de batracio o molusco puesto allí a la fuerza, fuera de lugar... La pestilencia era insoportable; el humo aceitoso de los comales se mezclaba con el ácido sudor de la enérgica marea humana; los efluvios que emanaban las fritangas y esos riachuelos de aguas negras serpenteando por las veredas hacían de la plaza de mis sueños una cosa infesta y lamentable. Casi todos los locales y restaurantes que solían embellecer los portales habían cerrado. Otros, los más valientes, seguían abiertos, pero evidentemente se hallaban paralizados desde hacía muchos meses, sin clientela, sin turistas, sin nadie que los visitara... Los cafés o loncherías estaban cerrados a cal y canto, de allí la necesidad de las marchantas con café de olla o tacos de canasta, algunas ya instaladas de planta en medio de la plaza bajo el entoldado pardo y raído. Sólo una vez cruzamos por allí. Álvaro había insistido en llevarnos. La experiencia, más que aterradora, como nos advirtió, fue deprimente. La única noche que pasamos por la plaza, los Caifanes tocaban un concierto en apoyo a los maestros rurales: la música retumbaba, la gente se arremolinaba para acercarse un poco más y poder mirarlos mejor. No sabía qué sacar a colación de este espectáculo, lo mismo, supongo, que Braulio: ambos, aunque mexicanos como Irene y Álvaro, nos habíamos desacostumbrado a estos tumultos de carne, a este desorden, a estos hacinamientos humanos... Al pueblo oaxaqueño parecía gustarle. Y sí, había algo activo, cimbreante, en todo ello, algo oscuro y poderoso, pero, al mismo tiempo, otra fuerza interior, más firme o tenaz, me impelía a repudiar lo que observaba, perplejo...

No recuerdo más de esa travesía por la plaza, pero sí tengo presente una de aquellas primeras escaramuzas verbales, una de entre muchas que tendríamos, siempre con mezcales variados en la mesa, cerveza y vinos a pasto. Philip ya estaba con nosotros, instalado en una de las habitaciones de la planta baja, entre Braulio y Álvaro. Debe haber transcurrido una semana o poco menos desde nuestra llegada a La Catarina. Estábamos, como casi siempre, en el patio interior, junto a la fuente seca. Bebíamos mezcal con rebanadas de naranja y sal de gusano que doña Casandra había traído. Masticábamos aceitunas rellenas, queso de hilo y chapulines con limón, bichos a los que Philip les hizo muecas al principio para terminar por aficionarse a ellos tanto como al mezcal de pechuga. Debe haber sido muy tarde... Cada noche, como si se tratara de un amoroso ritual, nos desvelábamos hasta casi despuntar el amanecer; no faltaban, por supuesto, asuntos que debatir o por qué reírnos; surgía, por supuesto, el arte y la influencia de Toledo en los cuadros de Álvaro; otras veces discutíamos política o literatura; a ratos nos desgranábamos en chistes obscenos y misóginos, pero casi siempre contrastábamos la vida americana con nuestra nueva vida oaxaqueña. Era inevitable. Braulio y yo éramos, quisiéramos o no, mexicanos culturizados a la vida gabacha, y Philip era un gringo que amaba México. El tema estaba allí, latente... Nos habíamos vuelto, sin querer, antropólogos de nuestra propia tierra y Philip un ducho entomólogo de México. Esa noche, ya medio borracho, fui yo el que comenzó.

—Aborrezco el islam, el cristianismo y el judaísmo. No a la gente, sino a las pinches religiones. Todas.

—Sin gente no hay religión.

—Entonces aborrezco a esa gente. Y no, no es una gracia del cielo, sino un pinche virus del cerebro, una protuberancia… Yo, mierda, estuve de ese lado, bien metido.

—¿Cuál lado? —preguntó Álvaro.

—El de la fe, el de la sinrazón. Yo la tuve, ¿lo puedes creer? Yo fui uno de esos falsos moderados que se empeñó en reconciliar las dos: razón y fe.

—Pero no se puede —se rio Philip.

—Claro que no se puede. La fe es, por su naturaleza, absoluta, dogmática y totalitaria; no admite verificabilidad. Si no, no sería fe. Si no, es un hábito que se lleva a los bautizos, es decir, algo inofensivo. Y la fe verdadera no es inofensiva. Al contrario: es peligrosa, mata gente, hace daño, desquicia.

—No entiendo una puta palabra. Estás borracho, Fer.

—Tener fe, y no un remedo de fe, implica tener la Verdad con mayúscula. Cualquier otra es una falsa verdad, una que pretende socavar la mía.

Estaba acalorado, pero igual me urgía expresar mi abstrusa idea:

—¿Cómo pueden existir dos verdades? Una de las dos no lo es. La verdadera fe me exige, clama, por imponer mi verdad sobre la tuya…

—¿Por qué *imponer*? —saltó Álvaro, risueño—, ¿por qué no convivir?

—Porque ésa es su esencia, su condición. Es como si hubiera dos campeones mundiales de futbol. No se puede: o Alemania se impone o Brasil es el campeón, de lo contrario se trataría de un falso campeonato de futbol. Todos los creyentes de corazón desean ganarle al rival. Punto. Todo adoctrinado (comunista o testigo de Jehová) quiere dejar claro su poderío y su Verdad. Los creyentes de dientes para afuera no cuentan, esos son inofensivos. A esos no les interesa imponer nada ni convencer a nadie… Hablo de los locos que, como yo, vivimos la fe con cada partícula del alma.

—Pero el judaísmo no quiere imponer nada ni convencer a nadie, a diferencia del islam o el cristianismo —opinó Philip—. El judaísmo es un montón de costumbres y ritos…

—Pero igual los judíos se sienten los elegidos —dijo Braulio.

—Si mi Verdad no es un simulacro, un ritual inofensivo, debe entonces ser, por principio, una fe proselitista y totalitaria. No debe admitir réplica. La fe auténtica es un sentimiento reaccionario por naturaleza. Cuando los gobiernos democráticos permiten que coexistan varias religiones, no hacen sino moderar el partido de futbol, se vuelven sus árbitros… El problema es que los Estados laicos quieren dejar los partidos empatados; no quieren que ninguno gane ni pierda. Eso propuso Spinoza hace trescientos años. Los Estados, dice, deben vigilar y controlar las religiones; éstas deben supeditarse a un gobierno central. No pueden censurarlas, pues las consecuencias serían catastróficas. Su deber es hacerlas convivir y ponerles un alto cuando se salgan de quicio, cuando una quiere imponerse a la otra y pretenda crear su propio Estado… Por eso ISIS quiere crear el suyo, por eso quiere acabar con las "zonas grises".

—¿Zonas grises? —preguntó Irene, quien ya para entonces dormía en mi cuarto.

—Aquellos países no musulmanes con gran población musulmana, como Francia, Inglaterra, Bélgica, Canadá y otros. El objetivo de ISIS (que fue el mismo de la Iglesia católica durante la Edad Media y hasta el Renacimiento) es dividir el mundo entre verdaderos creyentes y todos los demás. Para ellos, las zonas grises son un dolor de cabeza, una herejía del islam. Su objetivo es demostrar a los musulmanes de esas zonas que no se puede ser un verdadero musulmán en una zona gris, que no se puede amar a Alá y vivir la enseñanza del Corán viviendo al lado de cristianos, judíos, mormones, gays, comunistas y ateos. Y ¿saben? ISIS tiene razón. No se puede. No debería poderse si tienes verdadera fe en Alá y su Profeta. Lo contrario es vivir en la tibieza. Lo contrario es vivir en esa zona gris. Lo contrario es vivir el islam de dientes para afuera. ¿No dice la Biblia que más vale estar frío o caliente, pues tibio Dios te vomitará de su boca? Por fortuna, los Estados democráticos han secularizado las religiones, digamos que les han cortado las alitas.

—¿Cuáles? —preguntó Braulio.

—Las de la fe, pendejo. Los Estados occidentales han hecho de la fe un puro simulacro, una forma más o menos civilizada de convivencia social. Puedes ser cristiano, musulmán o lo que te pegue la gana, pero sólo de dientes para afuera. Ésa es la consigna. En diciembre, por ejemplo, toda la gente, en todas partes, festeja algo. En Estados Unidos ya no se dice "feliz Navidad", sino "felices fiestas" y allá tú qué entiendes por "fiestas". ¿No es maravilloso? Lo mismo con los arbolitos de navidad. Hoy nadie sabe qué significan, y quizá no significan nada, pero hay que poner uno en espíritu de armonía… Se trata de universalizar, de colectivizar, de democratizar… A eso, digo, se le llama secularización, pero si, en cambio, se te ocurre tener fe de verdad, si cada partícula de tu cuerpo ama a Jesús, a Mahoma o a Moisés, o incluso si amas a Dios por sobre todas las cosas, entonces debes admitir que estás viviendo una farsa democrática y no la verdadera fe… Los locos de ISIS lo saben, lo mismo que los curas, los rabinos, los ministros y pastores de la Iglesia…

—Pero los pastores y rabinos no cometen actos terroristas…

—Son mucho más sutiles, pero lo harían, si pudieran; si no hubiese un Estado de derecho estorbándoles. Lo hicieron durante las Cruzadas, ¿no? ¿Recuerdas como arrasó el papa con los cátaros? ¿Y las guerras de Contrarreforma? Los judíos, a su manera, también.

—Pero ¿qué dices? ¿Los judíos?

—Imagínate que hago una fiesta y no te invito... Pues me aborrecerías igual que si no pertenecieras a la élite de amigos más íntimos. Los judíos han sido históricamente elitistas, racistas. Si no naces judío, no estás invitado al convite. Te jodiste, hermano. El judaísmo se ha hecho de millones de enemigos por haber desinvitado a millones de *posibles* amigos, ¿te das cuenta? Al judaísmo le pasa lo contrario del islam y el cristianismo. Mientras éstos son proselitistas, aquéllos son elitistas. Los primeros (en todas sus variantes) son demagogos populistas; los segundos, plutócratas terratenientes.

Todos se echaron a reír, pero yo no estaba para bromas, así que seguí impertérrito y borracho:

—Los primeros te quieren integrar; los segundos te segregan. Al final, las tres grandes religiones son, como debe ser, de un absolutismo irreductible y asqueroso. Las tres tienen la única Verdad, lo cual es, por supuesto, un contrasentido.

—Pero ¿por qué no tener fe en coexistencia con los otros? —insistió Álvaro.

—Se puede, pero no se trata de una verdadera fe, sino de una religión: algo accesorio, un conjunto de rituales, si quieres; algo por lo que, en estricto sentido, no te juegas el Cielo o el Infierno...

—Pero eso es mil veces mejor —dijo Irene.

—Por supuesto que es mejor, pero esa coexistencia no deja de ser una pura tibieza en el fondo. Recuerda lo que Jesús dijo: "Abandona todo y sígueme; deja a tus padres y hermanos, a tu mujer y a tus hijos". Y no sólo eso: Jesús fue congruente cuando exclamó que él había venido a traer la guerra y no la paz. El buen Jesús no se andaba con medias tintas. Y ¿sabes?, tenía razón, lo mismo que Mahoma y Abraham, quien, dicho sea de paso, iba a sacrificar a su propio hijo Isaac… Por eso los católicos masacraban musulmanes y protestantes; por eso los romanos masacraron cristianos; por eso los musulmanes masacran cristianos, judíos y hasta a otros musulmanes "tibios". En todo caso, el imbécil de mí fui reclutado; sí, un cristiano por los cuatro costados, un misionero, y sé lo que eso implica: somos irreductibles a la razón. La razón es un pinche estorbo.

—Pero ¿no era Lawrence un irracionalista? —esgrimió Braulio sin venir a cuento—. ¿No odiaba la razón?

—Sí, la razón no lleva a ningún lado, según él —dijo Philip.

—Más bien era un vitalista que no creía en Dios y aborrecía las religiones…

—Bueno, tenía la religión de la sangre —sonrió Álvaro—. Eso dice en *The Plumed Serpent*. Su doctrina está bien clara allí.

—Una religión pagana, centrada en la adoración al sol —se burló Braulio.

—No sólo eso —lo interrumpió Philip—: Lawrence propone que nos sometamos a un jefe, que nos rindamos a un ser que reconozcamos superior.

—Sí, pero de forma voluntaria —aclaré, como si eso cambiara las cosas.

—¿Obediencia voluntaria? —preguntó Irene, azorada.

—Más o menos —corroboró Philip, dándole un trago a su mezcal.

—Pero es una tontería —se rio Álvaro—. Nadie en sus cinco sentidos obedece a otro ser humano de manera "voluntaria". Eso se llama vasallaje.

—*Serfdom, vasallage*... —tradujo Philip.

—¿Y hablaba en serio? —preguntó Irene.

—Ésa es la cuestión —respondí—. En esa época, cuando vivía aquí, en Oaxaca, sí: Lawrence creía en ese "sometimiento voluntario". Decía que la obediencia de la mujer a *su* hombre debía ser absoluta.

—¿Y voluntaria?

—Por supuesto. Allí surge el verdadero amor —expliqué—, el cual, Lawrence dice que se trata de otra cosa: algo oscuro y poderoso. Lo llama "el anverso del amor". De hecho, odiaba la palabra "amor".

—Pero no conseguía encontrar otra —opinó Philip—. Según él, sólo cuando la mujer elija *voluntariamente* obedecer a *su* hombre, los amantes podrán contraer nupcias, y no antes. La sacralidad del matrimonio se afinca en ese presupuesto...

—Exacto. Antes, las parejas sólo se quieren superficialmente. Sólo cuando la hembra haya aceptado someterse voluntariamente al varón, hombre y mujer hallarán la plenitud cósmica.

—Pero eso es bastante irracional, aparte de autoritario —se rio Álvaro, sirviéndonos a todos una nueva tanda de mezcales.

—La cuestión es que Lawrence es racional cuando le conviene —explicó Philip—; cuando, por ejemplo, desea conceptualizar una idea. Es incluso científico en la elaboración de su argumento. Uno sabe que lo que argumenta o critica tiene sentido y, por lo tanto, tiene razón. El problema es que todo el razonamiento de Lawrence tiene como único objetivo demostrar que la razón no sirve para maldita cosa, que la razón está sobrevalorada, que incluso puede llevarnos a la perdición...

—Así pensaba Sábato: un científico enemigo de la razón —interrumpió Braulio—. Un físico que levantó un altar a la irracionalidad y creía en las pulsaciones inconscientes y demoniacas del hombre.

—En la época de Oaxaca —interrumpí—, Lawrence asimilaba la democracia con el concepto apócrifo de amor que tanto aborrecía. La democracia era sinónimo de falso amor y por tanto sinónimo de igualdad entre los hombres. Después de la Primera Guerra y con la caída de Austria y Alemania, la democracia tomó nueva pujanza en Europa y eso le gustó todavía menos. Odiaba la democracia.

—¿No creía en la igualdad?

—No.

—Eso se llama fascismo.

—Pero si no somos iguales —aduje—, ¿por qué creer en algo que no existe? La igualdad es una farsa de la democracia. Sus detractores dicen que Lawrence se había vuelto un fascista. Lo curioso es que odiaba a los fascistas. Los tuvo que soportar cuando vivió en Italia; vio el engendro que eran y los padeció en carne propia.

—Pero también odiaba el comunismo —agregó Philip.

—Exacto, ¿quién no?

—Pero su propuesta de vasallaje y el anverso del amor suenan a totalitarismo —comentó Álvaro.

—Para Isaiah Berlin —dijo Braulio—, la filosofía debe responder a una sola pregunta, una de donde se desprende todo lo demás: "¿Por qué un hombre debe o no obedecer a otro hombre?"

—¿Y qué contesta?

—Que no existe razón para la obediencia.

—¿Y el ejército? ¿Y los curas?

—Bajo ningún parámetro, dice, un ser humano debe obedecer a otro ser humano. Berlin es claro y definitivo al respecto. No sólo eso, menciona a Lawrence explícitamente.

—Sin embargo, lo del amor no deja de intrigarme —insistió Irene—. ¿Qué diablos quiso decir?

—Lawrence diría que se trata de una nueva forma de religión —respondió Philip—, la del anverso del amor, el cual era todo menos democrático, igualitario o comunista. Se trata de una cosa que ni él mismo entendía… Digamos que él era su sumo pontífice; él oficiaba y había que creerle y seguirlo.

—Pero si no era fascista ni comunista ni creía en la democracia ni en la razón y odiaba el capitalismo y el progreso, ¿qué chingados era? —insistió Álvaro.

—Un genio —concluyó Braulio alzando su copita de mezcal y brindando por los cinco artistas oaxaqueños.

34

El regreso a Inglaterra tuvo un sabor agridulce. Lawrence entiende que la odisea americana ha llegado a su fin, pero Gran Bretaña era aquello con lo que no deseaba toparse una vez más. Allí, no obstante, llegaron: un Londres gris y asfixiante; el mismo, inhóspito sitio de siempre. Pero ¿en qué estaba pensando?, se increpó, furioso. ¿Cómo podía traicionarlo así la memoria? Nomás haber entrado a la ciudad, el espantoso clima lo desmoralizó: no paró de llover ese día y todos los siguientes. En una carta fechada en esos primeros días, Lawrence comparó la ciudad con un acuario donde cada peatón vive inmerso bajo el agua como un pez confundido. Esta vez ni siquiera tuvo deseos de ver a su viejo camarada Kotelinsky; no se diga a John Middleton Murry, quien aún insistía en incorporarlo a su revista. Durante su breve estancia en Londres, David Herbert prefiere pasar inadvertido. Cierta fama, sin embargo, lo persigue. Si lo encuentran en la calle, algún lector suyo lo detiene, le toma una foto o le pide autografiar alguno de sus libros. Todo eso le disgusta, lo agobia. Nomás haber pisado tierra inglesa, ya está pensando en largarse de allí. Por primera vez, él y Frieda se quedan en un hotel y no en alguna de las innumerables casas de conocidos en las que suelen hospedarse. Al poco tiempo, y mientras corrige las pruebas de su novela mexicana, Frieda y él deciden hacer una excursión a los Midlands. En primer lugar visitan a Emily, y poco más tarde a Ada, su hermana favorita. Ambas han hecho una familia, tienen hijos. Una visita a Eastwood lo deprime sobremanera, lo devuelve a su niñez, a eso que él llama "los horrores de mi infancia", al recuerdo de su madre autoritaria y su nefasta relación con su padre. Toda esa añeja forma de amor conyugal le provoca náuseas; se da cuenta de que, en el fondo, su vida entera ha sido una esforzada lucha por zafarse de esa moral puritana, esa imposición amorosa. Él siempre ha querido algo diferente para sí mismo; ha luchado a contracorriente para no tener que repetir a sus progenitores. De todo ese pasado, sólo conserva un buen amigo: Willie Hopkin, aquel maestro de escuela que lo introdujera a Nietzsche y la filosofía alemana. El ambiente de la campiña lo trastorna. Atestiguar cómo la vida minera no se ha transformado un ápice en quince años, también lo desalienta. La miseria asuela a esas familias; los mineros están, una vez más, en huelga. Si luchan por un aumento, no comen. Ésa es la amarga realidad capitalista, de la que él milagrosamente ha escapado, pero de la que la mayoría de sus compatriotas jamás escapará. Frieda y él vuelven a Londres por unos cuantos días, seguros de que allí, en esa isla maldita, no hay nada para ellos. Está harto de su patria. Sus habitantes son unos fantasmas, dice. Desconoce el mundillo literario; se siente ajeno a sus rencillas, a sus egos y falsedades. Todo ha cambiado en estos quince años. Los jóvenes escritores batallan entre sí, y a los viejos los detesta. Con todo, Lawrence es una suerte de pequeña celebridad. Los novelistas y poetas de la nueva generación lo reverencian, lo toman como guía, un rebelde o apóstata de la vieja guardia; algunos incluso lo invitan a participar en tertulias literarias, pero él siempre se rehúsa; sólo piensa en marcharse, pero ¿adónde? Por supuesto que no a América, no puede, aunque quisiera. En ese momento Martin Secker, su viejo editor, le cuenta que Rina, su mujer, se ha mudado recientemente a Spotorno, en la ribera italiana, sitio que los Lawrence jamás han visitado. La idea de irse a vivir allí lo flecha de inmediato: sol, mar, calma y mucha, mucha, distancia de su patria. Todo eso desea; lo necesita urgentemente para ponerse a escribir.

En apenas unos días y sin pensárselo dos veces, los Lawrence se desplazan a Italia y alquilan la pequeña Villa Bernarda por los siguientes cuatro meses. Con una vista espectacular al Mediterráneo, una vez más, David Herbert se lanza a la escritura de tres cuentos. Tal y como suele pasar, una vez que se sienta libre, sano y feliz, pondrá manos a la obra y las ideas comenzarán a fluir compulsivamente. Es cosa de sentarse con su cuaderno y ponerse a escribir. El clima, la gente sencilla de Spotorno, sus campesinos y familias, la villa y el índigo del mar rayando el horizonte, lo entusiasman. Incluso su siempre frágil salud tiene señas de mejorar conforme pasan las siguientes semanas. Evidentemente Italia le sienta bien, y él lo sabe. Han sido varias sus visitas a la bota. Fuera de Nuevo México, Italia es el mejor lugar para vivir. O eso piensa ahora.

Vivir en Villa Bernarda tendrá inimaginables consecuencias: la primera y decisiva es que allí Frieda traba relación con quien, años después, se convertirá en su tercer marido: el oficial italiano Angelo Ravagli, diez años más joven que ella. Este pequeño individuo de tez morena y bigote estilizado era el esposo de su casera, la señora Serafina. Sin ninguna pretensión intelectual o artística, mas siempre dispuesto a ayudar en las mejoras de la villa, Angelo se hace buen amigo del escritor, quien ofrece darle clases de inglés gratuitas. Durante los siguientes cuatro años, y a intervalos, Frieda y él serán amantes. Muy pronto el novelista se huele la infidelidad; no parece, a pesar de todo, importarle demasiado, o al menos no al principio. Acaso la proximidad de la muerte le permita contemplar su relación con Frieda de otra manera. No es que no ame a su mujer; es que ahora se encuentra libre del sexo de Frieda.

Las hijas de su mujer, Elsa y Barby, los visitan. Son ya mayores de edad y pueden viajar sin la aprobación paterna. Durante ese corto viaje, ambas le cuentan a Lawrence lo que ha sido su adolescencia sin su madre, al lado de Ernest, su padre, su tía solterona y la abuela dominadora, quien, finalmente, fuera la persona que las criara a ellas y a su hermano desde 1912. Estas historias le recuerdan la suya, lo que lo impulsa a escribir una de sus más famosas novelas cortas, *The Virgin and the Gypsy*, que deja sin publicar por respeto a las hijas de Frieda. Ésta, sin embargo, lo hará una vez que Lawrence haya muerto. En el relato, cada personaje tiene su equivalente con cada miembro de la familia Weekly que Lawrence y su mujer tanto aborrecían.

A mediados de febrero, el escritor sufre una nueva, aparatosa, hemorragia bronquial que lo postra en cama durante muchos días. Ada corre en su ayuda desde Inglaterra para atenderlo, lo que complicará las cosas cuando Frieda, celosa e insegura, se sienta excluida en su papel de enfermera, labor que, según Ada, no lleva a cabo diligentemente. Por varios días, hermana y esposa luchan por cuidarlo a su muy peculiar manera. Las cosas empeoran cuando Frieda descubre que Dorothy Brett se halla de visita en Capri y que tiene intención de visitarlos. No han visto a la joven sorda desde que se despidieran en la ciudad de México. Frieda monta en cólera y empieza a despotricar contra la pobre mujer. Lawrence se enfurece con Frieda, y con esto —y la infidelidad de Frieda con Angelo, que Lawrence le echa en cara por primera vez— la vida en Spotorno se torna insoportable. Frieda se marcha de Villa Bernarda para mudarse con sus hijas a un hotel cercano, lo que sulfura aún más al novelista. Finalmente, y una vez recuperado, el escritor decide acompañar a su hermana Ada a Niza y Monte Carlo. Juntos pasan unos hermosos días de sol y brisa marina. Una vez Ada se haya marchado, Lawrence se lanza a visitar a su vieja amiga, Dorothy Brett, a quien había quedado de ver en el Hotel Palumbo, en Ravello, cerca de Pompeya. El 11 y 12 de marzo de 1926, ambos tienen su primer y segundo encuentro sexual después de varios años de conocerse y haber viajado juntos sin tocarse. El resultado es un completo desastre. Aparentemente, Lawrence no logra tener una erección en ninguna de las dos oportunidades; en una, incluso la culpa a ella por tener los senos muy pequeños, aunque es probable que, sorda como era, Dorothy lo entendiera mal. Su falta de potencia sexual enfurece al escritor, pero también lo confirma en su añeja teoría de los efectos deplorables del "automatismo sexual", el cual no es otra cosa, dice, que el intento de hacer el amor cuando no se tiene el deseo ni el espíritu. Si inconscientemente había deseado vengarse del adulterio de Frieda con Angelo, ésta no había sido obviamente la mejor elección.

Por fin, después de siete semanas de separación, Lawrence regresa con Frieda a Spotorno, justo cuando las hijas están a punto de marcharse de vuelta a Londres y el alquiler de la villa está por terminar. Se trata de un momento decisivo en sus vidas. Dorothy ha vuelto a Nuevo México, al Rancho Kiowa; la joven conserva la íntima esperanza de que el novelista abandone a su mujer y vuelva a Estados Unidos con ella, si no precisamente como amantes, al menos como amigos, lejos del insoportable runrún europeo. Dorothy le tiene adoración; años más tarde escribirá un libro sobre

Lawrence. Para el escritor, la posibilidad de volver a Taos se presenta a todas luces como una meta inalcanzable: con su resquebrajada salud, sabe que no es una buena idea. El Rancho Kiowa exige un continuo trabajo, un esfuerzo consuetudinario que, a estas alturas, no tiene. Le falta el vigor físico. Ordeñar, recolectar huevos, reparar y pintar cercas, buscar y cortar leña, hacer labor de plomería y albañilería son faenas que no se siente con el ánimo de hacer. Quiere olvidarse del mundo exterior y enfocarse, dice, solamente en *su* mundo interior. Sin embargo, a partir de este momento y hasta el día de su muerte, hará justamente lo contrario: sostendrá una aguda y persistente atención sobre el mundo contemporáneo y los avatares de la realidad histórica que lo rodean, como nunca antes había hecho en su vida. América ya no es una alternativa. Con su frágil constitución física, anticipa que las autoridades migratorias de Estados Unidos no le concederán una visa. Todo indica que lo mejor es quedarse en Italia, la cual, piensa, no está tan mal a pesar de todo. Él y Frieda encuentran una nueva villa a las afueras de Florencia, a menos de una hora en automóvil. El lugar, en la planta alta del edificio, tiene grandes ventajas: aparte de barato, incluye el servicio doméstico, desde la limpieza hasta la preparación de los alimentos, aunque, por otro lado, la villa no provea de agua y haya que subirla cada mañana a los pisos superiores. En Villa Mirenda no tiene que preocuparse de nada, salvo de su nueva, peculiarísima, empresa literaria: un largo ensayo sobre los etruscos. Pero ¿por qué los etruscos? Quizá porque, de entre todas las civilizaciones desaparecidas, sea de la que menos se tenga noticia; esto por sí solo le permite libertades que otros pueblos y civilizaciones no le permitirían; los etruscos y el arte que de ellos se conserva lo impulsan a echar a volar por completo su imaginación, inventarse un mundo a su medida, un territorio que alguna vez soñara construir al lado de sus amigos y que hoy se ha vuelto inencontrable. En este intervalo escribe uno de sus mejores cuentos, "The Man Who Loved Islands", una bella y melancólica metáfora de lo que algún día fuera su utópica y amada Rananim.

35

Pocos días después de aquella desvelada, durante el desayuno, Philip me sugirió que escribiera una novela biográfica sobre Lawrence:

—Sería estupendo —dijo mientras terminaba de zamparse unas enchiladas istmeñas. Nadie más se había despertado aún. Eran las nueve pasadas. Don Isidro había exprimido jugo de lima y lo servía, obsequioso, mientras nos preguntaba si queríamos pan dulce o papaya con limón.

—No hace falta —le respondí—. Con las enchiladas basta.

—Están deliciosas —repitió el gringo con la boca llena.

—Especialidad de mi mujer —dijo con una sonrisa, la cual brotaba, limpia, de su rostro broncíneo y arrugado. Don Isidro debía tener unos 70 años. Su mujer unos cuantos menos.

—Una novela histórica sobre sus días en Oaxaca, Fer. Nadie lo ha hecho. Ya que estás aquí, a dos calles de donde él vivía, ponte a escribirla. ¿Quién más, si no?

—Nunca he escrito una novela histórica ni biográfica...

—Inténtalo. Enfócate en Oaxaca. Si no la haces, la escribirá Braulio…

Así surgieron estas páginas sobre Lawrence que he ido interpolando aquí: apenas un borrador, un esbozo…

La insinuación de que, si no hacía ese libro, lo haría Braulio, fue, confieso, un acicate. No sé por qué me lo dijo el gringo. No sé tampoco si le había hecho esa propuesta a Braulio y tampoco sé si éste la había pensado o no; en cualquier caso, Philip logró su objetivo y yo puse manos a la obra. Muy temprano, antes de que ninguno despertara, me escabullía de la cama donde dormía con Irene; acto seguido, me dirigía en puntillas a la sala al fondo del patio y me sentaba en el hermoso escritorio de pino blanco. Todo era silencio a esa hora. Luego ya, sobre las seis y media, escuchaba el runrún de doña Casandra en la cocina. Como por arte de magia, me traía un primer café, muy caliente. Pronto aprendió cómo me gustaba, negro y sin azúcar, y así me traía un segundo y hasta un tercero. Otras veces, después de alguna visita a media mañana por los alrededores (Monte Albán, Tlacolula, el convento de Cuilapam) o de nuestros opíparos almuerzos en casa, me volvía a escabullir a aquel salón que hacía las veces de oficina y donde nadie jamás me interrumpía. Poco a poco, y después de consultar un par de biografías sobre mi escritor favorito, mi relato se fue alargando.

Una de aquellas noches, después de haber pasado la tarde paseando en Tlacochahuaya, a escasos veinte minutos del centro de la ciudad, le leí a Irene un pasaje de un relato de Lawrence titulado justamente como la casa de la tía Nancy, "La Catarina". (Recuerdo perfectamente el día, pues dentro de esa iglesia, la más antigua de Mesoamérica, hicimos el amor de pie detrás de un órgano, en el segundo piso, donde el coro de niños se ubica durante las misas y las bodas.) Aunque Lawrence había escrito "The Ladybird" en 1915, lo reescribió siete años más tarde, antes de llegar a México, con el fin de incluirlo en el mismo volumen de tres cuentos largos que la tía Nancy conservaba en su polvorienta biblioteca.

No en balde la tía le había puesto ese hermoso nombre a su hostal, pensé al releer, encandilado, la subversiva historia del conde (prisionero) checo, Johann Dionys Psanek, quien, poco a poco y desde el lecho del hospital, seduce a la joven casada, Lady Daphne. Palabras más palabras menos, el conde le confiesa que él forma parte de una cofradía secreta; en ella ha aprendido un par de cosas sobre el arte de amar. Le pone como primer ejemplo el fuego, diciéndole que el verdadero fuego es, en el fondo, invisible, pero que las flamas que emanan de él tienen su equivalente en nuestra forma errónea de ver el amor. Pasa a explicarle (un poco pedagógicamente, es cierto), que esa luz amarilla del sol que nosotros miramos es sólo el vislumbre del fuego real y que no habría luz si no hubiese refracción, si no hubiera pedacitos de polvo y materia que hicieran visible la oscuridad del fuego. Por lo tanto, le dice, el sol es oscuro (como el amor), pero está abrigado por el polvo que lo envuelve y lo hace visible. Según el conde, los rayos solares son una suerte de oscuridad móvil surgida del fuego original. La luz solar que fluye hacia nosotros es, en esencia, oscura. Esa luz es el anverso de todo lo que existe: es el forro, el revestimiento, y los haces de luz amarilla dan, como quien dice, la espalda a la dirección solar que viene hacia nosotros.

Cuando Lady Daphne le pregunta qué tiene que ver todo eso con el arte de amar, el conde Psanek le responde que el mundo —y el amor— están al revés; lo de adentro está hacia afuera y lo de afuera está hacia adentro. El mundo verdadero, el del fuego original, es oscuro, palpitante, y más negro que la sangre. Ese mundo luminoso por el que nos regimos es el puro revestimiento, el forro blanco y eso, lamentablemente, ocurre con el tipo de amor con el que nos educaron y con el cual nos regimos. Esa clase de amor es el reverso, el sepulcro blanqueado del verdadero amor. La auténtica pasión es, en cambio, negra, un todo palpitante en la oscuridad como lo es el sol. En este momento del relato, Lady Daphne parece confundida, aunque presiente algo hermoso que se mueve en sus entrañas; Lawrence dice que ella percibe esa oscuridad de la que habla el conde balancearse en las profundidades de su alma.

Aquí detuve la lectura. Estábamos en la recámara de Irene, casi idéntica a la mía, los dos tirados en la cama, sin ropa y con el ventilador a tope. Sus ojos eran ese mismo fuego de fúlgida obsidiana que Lawrence describía en "The Ladybird". No sólo eso: eran felinos y achinados, relumbraban de día o de noche, y más incluso ahora que acababa de leerle este pasaje que, al menos para mí, se había vuelto increíblemente importante.

—¿Qué piensas? —le pregunté besándole un hombro.

—Tú quieres ir más allá, Fernando… ¿Es eso?

—No sé si es ir más allá, pero al menos atrevernos a vivir lo que el conde le propone a Lady Daphne.

—¿Y qué le propone?

—No sé, pero es algo que, presiento, tuvimos tú y yo alguna vez…

—¿Antes de que me dejaras, dices? —preguntó con un dejo evidente de ironía—. Hace veinte años.

—Lo tuvimos y lo eché a perder, pero ahora lo he dejado todo…

—Te tardaste mucho.

Asentí.

—¿Y qué propones? ¿Cómo pretendes llegar a ese "anverso del amor"? —y se rio al decir esto—. ¿Quieres volverme tu esclava?

—Por supuesto que no…

—¿Entonces?

—No tengo idea, pero lo sabremos cuando ocurra… Por algo estamos aquí.

Volví a tocarla y una corriente eléctrica brotó de ella hacia mí, o eso pensé por un instante.

—No imaginé que te volvería a ver…

—No hables —me interrumpió, dándome un beso largo y ardiente.

La abracé con todas mis fuerzas y después le dije:

—Lo que pasó esta mañana…

—¿En la iglesia?

—¿Estaremos cerca?

—¿Cerca de qué?

—De lo que *no* es el amor, pero es algo más importante…

Esta pequeña charla, releída hoy a la distancia, resultó ser mucho más equívoca de lo que, a primera vista, podría suponerse. Si la transcribo línea por línea es por lo que sucedió más tarde. La extraña lectura del pasaje de "La Catarina" y nuestra inusual conversación sobre la oscuridad del sol y el anverso del amor, todo eso, repito, impulsó lo que ocurrió un par de días después. No era que nuestras conversaciones no fueran poco convencionales, no era tampoco que Irene y yo no nos enfrascáramos en temas harto desacostumbrados, al contrario: por eso la amaba, porque con ella podía hablar del anverso del amor, del sol negro y otras tantas locuras, algo que con María nunca pude hacer. En eso me parecía a Braulio (quiero decir, a su desventurado matrimonio) y nunca lo quise admitir. Sólo mi vestal, mi puta de juventud, me entendía, sólo con Irene podía ir al fondo y al anverso de las cosas… y eso terminó por suceder. Yo mismo lo había perpetrado, a mi pesar. Por algo estábamos aquí los cinco. Yo mismo se lo dije y lo creía con cada fibra de mi ser.

Y por eso, Irene, sin preguntarme, sin verificarlo y sin hablarlo con nadie, dio ese paso, el que, ella pensaba, sublimaría nuestro amor, o acaso, nos iluminaría. Se hizo amante de Braulio.

36

Dos eventos del otoño de 1926 determinan los siguientes cuatros años de vida que le restan al novelista. En primer lugar, conoce a quien se convertirá en su mejor amigo hasta el día de su muerte: el joven escritor Aldous Huxley. La imantación intelectual y emocional entre Huxley y Lawrence cristaliza de forma inmediata. Ambos son, a su muy peculiar manera, exploradores de mundos alternos, sitios lejanos al país en que les ha tocado nacer; los dos dedican sus libros a desmantelar eso que, consideran, no es sino una realidad abominable y mecanizada; ambos subvierten los presupuestos morales de sus contemporáneos y lo hacen a través de la imaginación y la experiencia; los dos se han convertido, muy jóvenes, en peregrinos del mundo, en *outsiders*, y ambos sueñan con formas distintas de convivencia humana. Por si lo anterior fuera poco, Huxley le rinde verdadera pleitesía a Lawrence cada vez que se da la ocasión. Una vez que David Herbert haya fallecido, el segundo se dará a la tarea de recopilar el primer epistolario conocido y publicado del escritor. La mujer de Huxley se llama, para colmo, igual que mi ex mujer, María, y se siente atraída como yo por la inusual pareja que componen Frieda y Lawrence. La amistad entre ellos perdurará por muchos años.

En segundo lugar, en octubre Lawrence da inicio a la primera versión de la que se convertirá en su última novela publicada, *Lady Chatterley's Lover*, la obra que le cambiará la vida y lo sacará de la pobreza cuando más lo necesite, cuando tenga que recurrir a doctores y enfermeras en su lucha contra la tuberculosis. No sólo eso, *Lady Chatterley's Lover* cambiará la percepción que el mundo tenga del escritor, convirtiéndolo, para bien o para mal, en lo que Lawrence más aborrecía: un connotado autor de pseudopornografía, un bestseller erótico de su época, un experto en la materia. La primera versión la escribirá sentado bajo el mismo árbol cada mañana durante cinco ininterrumpidas semanas, no lejos de Villa Mirenda, su nuevo hogar, a un paso de Florencia. El trance casi místico que muchas veces ha experimentado acaece una vez más, implacable, cada amanecer en que, despacio, se encamina, hacia la sombra que lo acoge: el novelista intuye el camino a seguir, se deja llevar por el magma de la historia como si ésta fuera un puro volcán en erupción. Barrunta lo que tiene que decir, lo que, a grandes rasgos, desea contarle al mundo y por ello nada lo detiene en su carrera: sólo darle forma, acotar, seleccionar materiales, encauzar ese fuego de la imaginación…

Lady Chatterley's Lover es, en realidad, un libro sobre la eterna división social dentro de la vida inglesa de su tiempo, el irremisible choque de clases puesto al día, tema que lo subyugaba e iba convirtiéndose para él en un asunto visceral. La nueva novela, poco a poco, se fue transformando casi sin querer en un alegato sobre la sexualidad pacata de su época, pero, sobre todo, en un tributo de amor en clave a su mujer. Curiosamente, Lawrence empieza a esbozar esta primera versión poco después de que ha descubierto las relaciones de Frieda con Ravagli. Por un lado, comprende a su mujer, casi se compadece de ella: él no puede darle lo que antes le ofreció; pero, por el otro, intuye que, de cierta forma, él subsana su sexualidad escribiendo este hermoso relato-tributo de amor. Ha pensado titularlo *Tenderness*, pues el libro toma casi siempre el punto de vista femenino, el de Connie, a pesar de que, bien visto, debería simpatizar con el esposo minusválido, es decir, alguien parecido a él. En la primera versión, Lawrence no tiene, empero, restricciones: hace por completo explícita la relación entre el leñador y la joven aristócrata. El lenguaje es procaz, brutalmente sexual cuando necesita serlo, algo que no se había intentado antes en la lengua inglesa. Deliberadamente, Lawrence ataca los convencionalismos del decoro y el buen gusto y se permite emplear palabras que sabe de antemano harán la novela prácticamente imposible de publicar. ¿Para qué la escribe entonces? Probablemente porque, a estas alturas, no tiene nada que perder, porque la moral hipócrita y las formas timoratas de su época apestan y porque después del fracaso de crítica que fuera *The Plumed Serpent*, poco le importa la opinión de sus contemporáneos: él escribiría la historia de amor que imaginaba, sin tabúes ni cortapisas. En poco más de un mes tuvo la primera versión terminada y al día siguiente de haberla concluido ya había iniciado la segunda, la cual duplicará su extensión en febrero de 1927, cinco meses después de haberse lanzado al vórtice sexual de la imaginación. Frieda ha ido leyendo cada capítulo desde un principio. Se halla, como pocas veces, entusiasmada con la historia, transportada por los amores de Connie y el guardabosques; cada mañana anima a su marido a continuar. Sin embargo, cada vez, *Lady Chatterley's Lover* se asemeja más a una historia de amor imposible que debe tener por fuerza un final feliz, lo que la hace contradictoriamente romántica, a pesar de todo. Y allí radica la dificultad y el desafío para el novelista, uno que siempre abjuró del romanticismo. ¿Cómo hacer convincente —y a la vez verosímil— un triángulo donde una aristócrata de la alta clase inglesa pueda enamorarse perdidamente (y dejarlo todo) por un simple leñador, un joven de la clase obrera? Lawrence necesita cultivar a Mellors, adecentarlo, darle mayor altura intelectual, convertirlo en un lector voraz, un ser profundo y a ratos sabio, un amigo de la naturaleza, entre otras cosas, a pesar de ser un tipo extremadamente pobre, viviendo en la dura soledad del helado bosque inglés, a expensas de su amo y señor, el marido paralítico de Connie. Lawrence debe lograr que esa relación ocurra en el mundo "real" de la ficción tanto como la suya ocurrió en la vida real cuando conoció a Frieda von Richthofen quince años atrás, él siendo un muchacho de la clase baja provinciana, hijo de un minero pobre de los Midlands, y ella, una señora casada, descendiente de una de las familias de mayor abolengo en Alemania. He allí el último tributo de amor del escritor a su mujer casquivana.

37

Convertirse en amante de Braulio no implicaba que Irene dejara de ser mi amante… a veces, pocas veces. Suena raro, pero es completamente cierto. Al menos así, en esa forma peculiar, nos entendimos las primeras cinco o seis semanas… hasta que todo, nuevamente, cambió y ella dejó de aparecerse en mi recámara, sin poner para ello excusas ni ofrecer aclaraciones.

Lo de Braulio e Irene, doña Casandra y don Isidro lo olfatearon mucho antes que yo, pero no dijeron nada; en cambio, a Philip y Álvaro yo se lo tuve que decir, aunque, ahora que lo pienso, creo que ellos quizá lo adivinaban y prefirieron permanecer callados. De una u otra forma, los cinco actuábamos como si no hubiese ocurrido mayor cosa, anclado cada uno en su propia rutina o a veces, es cierto, conviviendo. Salíamos a algún nuevo sitio arqueológico que ninguno de nosotros conocía, mirábamos un partido de futbol, departíamos por las noches con mezcal o jugábamos al póker y al dominó, esto aparte de nuestras respectivas faenas: Álvaro pintaba cuando le venía en gana o se iba el día entero a ver su maestro Toledo, Braulio y yo escribíamos, Philip deambulaba con un libro de filosofía por cada rincón de la ciudad, incluso se había hecho amigo, nos dijo, de un grupo de maestros en paro…

Por extraño que parezca, yo, hasta ese momento, no sentía celos, o si los llegué a sentir, los rechacé como si de una molestia inofensiva se tratara. Tal vez, me dije, ése era el "anverso del amor" al que mi escritor favorito se refería, pero tampoco podía estar seguro. El novelista había dejado de pelear con Frieda en cuanto a mantener su exclusividad sexual con ella: la alemana se entregaba a quien deseara y cuando le daba la gana y así la tuvo que aceptar, así la amaba y así también la aborreció. Es cierto que Lawrence había perdido mucho de su virilidad (esto debido a los ataques pulmonares con vómito de sangre que lo dejaban largos días postrado en cama), pero yo no había perdido la mía, al contrario: había ratos en que deseaba ardientemente a Irene, horas de esas tardes veraniegas o de la noche —sobre todo después de haberme sentado a escribir— en que añoraba desesperadamente lamerla, hacer que me lamiera, besarle el coño y las nalgas, pero no podía. Había días en que me masturbaba pensando en Irene mientras Braulio le hacía el amor en la habitación del primer piso. Yo, desde la segunda planta y justo enfrente de su cuarto, contemplaba los visillos verdes que bloqueaban la luz del sol que entraba por el patio central. Con todo, podía adivinar dónde estaban y lo que Irene le hacía a Braulio. No podía hacer nada para detenerlo: no iba a arrastrarme o a enfrentarlo, por supuesto. Tal vez yo mismo lo había propiciado, quién sabe. De una u otra forma, Irene no era mía y yo no era de su propiedad. Cada quien hacía su voluntad en La Catarina. Éramos adultos y podíamos coger con quien quisiéramos. Yo podía, claro, pedirle a Braulio un pedacito o bien rogarle a Irene que volviera a quedarse conmigo, pero eso no lo iba a hacer. Si era ardiente mi deseo, era mayor mi dignidad. Era el turno de Braulio y yo iba quedándome, morosamente, con las migajas.

Recuerdo una visita al mercado de Tlacolula, un pequeño pueblo a unos cuarenta minutos del centro de Oaxaca. Álvaro, como siempre, nos llevó en su camioneta. Podía ser sábado o domingo. El día era soleado y sin nubes. Llevábamos el aire acondicionado a tope. Braulio y yo íbamos detrás, al lado de Irene, quien iba en medio de nosotros, y Philip hacía de copiloto. Álvaro y el gringo no paraban de discutir sobre política estadounidense, mientras que, en el asiento trasero, Irene le cogía la mano izquierda a Braulio y la derecha a mí. Puedo ver, cincelada en mi cabeza, esa imagen desastrosa: nos habíamos vuelto los mansos cachorros de Irene, sus retoños, sus criaturas bien domesticadas. En ese momento todavía creía que, de alguna manera, debíamos (nos gustase o no) compartirlo todo dentro de nuestra colonia de artistas; por alguna extraña razón —acaso por culpa de mis neuronas-espejo, como se verá— sentía que esa dádiva se la debía yo a Braulio, quien, a esas alturas, había sido claramente plantado por su novia imaginaria, la cual nunca llegó a La Catarina. Hoy que escribo todo esto veo que debí sentir cierta anómala compasión por mi amigo, una extraña mezcla de empatía y conmiseración, algo alrevesadamente extraño y enfermo. Sus veinte años de matrimonio sin sexo y el cautiverio que padeció con cuatro hijas que no quiso tener eran para poner los pelos de punta. Ciertamente, Braulio había vivido una historia de horror conyugal; por tanto se merecía una recompensa. Y yo, imbécilmente, cristianamente, pensaba ayudarlo, estaba ayudándolo.

En el mercado de Tlacolula comimos barbacoa, chapulines con chile y limón, y bebimos agua de maíz, ese refrescante "tejote" de los indios al que yo, lo mismo que Philip, me aficioné por esa época de calor; más tarde compramos pan dulce, vasos de granada y nos dirigimos a pie al centro del pueblo, a unas cuantas cuadras. Sobre la avenida Juárez visitamos algunas mezcalerías artesanales y expendios de chocolate. Recuerdo que esa tarde los cinco nos pusimos borrachos con tantos sorbitos de mezcal que nos daban los vendedores. Al final compramos dos galones (uno de pechuga, otro de madre cuishe) y nos los llevamos al parque junto con dos barras de chocolate amargo. Allí, sentados bajo un tule negrísimo que nos hacía excelente sombra, continuamos la discusión política que Philip y Álvaro no habían abandonado desde el mediodía. Braulio y yo estábamos ya metidos a tope; por eso, supongo, sentencié, ya medio mareado por el mezcal:

—Los demócratas somos por esencia pesimistas. ¿Qué se le va a hacer?

—Yo soy demócrata, socialista de hueso colorado, y soy el más optimista, güey —prorrumpió el gringo mientras servía más mezcal de pechuga en diminutos vasos de plástico, los cuales, Irene como una madre imparcial, iba pasando a cada uno.

—Los liberales y socialdemócratas nos sentimos con derecho a un montón de garantías porque, para empezar, no pedimos nacer…

—Ja ja ja… ¡Que buen chiste, Fer!

—En segundo, porque comprendemos que la vida es una mierda, y tercero, porque merecemos ser resarcidos por tanta mala treta. Los republicanos, en cambio, piensan que cada garantía te la debes ganar con el sudor de tu frente.

—¿Y qué hay de malo en ello? —dijo Álvaro.

—¿Y tú lo dices? —contesté—: Hay millones de pobres que se merecen esas garantías sociales y siguen siendo pobres, pobres y ninguneados. Explícamelo. ¿Por qué siguen igual de jodidos si, como tú dices, no paran de trabajar todas sus vidas? Ahí está tu respuesta. La derecha siempre piensa que uno es pobre porque quiere —y añadí—: Nadie pide ser pobre, como nadie ha pedido nacer.

—Pero sigo sin entender por qué los demócratas y socialistas son pesimistas, Fer —insistió el gringo—. ¿No puede haber republicanos pesimistas?

—La izquierda, sabiéndolo o no, parte de una premisa: nacer es una pinche desgracia; un inconveniente, diría Cioran. Los socialistas entendemos que fuimos arrojados a este mundo sin ton ni son; comprendemos que existir no es una suerte, como creen otros; sabemos que vivir es un dislate; los hombres de izquierda somos existencialistas por naturaleza...

—No todos... —me interrumpió Álvaro—. Hay socialistas católicos, pendejo; gente de izquierda creyente, cristianos liberales; la teología de la liberación, para no ir muy lejos...

—Eso no importa. En esencia, los liberales partimos del mismo presupuesto: los seres humanos no pedimos nacer, mis padres me deben algo, y no yo a ellos —me detuve para darle un trago a mi mezcal—: Sostengo que el recién nacido tiene razón. Sus padres lo condenaron a este mundo, *ergo*, nuestros padres nos deben algo.

—¿Y nuestros padres son el Estado benefactor? —dijo Philip soltando una sonora carcajada.

—Exacto. Eso debería hacer el Estado. Proteger, regular, dar al que no pidió nacer... Es decir, a todos.

—Pero la derecha ha vendido siempre que trabajar es un derecho, una prerrogativa, el *non plus ultra* de la felicidad —dijo Braulio, que había permanecido callado.

—Eso viene de la ética protestante —corroboró el gringo—. Creer que el trabajo es una garantía social, cuando lo cierto es que Adán y Eva estaban de lo más contentos sin tener que trabajar cuarenta putas horas a la semana... y yo también.

—Es que eres un pinche güevón —exclamó Braulio, y todos soltamos una carcajada.

Chocamos nuestros vasitos de plástico y esta vez yo volví a servir otra ronda de mezcales de madre cuishe de barrica. Haces fulgentes de luz penetraban, por aquí y allá, la esponjosa copa del tule. Hacía mucho calor. El mezcal continuaba haciendo su efecto.

—El hijo no debe darle al padre; el padre debe darle al hijo; debe protegerlo, garantizarle salud, educación, servicios, derechos...

— *So we're entitled?* —dijo Philip.

—Exacto.

—¿Qué es eso? —musitó Irene.

—Derechos, prerrogativas, merecimientos —traduje, y añadí al calce—: justo lo que los republicanos aborrecen, Irene. Para ellos, el mundo *is a wonderful place to live*, y no es para menos, digo: el sistema se lo ha dado todo...

—Con el sudor de su frente —arremetió Álvaro.

—No es cierto. No habrían tenido nada si el sistema no los hubiera favorecido...

—O sea que para ti no bastan el trabajo, la educación, el riesgo empresarial, la iniciativa, la inversión, el ahorro y el talento, la tenacidad, la ambición...

—Por supuesto que no bastan. Todo eso, sin el sistema, no es nada. Los privilegios, la abundancia, el poder adquisitivo, la propiedad privada, no surgen de la nada, Álvaro. Hay una red, un contexto, un antecedente, un sistema que los favorece. Hasta un ciego se da cuenta, carajo.

—Y también existe el color de piel —interrumpió Braulio—. No es lo mismo nacer negro, prieto, rubio, rojo o amarillo; no es lo mismo nacer fea que guapa, gordo que flaco; no es lo mismo nacer en Haití que nacer en Miami, y tampoco es lo mismo alimentarte con tortillas y chiles que con carne y leche pasteurizada.

—Pero ¿cuál es tu punto? —espetó Irene.

—Que no es difícil ser optimista, como dice Fer, si naces congénitamente sano, en el seno de una familia acomodada y tu piel es blanca y el sistema te ofrece todas esas oportunidades que los otros no han tenido. Ése es mi punto: oportunidades. Todo se reduce a eso.

—Pero a veces los más pobres son los más felices —objetó mi hetaira.

Ése sí era un buen argumento, y lo sabíamos. ¿Por qué los pobres de México parecían tan felices siempre? ¿Acaso mentían descaradamente? Titubeamos. No obstante, Philip preguntó a quemarropa:

—¿Acaso la felicidad es sinónimo de optimismo? No necesariamente. La felicidad puede ser aparente y esconder muchas alimañas.

Quise partir un trozo de chocolate, pero ya se había derretido.

—Los pobres que dices, Irene, son felices porque se irán al Cielo —dijo Braulio—, porque confían en que Dios los recompensará por esa falta de oportunidades que no les dio el sistema. Los pobres son como nosotros, los ateos: congénitamente pesimistas, como dice Fer, sólo que lo han maquillado con siglos de reciedumbre y estoicismo cristianos. La fe los ciega, pero también la fe los salva; la fe les permite seguir viviendo en un mundo atroz...

—En un sistema de castas —se rio Álvaro dándole un traguito a su mezcal.

—Más o menos —consintió el gringo—: los negros en Estados Unidos y los indios en México terminan aceptando lo que tienen, lo que les tocó en suerte vivir.

—Exageras, Philip... No todos piensan así —le reprochó Irene.

—Sí, están los autodidactas —intervine—. Ésos son los pocos pobres optimistas del mundo, los que todavía tienen esperanza en el sistema, los que creen que las cosas un día van a cambiar. Y están esos otros, los *hillbillies* del campo americano, el *redneck* republicano que sueña con pegarle al gordo, que no se entera de que, cada vez que vota "republicano", vota contra sí mismo…

—Te estás desviando —dijo Álvaro.

—Bobbio decía que, al final, uno es más de izquierda o de derecha según crea o no que las personas somos más iguales o más o menos distintas. Ése es el baremo, según él.

—Pero no somos iguales —arremetió Braulio—. Prefiero a Popper, quien opina que, aunque evidentemente no lo somos, debemos vivir como si lo fuéramos.

—Pero ésa es una forma de hacerse pendejos —se rio Álvaro.

—Ante la ley somos iguales —agregó Braulio—. Y si no idénticos por naturaleza, por lo menos el Estado debería actuar equitativamente. Hay una diferencia sustancial entre igualdad y equidad.

—Eso es justo en lo que los reaccionarios no creen y no consienten. La derecha borra esa distinción adrede —insistí—. Sean los ricos mexicanos, los republicanos estadounidenses, la derecha europea o los conservadores del mundo, todos se niegan a aceptar esa simple premisa de la equidad popperiana…

—La niegan porque les conviene —dijo Álvaro.

—Por fin dices algo razonable —atajé.

—Pero todos, al final, actuamos por conveniencia —dijo Irene.

—Por eso el Estado debe poner límites a nuestra conveniencia…

—A nuestra codicia, dirás…

—Pero sin ella, no hay ambición y sin ambición no hay progreso y no hay ciencia, no hay tecnología, no hay estímulo, no hay riqueza —intervino Álvaro—. Habría, como en la Unión Soviética y en Cuba, puro estancamiento.

—Pero por culpa de esa codicia hemos perdido el humanismo, nos hemos mecanizado, Álvaro, nos han corporativizado —dijo Braulio.

—La culpa es del sistema.

—Hay que desmantelar el sistema, carajo —exclamó Braulio.

—Hay que corregirlo —dijo el gringo—, no desmantelarlo. Eso es anarquía, güey.

—Pues soy un anarquista borracho, ja ja ja...

—Los republicanos argumentan que la vida es intrínsecamente buena —insistí—; confían en que la vida tiene un cierto orden taxativo; una lógica y una razón de ser. Tengo porque trabajo duro; los demás no tienen porque no quieren tener; los republicanos, incluidos los pobres y marginados, son optimistas: lo simplifican todo. Incluso si no tienen, confían en que un día tendrán si siguen confiando y trabajando... En cambio, los pesimistas piensan que la vida en sí misma es un craso error; el mundo no tiene orden ni sentido. Fui arrojado aquí y ahora debo ser resarcido.

—¿El Estado es Dios?

—Para colmo, el hombre de derechas es congénitamente darwinista, aunque la mayoría aborrezca a Darwin —acotó Braulio—. Otra de esas paradojas incomprensibles.

—El incomprensible eres tú —dijo Álvaro, sirviendo otra ronda de mezcales.

—Lo que digo es que el reaccionario siempre piensa que el más fuerte es el más apto a pesar de que suelen ser ellos los más cristianos, lo que, por supuesto, contradice su amor al prójimo, su empatía, su caridad... En lo que ellos creen se llama darwinismo, materialismo puro y recio. En cambio, la izquierda agnóstica se comporta de manera más cristiana y compasiva que los cristianos de derecha…

—¡Vaya que eso ocurre en México!

—Entre más ricos y pudientes, más católicos y persignados, y entre más católicos, menos humildes y empáticos…

—Eso de la empatía más bien tiene que ver con el volumen de las neuronas-espejo —comentó Braulio sin venir a cuento.

—¿Las neuronas-espejo?

—Lo leí en algún sitio. Según eso, los dos extremos opuestos de las neuronas-espejo serían Ted Bundy, por un lado, y San Francisco de Asís, por el otro…

Nos echamos a reír. Sonaba a un nuevo disparate. Bebimos.

—Los sociópatas no las tienen —arremetió Braulio—, su capacidad para reflejarse en los demás es casi nula…

—¿O sea que los republicanos son unos sociópatas optimistas? —echó una carcajada Philip, y luego dijo, muerto de risa—: Esa teoría me gusta, ¿sabes?

—No, exactamente, Philip. Lo que pasa es que el volumen de sus neuronas-espejo es químicamente menor al de los demócratas, liberales y socialistas…

—…y cristianos, para tal efecto —prorrumpí.

—Sólo los que *no* son darwinistas —me corrigió Braulio.

—Francamente estoy hecha bolas —dijo Irene recostándose en el césped—. El mezcal me puso mareada.

—Y el pinche calor…

—Por cierto —comentó Philip—: ¿Saben que Donald Trump, el empresario color de zanahoria, anunció que se lanzaba para candidato?

—¿Candidato de qué? —dije.

—Del Partido Republicano. Quiere ser presidente.

Nos echamos a reír con la que, en ese momento, era una excelsa broma.

—¡Qué buen chiste!

Irene preguntó:

—¿Quién es Donald Trompeta?

—Un orate —dije, tirándome a su lado.

—Un vivales —comentó Braulio—, como sobran en México.

—No entiendo y hace un chingo de calor —dijo ella.

—En resumen —comentó Álvaro—: los pesimistas tienen un mayor volumen de células-espejo y por eso votan socialista y demócrata, y los optimistas, menos, y por eso votan por los republicanos y el PAN.

—Me gusta, me gusta… —razonó el gringo de nueva cuenta y también se recostó en el pasto con la cabeza sobre el regazo de Irene—. O sea que cualquier ideología política se reduce a pinches procesos químicos y neurológicos…

—Más o menos…

No recuerdo más, pues me quedé profundamente dormido.

38

Una vez concluidas la primera y segunda versión de *Lady Chatterley's Lover*, Lawrence retomó la escritura de su libro sobre los etruscos y se dedicó a pintar algunos de sus mejores cuadros (hábito que amaba y tenía desde la juventud). Para ello visitó, junto con su viejo amigo de Ceilán, el pintor Earl Brewster, algunos de los más importantes sitios arqueológicos de los alrededores: Cerveteri, Tarquinia, Vuci y Volterra. En todos tomaba notas para incorporar luego a su libro. Durante la primavera de 1927 dedica todo su esfuerzo a un conjunto de ensayos que, al final, no serán publicados en vida del autor. Lawrence sabe que la edición con la que sueña es cara y que por lo mismo ningún editor se aventurará con ella: la imagina, para colmo, plagada de bellas ilustraciones. Lo mismo ocurre con *Lady Chatterley's Lover*. Se trata de la novela que *justo* no debería haber escrito pues, más que nunca, necesita el dinero para prolongar su modesta vida en Italia. Aunque el alquiler es bajísimo en Villa Mirenda, lo cierto es que apenas tienen para comer. ¿Por qué embarcarse en dos libros que no conseguirá publicar? Acaso porque piensa, ahora más que nunca, que escribe para lectores de un futuro cercano, un público que comprenderá su visión desinhibida del sexo y del espíritu; acaso porque intuye que lo que hoy lamentablemente es tabú, mañana será la norma.

A pesar de dos tremendas recaídas pulmonares (en febrero y abril), para junio de 1927 dice sentirse con el suficiente ánimo para ir a la playa a nadar con sus amigos, los Huxley, quienes se encuentran no lejos de allí, en Forte dei Marmi. Sin embargo, para principios de julio nuevamente cae postrado en cama, y en esta ocasión con serias hemorragias pulmonares, hilos de sangre que le escurren por la boca a todas horas del día. Aterrada, Frieda lo cuida durante las próximas seis semanas. No sólo se consagrará a su marido en cuerpo y alma, sino que también los Wilkinson y la familia Pini —la misma que les ha alquilado la villa— se dedicarán al cuidado y restablecimiento del autor. En el barullo de los días y noches estivales, se aparece en su casa un librero florentino con quien poco antes los Lawrence habían trabado relación y quien, pocos meses más tarde, se convertirá en el factor decisivo para conseguir ver publicada su última novela. Se llama Guiseppe Orioli y los amigos lo llaman Pino. Poco antes, Frieda ha recibido una invitación de su hermana Johanna para visitarlos en Austria —el clima le será mucho más favorable al escritor en los Alpes, opina el doctor Giglioli, y para allá parten en seguida—. Una vez que Lawrence haya conseguido reestablecer una relativa mejoría, se desplazarán por varias semanas a un sitio antaño apreciado por los dos, Irschenhausen, en Baviera, en la misma cabaña donde David Herbert escribiera su famoso relato "The Prussian Officer" en 1913. Aunque casi no escribe en esos meses, dedica la mayor parte del tiempo a traducir, nuevamente, a su viejo ídolo italiano, Giovanni Verga. Por esos días, el doctor Hans Carossa, especialista en tuberculosos, lo ausculta meticulosamente. Tras revisarlo, omite la cruel verdad de su frágil situación al escritor, pero sí se la confiesa a Frieda: a su marido no le quedan más de dos o tres años de vida.

Al volver a Villa Mirenda, Lawrence se entrevista con Pino Orioli, quien ha empezado a publicar, de manera privada, pequeños libros de autor, los cuales más tarde distribuye por su cuenta y envía por suscripción. Lawrence sabe de antemano que la novela, como se encuentra escrita, jamás pasará la censura inglesa o norteamericana. ¿Qué mejor que publicar *Lady Chatterley's Lover* en Italia y escamotear así la estúpida censura anglosajona? Para ello necesita recaudar setecientas libras, lo cual es una cantidad inmensa para quien no tiene siquiera para comer. Sacando fuerzas de flaqueza, comienza a buscar el dinero en forma de suscripciones y préstamos, mas no todo acabará allí: en un alarde de fortaleza para quien se encuentra en un estado de salud francamente deplorable, se lanza a una tercera reescritura de *Lady Chatterley's Lover* de manera casi enajenada entre noviembre de 1927 y hasta enero de 1928. Aunque Frieda lo nota exhausto, casi desahuciado y débil como nunca lo ha visto antes, la verdad es que Lawrence tiene el vigor suficiente para reescribir esa tercera versión, dándole así el giro que ansiosamente necesitaba insuflarle: esta vez no *sólo* se trata de una novela explícitamente erótica y secretamente romántica, sino también de un alegato contra la sociedad industrial y capitalista de su época. Sobre todo, Lawrence se ha inventado una nueva utopía: ya no la de la armoniosa comunidad de marras, la de su acariciado e imposible Rananim, tampoco la del individuo enfrascado en su solipsismo intelectual, sino esta vez la de la pareja de amantes que no tiene más remedio para salvaguardar su espíritu y su cuerpo que dar la espalda a la humanidad.

María Huxley, la persona con quien más íntima y a quien más quiere a últimas fechas, se da a la tarea de mecanografiar la novela luego de que una joven mecanógrafa ha decidido abruptamente abortar el trabajo, asustada por lo que estaba leyendo. Los Huxley se encuentran en Les Diablerets, en Suiza, junto con Julian Huxley, también novelista, hermano de Aldous, y su mujer Juliette. Hacia allá se dirigen los Lawrence. Serán días memorables para el escritor, momentos que nunca jamás olvidará: entre ellos se siente en familia, con ellos comulga en mente y espíritu. De Aldous, ávido lector de ciencia, aprende cantidad de cosas, lo mismo que éste no deja de abrevar de las experiencias, viajes y lecturas de David Herbert.

Para marzo, ya de vuelta en Florencia, Lawrence entrega el manuscrito concluido a Pino, quien lo manda imprimir con una primera edición limitada de sólo 1,000 copias, la mitad para Estados Unidos y la otra para Gran Bretaña. Lawrence elige el tipo de papel, el color de la portada (morado) y el sello con el que, a partir de entonces, se le asociará: un ave fénix. Cada ejemplar lleva la firma del autor. De inmediato —y para sorpresa de propios y extraños—, las suscripciones empiezan a llover; tal parece, Lawrence cubrirá el costo de la edición, pero aun así no imagina ni en sueños lo que está por venir. Si, por un lado, miles de personas lo repudiarán a partir de este momento, incluidos amigos, por el otro, *Lady Chatterley's Lover* será el libro que lo saque, por fin, de la pobreza y lo lance a la estratosfera de la fama. Por un breve periodo, Lawrence oscila entre quedarse o abandonar Villa Mirenda; sin embargo, al último momento, Frieda lo disuade, y en abril de 1928, el escritor desembolsa el alquiler de seis nuevos meses de estancia, lo suficiente para que Frieda continúe su ya no tan secreto romance con el oficial Ravagli, quien vive no muy lejos de allí.

La nueva novela todavía no aparece publicada; se ha retrasado en la imprenta y el tórrido calor septentrional se aproxima en Italia. Lawrence no lo tolera. Los doctores le dicen que debe, una vez más, partir a un sitio fresco, de preferencia en las montañas. Los Lawrence eligen Suiza, a pesar de que ese país no haya sido nunca de su agrado. Una vez que se hayan asentado en un sobrio chalet en Gsteig —aunque pagando el alquiler en Villa Mirenda todavía—, se pondrá a pintar, inspirado, una nueva serie de cuadros con cuerpos desnudos. También en Gsteig recibe un ejemplar de *Lady Chatterley's Lover* a sus 42 años de edad. Junto con la fama surgen, paradójicamente, muchas invitaciones para publicar en los mejores periódicos de Inglaterra, colaboraciones que le retribuyen más que sus poemas o cuentos. En estos artículos consigue expresar muchas de sus ideas anticapitalistas, así como su visión idealizada y desembarazada del mundo, acaso en esta ocasión de forma menos radical e incendiaria que como ha solido hacer por años. De otra forma, sabe de sobra, sus notas no serían publicadas.

En Suiza, el novelista sufre otra nueva, espantosa, hemorragia. Su amiga, la pintora Achsah Brewster, lo cuida por algunas semanas. La recaída es tan grave que, para fines de agosto, su hermana Emily y su sobrina Peggy llegan al chalet a acompañarlo. Por fortuna, la relación con Frieda no reviste en esta ocasión grandes dificultades. No obstante, cada vez que Emily lo llame "nuestro Bertie", Lawrence responderá malhumorado que él ya no es aquel que su hermana conociera. Algo interno se rebela contra ese lejano ser de la niñez. Él ya no es, insiste, ese chico mimado por su madre; él es el autor de una novela perseguida y acusada de ofender la moral pública. ¿Podría Emily conciliar esas dos personas, el Lawrence adolescente y el Lawrence adulto, desinhibido y sexualmente liberal? Venciendo su miedo, el novelista le regala una copia de *Lady Chatterley's Lover*, no sin antes prevenir a su hermana de lo que está a punto de leer. Para fines de septiembre, los Lawrence se hallan listos para dejar Gsteig y desplazarse a Baden-Baden para visitar unos días a la madre de Frieda. Allí Lawrence anuncia que no volverán a Villa Mirenda, que esa etapa de sus vidas se ha cerrado, pero con ello, no obstante, surge un nuevo inconveniente, la inevitable interrogante que los ha venido acompañando: ¿adónde más pueden irse, qué lugar los espera? En el fondo, Lawrence no ha dejado un solo día de pensar en Taos. Sueña con Lobo, con su rancho, con los indios Pueblo y la gente que alguna vez conociera allí; su frágil salud, sus pulmones deteriorados, se lo impiden. Entiende que ese lugar está proscrito para siempre.

Es justo entonces que reciben una sorpresiva invitación de su viejo amigo, el escritor Richard Aldington, para irlo a visitar a La Vigie, en el sur de Francia, en la pequeña isla de Port-Cros. Allí Aldington ha alquilado una hermosa mansión con una majestuosa vista hacia el mar iridiscente y plateado. Hacia allá parten los Lawrence llenos de entusiasmo. Una vez instalados, David Herbert no consigue remontar las colinas que suben y bajan alrededor del pintoresco pueblo costeño. Abatido y con una insufrible tos que no lo deja en paz día y noche, se queda a diario en casa mientras el resto del grupo sale cada mañana a bañarse y tomar el sol en la playa. Cuando todos se han marchado, el escritor comienza a garabatear los que, más tarde, será conocido como *Pansies* o pensamientos, un nuevo género entre el aforismo y el verso que se ha inventado por esas fechas: se trata de relámpagos de ideas, epifanías de cualquier índole, desde filosóficas hasta humorísticas.

A mediados de diciembre de 1928 se suscita un pequeño enredo dentro de la mansión: Aldington engaña a su mujer, Arabella, e inicia a escondidas una relación amorosa con Brigit Patmore, amiga de ambos, quien, aparte de todo, vive en la misma casa con la pareja.

Aunque Frieda y David Herbert estiman a Brigit, han tomado el lado de Arabella, la víctima. Una de esas mañanas, tras el desayuno, se destapa la cloaca: Lawrence se enzarza en una fea disputa con Richard. Pocos minutos después, llega Frieda para intervenir, pero las cosas entonces se empeoran. Al final, los dos, marido y mujer, terminan enredándose en una amarga disputa conyugal. Lo que parecía poder llegar a convertirse en una hermosa temporada junto al mar, acaba en una triste despedida. Para principios de 1929, los Lawrence toman un barco hacia Toulon, con la idea de desplazarse un poco más al sur, tal vez hasta España.

39

Deben haber pasado cinco semanas desde aquella borrachera bajo el árbol de tule cuando una mañana, muy temprano, sentados los dos en el patio central, Álvaro me dijo a bocajarro:

—Me escribió mi hermana Elba ayer por la noche. Gracián Méndez murió.

—¿Qué?

—Como lo oyes, Fer —se aclaró la garganta y añadió, cariacontecido—: Llevaba años muy mal.

—Lo perdí de vista hace siglos. Mierda. Tenía nuestra edad, Álvaro. ¿Cómo murió?

—Sobredosis. Heroína, creo.

Me quedé de piedra. Un silencio, duro y áspero, se posó en la mesa unos segundos. Todos dormían en La Catarina aún. Nos habíamos desvelado, creo, y a nadie, salvo a mí, le gustaba madrugar: intentaba, ya lo dije, trabajar en mi libro sobre Lawrence. No había tocado mi café todavía; sentía la boca reseca.

Legañoso, sombrío, Álvaro exclamó, sin tocar su café:

—Gracián estaba sentido contigo, Fer. Me lo dijo varias veces.

¿Me recriminaba? Evidentemente, sí.

—Lo imagino... —dije, y añadí—: Me fui alejando de él... desde hacía tiempo... No sé por qué —mentí—. No tenía idea de que estuviera metido en drogas.

—Heroína y coca, entre otras menudencias. Se lo advertí.

—Pinche Gracián —dije como si Gracián estuviera vivo todavía. No sentía ni asomo de dolor ni remordimiento y eso, de pronto, me hizo sentir un extraño malestar, el cual se extendería a lo largo de ese día.

Me había alejado de él, me había deslindado de su vida, su mundo, sus putas, su vesania, su forma de concebir las relaciones humanas… todas pinches, ingratas, desconfiadas, jodidas, mercantiles y mercantilizadas. Gracián era simplemente demasiado para mí. Su veneno me rebasaba. Y al final mi amigo se había envenenado con las drogas y el desmadre. La había pagado, pensé.

Pero ¿por qué lo detestaba si no había sido sino un buen amigo para mí todo el tiempo que duró nuestra amistad?, me dije una vez que Álvaro se hubo marchado a su habitación y me quedé por fin solo, pensativo, cerca de la fuente sin agua. ¿Por qué lo aborrecía si llevaba siglos sin verlo, años sin saber de él, sin buscarlo, sin responder sus últimos dos o tres correos? Sin venir a cuento, de súbito, recapacité: todo comenzó con Gracián, sí, junto con él conocí a Irene, con él fui a La Huerta en la carretera vieja a Cuernavaca, con él aprendí a ser un excelso hijo de puta y luego tuve que desaprenderlo a trancas porque ya no me gustaba ser como él… Pero ¿no lo era o eso deseaba creer? ¿No había vuelto a convertirme en un Gracián, en una rata inmunda, un ratón amante de las ratas y las prostitutas? ¿No era eso Irene, al fin y al cabo, una rata de alcantarillado, como esgrimía Gracián con denuedo, una rata como yo, quien había abandonado a mi familia en Estados Unidos por un puto espejismo oaxaqueño?

Como por arte de magia, sin que nadie me lo advirtiera, mi pregunta se respondió: vi salir a Irene del cuarto de Álvaro y a éste tras de ella como si cualquier cosa, como si se supiera de antaño, como si llevaran un año de vivir juntos… Los vi cerrar la puerta, besarse, tomarse de la mano y dirigirse, contentos, hacia mí… Pero ¿desde cuándo ocurría esto? ¿Acaso no estaba Irene con Braulio? ¿Cómo es que nunca me enteré? ¿O estaba alucinándolo todo? No, no soñaba. Esto que miraba era completamente real.

Irene se acercó a mí, envuelta en su hermoso negligé plateado, descalza, y me besó el cabello húmedo; luego dijo, contrita, mientras se sentaba a mi lado:

—Lo siento, Fer. Ya me contó Álvaro. Debes estar muy triste.

No, no lo estaba. Estaba, al contrario, atónito, pero no por la noticia de la muerte de mi amigo, sino por la otra, la que pasaba revista frente a mis narices: la de Irene con Álvaro, la de mi vestal, mi hetaira, mi amada concubina, durmiendo con otro que no era yo y ni siquiera era el pendejo de Braulio… Me sentí aturdido, con un acceso de náusea. ¿Cómo y por qué se había convertido en amante del pintor de brocha gorda? ¿Cuándo, carajos, ocurrió esto?, prorrumpí, congestionado, aunque no había pronunciado una palabra. ¿Por qué no me di cuenta y por qué no me lo dijo Braulio antes? Hice un esfuerzo insólito para no mostrar mi malestar, mi herida, lo que fuera que estaba padeciendo… Empecé a sudar copiosamente.

Álvaro volvió a sentarse a mi lado, puso su mano sobre mi antebrazo y dijo, como para corroborar lo obvio:

—Sí, ahora Irene y yo estamos juntos. Braulio está bien. No te preocupes por él.

—Ya lo sabía —mentí—. Braulio me lo dijo…

—No, Álvaro —sonrió Irene, jalándole una oreja cariñosamente—. Los cinco estamos juntos. Los quiero igual a los cuatro. No soy de nadie…. Te lo advertí.

307

Y era cierto, Irene no mentía: Gracián me lo había advertido también, Gracián me lo había pronosticado hacía 25 años: las putas no son nunca de fiar; las putas no son de nadie, no pertenecen a nadie porque no le deben nada a nadie; no puedes enamorarte de una o te lleva la chingada, Fernando Alday…

Otra vez, como si estuviese oyendo mis propios pensamientos, Irene dijo mostrando sus dientes blanquísimos, sus labios de escarlata:

—Gracián se había enamorado de una amiga mía… Eso sí lo sé. Allí empezó todo, creo.

—¿Quién? —dije, como si acaso la pudiera conocer.

—Elvira —murmuró, y se detuvo un instante; luego añadió—: Era prosti, Fer; sí, como yo —aclaró, seria, levantando una pierna desnuda y apoyándola sobre el borde de la mesa, casi desafiante.

Irene no había dicho "como lo era yo antes". Irene había dicho enfáticamente: "como yo". Y tenía razón. Claro que tenía razón. El único imbécil que no se enteraba de lo que ocurría en La Catarina era el mismo que escribe esto. El que no entendía nada había sido yo… acaso desde un principio, tal vez desde que nos escribiéramos en Facebook, desde que decidiera dejar a María y mis hijos por ella, por esta zorra sin corazón y sin escrúpulos. Estaba lastimado, dolido, humillado, pero ¿por qué carajos? ¿Sólo por no saber, por no haber sido informado a tiempo? Irene era lo que era y lo admitía y no había argucia o melodrama al respecto. No podía culparla, menos echarle nada en cara. Las posibilidades de Irene simplemente me rebasaban a mí, el supuesto maestro en el arte de amar. Jugué con fuego y me quemaba por segundos.

No pude dejar de recordar en ese momento aquella otra, infame, historia entre Álvaro y Miriam, aquel triángulo malhadado de nuestra juventud, cuando yo, por no poseerla primero, fui proscrito y sobajado; recordé nítidamente ese postrer, terrible, encuentro en que Miriam me confesó que se había acostado con mi amigo… y sólo para hacerme daño, para vengarse de mí, para asestarme ella —y no yo— el zarpazo final, la cuchillada de la muerte. ¿Hasta qué punto no se parecía esa historia a lo que estaba sucediendo hoy? ¿Hasta qué punto no había colaborado, necio de mí, con esta nueva relación entre Álvaro y esta puta del demonio exhumada del pasado remoto?

Era la primera vez, me di cuenta, en que me refería a Irene en esos términos: puta del demonio, rata, zorra… Ese día empezaron a cambiar las cosas. Ahora lo sé. Esa mañana mi espíritu empezó a envenenarse lentamente. Acaso mi psiquiatra tuviera algo de razón: si Irene era una rata, entonces yo era un ratón… como Gracián. El descubrimiento me apabulló, aunque no por eso pensé en ningún momento que debía matarla… no por eso terminarían las cosas como terminaron, lo juro. De hecho, no fue idea mía hacerlo: aquella mañana simplemente empecé a aborrecerla, cosa que no ocurrió cuando se acostó con Braulio Aguilar por primera vez.

Había algo turbio en elegir a Álvaro o en que Álvaro la eligiera a ella. No sabría explicarlo; la situación me retrotraía al pasado, a aquel momento en que, desarmado, sin verlo venir, la frágil y angelical Miriam me dijo la verdad desnuda durante el pasaje más tierno de nuestra relación: en la tibia sala de su casa en San Ángel, tomados de la mano, acogidos por la noche y la cantarina fuente que veíamos a través del ventanal empañado. Esta vez era distinto. Irene y Álvaro actuaban sin perfidia, hacían lo que hacían con perfecta naturalidad, como parte de un pacto al que yo mismo los había arrastrado. Y era cierto. Yo había, acaso sin saberlo, suscrito ese pacto de amor comunitario, ese pacto con sus leyes, sus juegos y sus arteras posibilidades... Era tarde para desdecirme.

—Elvira lo dejó —oí que dijo Irene de repente—. Él estaba muy enamorado. Lo había dejado todo por ella, su mujer, sus hijos, sus amigos... Al principio, hasta donde supe, la cosa funcionó bastante bien entre los dos. Se querían.

—No me lo creo —dijo Álvaro dando un sorbo a su café—. Gracián no se enamoraba de nadie, Irene, mucho menos...

Y de inmediato, dándose cuenta de su error, calló, pero Irene completó la frase:

—...de una puta. Eso querías decir, ¿no?

—Sí —corroboró—. Lo siento, pero Gracián no se enamoraba de nadie. Ni de su mujer. Me consta...

—Pues de Elvira se enamoró como un perro faldero —insistió mi vestal—. Eso sí lo sé de buena fuente. Y no sólo eso: vivieron juntos dos años y pico... Luego, cuando ella no pudo más con él, con sus arrebatos, sus celos y su coca día y noche, lo dejó... Y allí empezó la caída.

Estaba completamente aturdido. Era imposible no ver las obvias similitudes. Era imposible no darse cuenta de que estaba, mal que bien, siguiendo los pasos de Gracián... salvo, claro, las drogas, que a mí francamente no me interesaban. Era imposible no ver que estaba enamorado —y hasta celoso— de esta puta del demonio y que ella no estaba enamorada de mí como lo había estado hacía 25 años, cuando aceptó abortar por mi culpa.

—Sí, allí empezó el asunto de las drogas —insistió Irene—. Ella trató de ayudarlo unos meses... pero luego se hartó. Tu amigo iba en picada. Lo siento.

—¿Y después?

—Elvira no volvió a saber de él.

—¿Y tú?

—Yo, menos —dijo, enfática, irritada—. Jamás los vi juntos en mi vida, Fer. Ella me contaba cosas. Es todo. Pero de aquello han pasado muchos años.

Providenciales, doña Casandra y su marido llegaron con dos charolas en las manos: dos jarras de jugo, una cafetera humeante, fruta, pan, huevos revueltos, chorizo, frijoles refritos… Atraídos por el olor del desayuno, Philip y Braulio salieron de sus respectivas habitaciones; Philip, primero, descendió, se unió a Braulio en el descansillo y luego los dos nos saludaron como si no se hubiesen enterado de nada. Yo, por mi parte, me sentía francamente triste, fatigado y apenas comenzaba un nuevo día. El sol entró de cajón por el hoyo o tragaluz que formaba el domo del patio. Los haces de luz atravesaron el rostro de Irene como un latigazo. Fue un instante. Luego se inundó la estancia de sol. Me serví más café; quería ahuyentar las telarañas que me asediaban. Los otros acercaron sus sillas a la mesa; nos rodearon. Doña Casandra empezó a servirnos sin decir una palabra. Don Isidro la ayudaba. Desayunamos vorazmente sin volver a hablar sobre Gracián esa mañana. De hecho, Gracián Méndez permaneció sepulto hasta el día de hoy en que lo exhumo para darle su lugar en esta historia.

Ese largo, extenuante, día lo pasamos en Dainzú, una agreste zona arqueológica medio oculta por la grama, no lejos de la capital del estado, yendo hacia el sureste, camino a Monte Albán. No podía dejar de acompañarlos. Hubiera sido por demás extraño si, con cualquier excusa, hubiese decidido no ir. El paseo estaba planeado desde el día anterior y así me lo hicieron saber Philip y Braulio sin dejar de masticar y deglutir sus tortillas y sus huevos. Álvaro llevó su dron al sitio y allí, merodeando entre las ruinas y los restos de pirámides, nos filmó a los cinco: él con el control en la mano y los cuatro en hilera, detrás de él, sentados en cada escalón, de arriba para abajo, como nos lo indicó. El dron iba y venía, se alejaba en el cielo y reaparecía a toda velocidad. Es, creo, la única evidencia que queda de esos días. Bueno, existen esas últimas fotos tomadas con celular en Hierve el Agua, donde Irene moriría pocos días más tarde.

No había un alma en Dainzú. De hecho, no había mucho que ver. Todo estaba desierto; sólo había otro cerro enfrente, donde, según Álvaro, podía o no existir otra pirámide sepulta entre la hierba y la maleza. Lo cierto es que, desde los empinados escalones donde nos sentamos, no se veía nada: kilómetros de llano pelón, arbustos agostados por el calor inhumano de Oaxaca. Recuerdo que desaparecí un rato entre las tumbas prehispánicas y me puse a fumar, cosa que no hago casi nunca; no tenía deseos de estar con ellos, ni siquiera de preguntarle a Braulio lo que realmente había ocurrido entre Irene y él. A Braulio tampoco parecía incordiarle. Al contrario, se le notaba contento, relajado, como si no sólo se hubiese desprendido de Beatriz en Charleston, sino ahora también de Irene. ¿Por qué yo no me sentía igual, liberado, sin ataduras, feliz? ¿Seguía pensando en María? No, por supuesto que no. Ella no tenía vela en este entierro. Éste era un asunto entre la puta y yo… y tal vez, en el fondo, ni siquiera tenía que ver con Irene, sino conmigo y mis incongruencias internas, mis innatas contradicciones, las cuales apenas comenzaban hacerse aparentes, al menos para mí. Sí, por un lado, imaginaba ser un ardiente feminista, un defensor de sus derechos y su libertad, por el otro me comportaba como un misógino… Si, por un lado, añoraba convertirme en un moderno feminista como Lawrence dijo ser toda su vida, por el otro no era (en el fondo) sino un furtivo misógino como, acaso, lo había sido el mismo Lawrence contra su voluntad. He allí la incoherencia, la contradicción, pero tampoco estoy seguro.

Cuando veinte minutos más tarde volví de las tumbas excavadas, me encontré al grupo jugando con un balón ponchado en lo que alguna vez había sido una cancha para el juego de pelota entre los zapotecas hacía dos mil años, según alcancé a leer en una plaquita medio desleída en uno de los muros. Mierda, pensé, ¿cuántos siglos llevábamos los seres humanos disputándonos las mismas cosas, afanándonos y deseando lo mismo, jugando las mismas tonterías? En eso no iríamos a cambiar, no importa cuánto fuera el progreso o la tecnología. El indio de antes era el hombre de hoy. El juego se llamaba "olomaliztli", leí, y luego pude ver, allí mismo, justo enfrente, amplios relieves de jugadores tallados en la piedra. La risa de los cuatro me despabiló: se perseguían uno al otro, intentaban llevar el balón hasta el lado contrario. No pude dejar de recordar a mis dos hijos futbolistas, ¿qué sería de ellos? ¿Me extrañaban? ¿Habrían sentido mi ausencia o los niños realmente se acostumbran a todo, como dicen? Esa parte de mi vida la seguía echando de menos, en especial ahora que había perdido a Irene al equívoco precio de encontrar cuatro amigos afines. Un par de gritos me desperezó de mi letargo otra vez; volteé a mirarlos. Alguien había metido la pelota en el aro con la mano y Philip reclamaba una trampa. Irene se le colgó al cuello, lo abrazó efusivamente, o eso pensé. Por más que lo intenté, no entendí cómo se habían formado los equipos, quiénes eran rivales de quiénes, pero acaso no importaba demasiado, pues todos jugaban en el mismo equipo y los cuatro participaban de la misma orgía que yo había organizado tiempo atrás. Desde lejos los contemplé mientras el sol me pegaba en la cabeza, inclemente y amarillo. Ninguno había reparado en mí. Sólo diez minutos más tarde, cuando se hartaron del juego, Irene me miró, me mandó un beso con la punta de los dedos, un beso ruin que aún tengo grabado con azufre en la memoria.

Esa tarde comimos en Teotitlán, a escasos diez minutos de Dainzú. Desde hacía mucho, Philip quería conocer el proceso del tejido de pedal, y hacia allá nos dirigimos tras una frugal comida en una fonda del pueblo. El gringo y yo compramos sarapes de lana que los zapotecas llaman "cotorina". Con el calor que hacía, no las iríamos a necesitar, estaba claro, pero igual eran hermosas y nada caras. Más tarde, los mismos indios que hilaban los tapetes nos aseguraron que los tres colores sobre las planchas que veíamos eran naturales: añil, cochinilla y pericón, este último una especie de amarillo mostaza como las llamas del fuego purificador, el mismo tono de la cotorina que compré (a ocultas) para regalarle a Irene, imaginando, acaso, que con ello volvería a conquistarla. Pero no fue así. ¡Vaya que no! Al contrario: a los pocos días, supimos que la puta había dejado de acostarse con Álvaro y se había trasladado inopinadamente a la recámara de Philip. A nadie parecía importarle lo más mínimo esa nueva transacción, esa mudanza, esa perfidia. A nadie le incordiaba ni nadie se inmutó… salvo yo… y doña Casandra.

40

Tras abandonar la mansión de Richard Aldington en Port-Cros, los Lawrence pararon unos días en Bandol, en la Costa Azul, justo en el mismo hotel en el que, hacía más de una década, se habían alojado junto con Katherine Mansfield. Esta vez, sin preverlo, permanecieron en el Hotel Beau-Rivage por los siguientes cinco meses. Tal era el gusto que Lawrence había cogido por las playas y pequeñas ensenadas, por su gente y el clima, sus enormes sauces llorones y sus altos pinos creciendo en fila india. Sin embargo, no fueron así de simples las cosas para Frieda, quien se consumía en la cohabitación extenuante al lado de un enfermo terminal. Deseaba huir, mas no podía. Esa contradicción se irá intensificando a pasos agigantados, al punto de que terminará por envenenar la ya de por sí frágil relación entre los dos. Las únicas pausas o interregnos que los Lawrence llegaron a tener los proveían las constantes visitas al hotel: artistas, admiradores del novelista, jóvenes escritores que venían por consejo o sólo por ver en persona al celebérrimo autor de *Sons and Lovers* y *Women in Love*. Entre estos últimos, se hallaba el galés Rhys Davies, a quien Lawrence le dirá una mañana: "Todos ustedes, jóvenes escritores, deben agradecerme por la libertad de la que hoy gozan, aunque a ésta le falte mucho para ser completa todavía". Davis, quien será uno de los autores más prolíficos en lengua inglesa del siglo XX, es pieza clave para, más tarde, hacer conocidos los llamados *Pansies* lawrencianos, pues ha aceptado el encargo de llevarlos al editor Charles Lahr de contrabando a Gran Bretaña. (En el 2003, el dramaturgo Richard Lewis Davies publicará una obra de teatro basada en este encuentro entre Lawrence y Rhys Davies titulada *Sex and Power at the Beau Rivage*.)

En la primavera del 1929, Lawrence y Davies parten (sin Frieda) a París. Los Huxley le han sugerido que se desplace a la Ciudad Luz, pues allí podrá encontrar a un editor para una nueva edición de *Lady Chatterley's Lover* sin tener que lidiar con problemas de censura. Más importante aún: desde París podrá controlar la piratería que la novela ha suscitado en toda Europa. (Al día de hoy, *Lady Chatterley's Lover* es el libro más pirateado del siglo XX y XXI en lengua inglesa.)

Sylvia Beach, la célebre editora del *Ulysses* de Joyce, rechaza la novela de Lawrence sin dar explicaciones. No obstante, a menos de un mes de su llegada, David Herbert encuentra al editor indicado, Edward Titus, quien se ofrece a hacerse cargo de la publicación, distribución y venta sin que el escritor tenga que estar presente. Mientras todo esto ocurre, en esos mismos días los Huxley han conseguido convencer al novelista para que se revise los pulmones con un especialista en enfermedades bronquiales, quien, nomás examinarlo, determina que sólo uno de los pulmones funciona y el otro se halla terriblemente afectado. Recomienda rayos X, los cuales Lawrence, en un principio, acepta llevar a cabo, para, poco más tarde, rehusarse a hacerlos, cuestión que pone a Huxley y a Davies fuera de sus casillas. Lawrence siempre ha desconfiado de la ciencia, en especial de la ciencia médica, y cree a pie juntillas en la fuerza medicinal de sus dioses tutelares y el instinto optimista de su cuerpo. El escritor está más que convencido de que una sabia combinación entre el sitio correcto (con buen clima) y una buena actitud frente a la vida son, a fin de cuentas, la mejor forma para una pronta recuperación. Esta manía o superstición apunta a una suerte de indisoluble dilema interno, el cual Lawrence preveía con penetrante intuición: si, por un lado, optaba por ponerse en manos de los galenos, terminaría en un sanatorio, esto sin contar con una muy probable intervención quirúrgica, la cual tampoco lo curaría del todo — otros ejemplos conocidos lo llevaban a concluir que lo único que conseguiría poniéndose en manos de la ciencia sería prolongar una vida miserable, la cual, de todas formas, ya sobrellevaba— y, por el otro, entendía que cuanto más luchara contra la muerte y sobreviviese su enfermedad, mayor sería el control y dominio de Frieda sobre él, lo cual acentuaba la ya insoportable tensión y enfurecía al novelista, quien, a estas alturas, deseaba todo menos depender de Frieda.

En abril la pareja decide pasar dos meses en Mallorca, lugar por el que Lawrence no siente mayor predilección. Desde su llegada, no deja de compararlo con Taormina y otros sitios de la costa italiana. El hotel tampoco es de su agrado; cada vez que puede se queja del vino español y la comida grasosa. Con todo, en Mallorca pinta algunos de sus mejores cuadros y escribe su polémico ensayo *Pornography and Obscenity*, el cual da una vuelta de tuerca a nuestra enquistada concepción de lo "pornográfico": en él, Lawrence dice que el romanticismo es, al contrario, lo verdaderamente obsceno y pornográfico, pues no hace sino estimular la peor parte de nuestros bajos instintos. Velar el amor en lugar de desvelarlo provoca "una comezón" nociva de la imaginación. En lugar de ver el sexo de forma natural, el romanticismo no ha hecho sino sublimarlo —y pervertirlo— a grados superlativos (cuestión que, de cierta forma, había anotado ya en sus dos primeras novelas, donde el amor se corrompe al momento de serle negado su componente sexual).

Secker le escribe anunciándole que ha decidido publicar una edición expurgada de sus *Pansies* en Gran Bretaña al mismo tiempo que Lawrence ha publicado otra, no expurgada, con la ayuda del editor y librero Charles Lahr, amigo de Rhys Davies, en Francia. Por si lo anterior no fuera suficiente, también en Mallorca recibe la noticia de que la Warren Gallery de Londres ha aceptado, por fin, exhibir su obra pictórica, y, junto con ella, la Mandrake Press lanzará la primera edición de sus *Paintings*, misma que se ha agotado en suscripciones antes siquiera de haber sido impresa.

A mediados de junio y una vez el calor se vuelva intolerable en la isla, los Lawrence abandonan España: Frieda se traslada a Londres para la inauguración de la exhibición de cuadros de su marido y Lawrence se dirige, otra vez, a Forte dei Marmi, en Italia, con los Huxley. No acompañará a Frieda, pues le han asegurado que bien podría ser arrestado por la policía nomás pisar tierra inglesa. Algo peor ocurre: la galería es saqueada por la policía, quien se lleva trece cuadros del novelista, aquellos que muestran trazos de vello púbico o senos al desnudo. Si la magistratura inglesa determinara posteriormente que las pinturas son obscenas, serán destruidas, sin contar con que la galería es enjuiciada por daños a la moral pública e intención pecuniaria relacionada con la venta de pornografía. Al final, y tras largas querellas, el juez decreta que el saqueo de la policía no ha sido improcedente, que los cuadros eran, independientemente de si obras de arte o no, obscenos y que con ello basta para su inmediata destrucción. Tras pagar una penalización, la galería consigue, al final y a duras penas, que los cuadros no sean quemados, bajo la condición de que jamás vuelvan a ser exhibidos en Inglaterra.

Todo el incidente agria los ánimos del novelista, quien de inmediato comienza a redactar una serie de poemas que más tarde titulará *Nettles*, los cuales no tienen otro objetivo sino atacar, de forma virulenta, al *Establishment* inglés y sus autoridades puritanas, la cultura y costumbres de su tierra, su gente flemática e hipócrita, toda esa fétida argamasa moral de la que él mismo proviene y de la que hoy tanto abomina. A estas alturas, Lawrence es el autor más controversial y polémico de su país y probablemente del mundo. Su persona —tanto como su obra pictórica y literaria— se hallan en declarada batalla campal con todo lo que Inglaterra representa.

En Florencia cae enfermo otra vez. Orioli, su amigo editor, telegrafía a Frieda pidiéndole que vuelva a Italia urgentemente. Como por arte de magia, el escritor da muestras de mejoría nomás la mira llegar, al grado de que ambos deciden, a los pocos días, marcharse a Baden-Baden a celebrar el cumpleaños de la anciana baronesa madre de Frieda, a quien Lawrence termina por detestar, acaso porque descubre en ella la salud y el brío que él, a su corta edad, no consigue tener. En todo caso, el viaje a Alemania acaba por convertirse en una mala pasada, pues su salud, en lugar de mejorar (como se suponía), empeora. Desesperados, aceptan la invitación del doctor Max Mohr, amigo de la familia, a trasladarse a un pequeño poblado de los Alpes bávaros, pensando que, tal vez, la altitud y la nueva prescripción médica (ingerir arsénico y fósforo dos veces al día) tendrán un efecto bienhechor en su salud. Es allí, en el lóbrego hotel donde transcurren, morosos, los días, postrado en cama sin moverse, donde escribe uno de sus más famosos poemas, "Bavarian Gentians", el cual Octavio Paz traducirá maravillosamente.

A fines de septiembre de 1929, los Lawrence deciden volver a Francia, específicamente a Bandol, donde ya habían pasado hermosos días el invierno anterior. Lawrence presiente que ese sitio junto al mar conserva una suerte de oculto poder curativo sobre su cuerpo y su salud que los Alpes simplemente no tienen, a pesar de lo que digan los doctores. Alquilan un chalet de seis habitaciones, el Villa Beau Soleil, a las afueras de la ciudad, con una vista fabulosa al océano, como a Lawrence siempre le ha gustado.

David Herbert no lo sabe aún, pero sus días están contados.

41

Como ya dije, cada mañana, muy temprano, me escabullía y encerraba en la sala-biblioteca que la tía de Álvaro tenía en el fondo de La Catarina. El lugar se había convertido en un santuario particular donde, infatigable, trabajaba en mi libro sobre Lawrence. El sitio, al final de la casona y a un costado de la cocina, tenía dos amplios sofás de piel color beige, varios anaqueles con libros en inglés adosados a los muros, dos computadoras y un escritorio de pino blanco rodeado de hermosos tibores de barro negro, hechos a mano. Allí me sentaba religiosamente por espacio de tres horas. Ya dije que doña Casandra aparecía, diligente, con un primer café apenas despuntaba el alba. Me daba los buenos días, le daba las gracias sin despegar los ojos de la pantalla y ella luego se marchaba sin hacer el más mínimo ruido. Esa madrugada, después de ofrecerme mi habitual café sin leche y sin azúcar, se quedó plantada, hierática:

—Tengo algo importante que decirle, señor Fernando. Disculpe que le interrumpa.

—De ninguna manera. No me interrumpe —mentí, sobrecogido, y añadí—: Siéntese, por favor.

Giré mi asiento, le hice una señal y ella, dubitativa al principio, se sentó en la orilla del sofá, a mi izquierda. Se compuso el rebozo, recatada, sin atreverse a levantar la vista del suelo. Pasaron muchos segundos: evidentemente no se atrevía a comenzar... ¿Qué quería esta mujer?, me dije, comenzando a perder la paciencia. Cuando por fin pareció animarse, cuando había apenas dicho dos palabras, calló, despavorida: acabábamos de oír unos pasos en el corredor. La puerta se abrió de golpe: apareció Braulio, sonriente, en el umbral. Doña Casandra se levantó, dijo buenos días e hizo amago de marcharse. Le pedí que se quedara, pero igual salió trastabillando.

Legañoso, Braulio preguntó:

—¿Interrumpí?

—En absoluto —mentí, todavía desconcertado, y agregué—: Madrugaste, cabrón. ¡Qué milagro!

—No pude dormir. He decidido ponerme a trabajar en serio… como tú. No paras. ¿Cómo vas con eso?

—Bien… —sentía que esa mañana no avanzaría: una vez que daba inicio la cháchara insulsa con cualquiera, ésta se desparramaba en largos vericuetos que no llevaban a ningún lugar y sólo le restaban páginas a mi proyecto.

—Pues no todo está muy bien allá afuera, que digamos —susurró Braulio—. De eso quería hablarte.

—¿Allá afuera? —dudé—. ¿Con el paro de los maestros? Ayer los vi, por cierto; siguen durmiendo en sus tiendas, lo mismo que el día que llegamos…

—No me refiero a eso, güey —y se giró como si alguien pudiera escucharlo—. Afuera de esta habitación…

—¿De qué hablas?

—Ayer que te fuiste, ya muy tarde, se agarraron a madrazos Philip y Álvaro.

—Pero ¿qué dices? —Braulio había logrado atrapar mi atención—. ¿Por qué nadie me lo había dicho?

—¿Quién te lo iba a contar, pendejo? ¿A poco te íbamos a esperar a que regresaras de tu peda solitaria?

—No fui a empedarme; fui a escribir —mentí.

—Que te crea tu pinche madre…

—Y bueno, ¿qué pasó? Cuenta…

Carraspeó (acaso vacilaba cómo iría a empezar), pero al fin dijo:

—Jugábamos tranquilamente póker cuando, a mitad de una apuesta, Álvaro le pidió a Irene que se quedara a dormir con él otra vez —se detuvo un instante, se enderezó levemente y añadió en un murmullo—: Ya sabes que se acuesta con Philip, ¿no?

—Por supuesto… —dije como si no me importara—, pero ¿qué diablos pasó?

—Que ella no quiso y el güey se enojó.

—¿Philip estaba allí?

—Por supuesto, pero no decía ni pío; sólo miraba la escena, igual que yo. Estábamos a la mitad de la pinche jugada y la polla estaba altísima. Como un caballero, Philip simplemente dejó que ella decidiera lo que quería hacer, pero el pinche Álvaro insistía e insistía.

—¿Andaba pedo?

—Todos estábamos pedos, pero eso qué tiene que ver —aclaró—: ¿Tú crees que a mí no se me antoja llevármela también?

No dije nada. Yo igual la extrañaba; yo, igual, echaba de menos sus piernas morenas, su culo redondo, respingado; sus pezones endrinos, su boca caliente y mojada, ¿para qué engañarme? Menos iba a poder engañar a Braulio. Por lo menos él sí era sincero conmigo.

—Entonces —continuó Braulio—, el pinche Álvaro dijo que apostaba todo lo que tenía a cambio de pasar esa sola noche con Irene.

—¿Qué? —me reí.

—Pues no es para risa, güey. Allí se armó la de San Quintín.

—¿Se encabronó el gringo?

—No, se emputó Irene. Se levantó de la mesa, tiró sus cartas y le dijo a Álvaro que qué diablos se pensaba que era ella… y el pinche Álvaro le dijo, muerto de risa: "Nuestra puta, ¿no?" Así, tal cual. Como lo oyes. "Pues la tuya no, pendejo", le contestó Irene.

—No lo puedo creer.

—La cosa andaba tensa entre los dos desde hacía rato. Yo creo que porque ella lo cambió por Philip.

—¿Y qué dijo Philip?

—Lo reprendió. Le dijo que no era forma de hablarle, pero Álvaro la jaló de un brazo bruscamente y entonces el gringo se le echó encima. Entonces que yo me metí y los separé a tiempo. Los tres empezaron a gritarse. La cosa se puso color de hormiga.

—Mierda —exclamé.

—Irene se fue a su cuarto, furiosa; luego Álvaro al suyo y yo me quedé con el gringo un rato, platicando. De la que te salvaste, Fer. Mejor que no estuviste.

—Podría haber ayudado. Ése no era el plan que teníamos, güey. No dejamos todo atrás y nos vinimos a Oaxaca para vivir emputados unos contra otros. Ésa no fue mi idea de sociedad.

—Finalmente es la casa de Álvaro, ¿no?

—Y eso qué importa.

—Si quiere, corre al gringo.

—Si lo echa, yo me voy también —riposté.

—¿Adónde? —preguntó Braulio—. ¿De vuelta a Gringolandia? ¿Tú crees que María te espera con los brazos abiertos? ¿Crees que te va a perdonar?

—No me refiero a eso, pendejo. No he pensado jamás en volver ni me importa que me perdone. Yo soy el que no la perdono a ella. Sólo extraño a mis hijos, no a María, te lo aseguro.

—¿Adónde chingados te irías?

—Ni idea, pero antes tenemos que arreglar las cosas; tienes que ayudarme.

—¿Cómo?

—Estos pendejos tienen que hacer las paces hoy mismo —concluí, y acto seguido—: Siguen dormidos, supongo.

—Sí.

Tocaron a la puerta. Callamos. Era doña Casandra con un nuevo café; se lo ofreció a Braulio y me preguntó si quería otro; negué con la cabeza y la anciana se marchó como un fantasma. De pronto, más tranquilo, mi amigo dijo, sin venir a cuento:

—Volví a soñar el mejor sueño del mundo. Lo he soñado más de cien veces y siempre me hace encabronadamente feliz. No me dan ganas de despertar. ¿Te lo cuento?

Le dije que sí, aunque no estaba prestando la menor atención. ¿Un sueño? ¿A quién chingados le importaban los sueños ahora que las cosas se estaban descomponiendo en La Catarina? Mierda.

—Hay una mujer, no sé quién es, nunca la he visto en mi vida. Siempre es hermosa, siempre me quiere y yo la quiero y nunca es la misma. No hay sexo, no hay besos, ni siquiera nos tocamos. Sólo hay reciprocidad. No sé cómo explicarlo, Fer, pero es eso: el sentimiento de que me quiere tanto como yo la quiero, aunque no nos digamos una palabra —Braulio había atrapado mi atención—. Mientras tanto, en mi sueño no puedo creer en mi suerte; no puedo creer que una mujer tan bella, tan cariñosa, pueda amarme tanto como yo la quiero sin decir una palabra… Pienso que es una coincidencia demasiado afortunada. ¿Cuántas veces pasa eso en la vida? A mí, nunca.

—¿Y?

—Nada —contestó—. Es todo. No recuerdo nada más, aparte de que me siento feliz cuando tengo ese sueño. Debe ser como una puta droga; algo como lo que siente el heroinómano cuando se inyecta su mierda... Te dejas ir, te embarga la felicidad, la paz, el sosiego... No quieres despertar y ¡zas!, abres los ojos y descubres que no es verdad y por más que lo intentas ya no logras descifrar quién diablos es esa mujer ni dónde vive ni cómo doy con ella. Eso es lo que me encabrona, ¿sabes? Es la realidad la que me impide reconocerle la cara. Es la realidad la que nos impide ser felices, Fer.

¿Qué podía decir? ¿Felicitarlo? ¿Proferir que tenía razón, que una fibra muy íntima, dentro de mí, lo comprendía perfectamente? Nomás acabó su sueño de reciprocidad, Braulio me dijo que iría a darse una ducha y que luego intentaría hablar con Álvaro y Philip, a ver qué conseguía. Ya no pude trabajar esa mañana. Estaba demasiado aturdido. Ahora no sólo por la bronca entre Álvaro y el gringo, sino por el enigmático sueño que no sé por qué carajos recuerdo ahora con tal vivacidad, como si fuera mío.

De una u otra manera, lo que sí quedaba claro era que estos dos imbéciles estaban enamorados de la misma mujer, pensé con desasosiego. Philip y Álvaro no parecían entender el sentido profundo de esta aventura, el significado que al menos yo le daba: crear una colonia, una hermandad de artistas, una respuesta al mundo jodido y carcelario. Ésa era mi idea. Al igual que Lawrence, deseaba mi Rananim en el corazón de Oaxaca, una comunidad donde nadie se pelease con nadie, donde nadie envidiara lo del otro, donde no codiciáramos a la mujer del prójimo porque esa mujer era de todos, como en los falansterios que soñó Charles Fourier. Y casi lo lográbamos, casi... Ahora, con esta trifulca, se desintegrarían las cosas, pensé irritado; estos meses de buena voluntad, de camaradería, en un abrir y cerrar de ojos podían irse a la mierda por culpa de una mujer, me dije, aterrado, pero luego, casi de inmediato, pensé: ¿era *sólo* por *su* culpa o era, en cambio, nuestra culpa por habernos enamorado de la misma mujer? ¿O era porque había una para todos? ¿O era finalmente culpa del imbécil de Álvaro, que no sabía contenerse? Irene había sido suya y ahora no lo era, como tampoco era mía o de Braulio. De hecho, Irene no era de nadie, me dije, espantado. Ella lo había dejado estipulado desde que me cambió por Braulio hacía tres meses ya. Ella era de todos y de nadie. ¿De dónde esa idea malsana de propiedad, de posesión, estas prerrogativas que yo, al igual que Álvaro, me adjudicaba, aunque sin confesármelas? Acaso la única diferencia entre los dos era que yo, taimado y vil, me las había guardado, aunque en el fondo nada me distinguía del pintor de pacotilla...

Irene se había convertido en el centro de La Catarina; ella era el eje de nuestras vidas desde hacía largo rato. Todos la queríamos; cada uno la deseaba, aunque ella no se entregase por completo a nadie, sí, aunque a todos nos diera sólo un fragmento de su piel, una pizca... ¿Qué hacer? Esa misma noche, sin querer, lo sabría, pero antes Álvaro me susurró durante el desayuno que quería hablar conmigo. Me pidió que saliéramos a caminar por el Andador, y eso hicimos sin despedirnos de nadie.

—Ya sé lo que pasó ayer por la noche —dije al cerrar el portón, una vez que empezamos a caminar por la banqueta.

—¿Te lo contó el gringo?

—No, Braulio.

—Ah...

—Hagan las paces —dije.

—Mi pedo no es con él, Fer. El pedo es con ella. Philip y yo ya nos encontentamos. Él y Braulio fueron a mi cuarto antes de desayunar, ¿no sabías? Nos dimos un abrazo, hablamos largo…

—Me alegra —dije desacelerando el paso: Braulio había intervenido con excelsa eficacia, pensé—: No vale la pena emputarse por tonterías.

—Eso le dije a Philip. No vale la pena enojarse por una puta.

Me pareció oír la voz de Gracián. No las palabras, sino el tono, el timbre, el odio reconcentrado, el resentimiento masculino… Esquivé a un par de viejitas que venían al paso con sus bolsas del mercado. Álvaro igual. Por fin entramos al Andador. Estaba atascado de gente; niños pululaban por doquier, familias enteras iban y venían por el adoquinado; madres abnegadas empujaban sus carriolas; algunas jovencitas buscaban a sus amigas o sus novios; vendedores ambulantes intentaban llamar nuestra atención; agoreros de la suerte con sus canarios y sus jaulas nos pidieron que nos acercáramos y compráramos un papelito… Seguimos caminando sin rumbo fijo. ¿En qué estaría pensando Álvaro? ¿Acaso en lo mismo que pensaba yo y no me atrevía a desvelar?

—Temía que nos pidieras que nos fuéramos —dije, a punto de llegar a la escalinata de la catedral.

—¿Estás loco? Eres mi hermano, Fer —exclamó, girándose a mirarme, grave, circunspecto, y añadió—: La que debe irse es ella.

—¿Hablas en serio?

—¿No te das cuenta?

—¿De qué?

—Irene se ha vuelto la manzana de la discordia.

—No exageres. Te estás poniendo bíblico, cabrón —le dije, y luego agregué sin ninguna sutileza—: Estás encabronado porque ya no te hace caso, porque te cambió por el gringo.

—No es eso —respondió—: ¿Acaso es muy difícil para ti dejarla? ¿Tanto la quieres, Fer?

—En absoluto…

—¿Entonces qué carajos es?

Me quedé callado. No sabía qué responder. Un anciano con bastón casi choca contra mí; tuve que esquivarlo. Le pedí una disculpa, aunque él debía habérmela pedido a mí. Siguió de largo. ¿Estaría ciego? Empecé a sudar. La pregunta me incordiaba: intuía que Álvaro tenía razón, pero algo adentro se aferraba a la idea de compartirlo todo, incluida a Irene.

La sombra de la catedral nos amortiguó, por fin, el calor sofocante. Allí permanecimos un rato.

—En el fondo nos estorba, y tú lo sabes —insistió Álvaro.

—Entiendo, pero…

—¿Quieres recuperarla? ¿Es eso, Fer? ¿Eres tú quien quieres darle baje al gringo, lo mismo que Philip me dio baje? Admítelo. Nos hemos metido en un pinche círculo vicioso y tu puta nos tiene agarrados por los güevos a los cuatro. Tú la deseas para ti tanto como yo la quiero para mí, sólo que tú te haces pendejo. Agazapado en tu cueva, esperas a que Irene un día se canse de Philip para que te la puedas llevar a la cama otra vez. ¿Crees que no te conozco?

Pinche Álvaro: no podía engañarlo. Me conocía mejor que yo mismo. Rananim no iba a funcionar de esta manera, no así, disputándonos los cuatro una misma mujer. Mi colonia estaba primero que cualquier hembra. Nadie podía estar por encima de lo que, juntos, éramos… Con todo, el escozor persistió esa tarde, durante el camino de vuelta, aunque no volviéramos a tocar el tema otra vez. Comimos los cinco en el patio central como si nada hubiese ocurrido la noche anterior. Incluso Irene parecía haberse olvidado del asunto. La juerga, la disputa y el póker no habían ocurrido jamás. Así como no estuve presente, tampoco lo habían estado ellos, parecían concurrir mientras masticaban y bebían, contentos. Hablamos de Hierve el Agua. Fue Braulio quien dijo que debíamos ir. Había oído muchas cosas del lugar: cascadas petrificadas desde hacía miles de años, formadas con carbonato de calcio de hasta treinta metros de altura. Era una pena que no las hubiéramos visitado durante todo este tiempo, insistió.

—No está cerca —comentó Philip—. He oído que es una lata llegar hasta allá.

—Qué importa —dije.

—Vayamos este fin de semana —declaró Irene sin imaginar que estaba sentenciando allí, frente a todos, su propia muerte. De hecho, yo tampoco lo imaginaba.

—Mejor vayamos pasado mañana —dijo Álvaro—, así no habrá tanta gente. Tendremos los estanques para nosotros y una vista espectacular. Los fines de semana es un balneario insoportable.

—Antes podemos pasar por Mitla —dije—. Está de camino…

—¿Otra vez? —se giró Irene a verme, impaciente.

—Sólo quiero tomarme unas fotos apoyado en las columnas. Lawrence se tomó unas hace cien años.

—Estás loco —se rio el gringo y con eso quedó zanjada la conversación.

Esa tarde, encerrado en mi recámara, releí *The Fox*, una novela corta de Lawrence que no había retomado en mucho tiempo. De alguna manera, *The Fox* presagiaba lo que estaba por ocurrir en Hierve el Agua, pero en ese momento no podía siquiera imaginarlo.

La lluvia había empezado nomás terminamos el almuerzo y no escampó hasta el día siguiente. El calor se transformó en tormenta de verano. No había nada más que hacer, salvo ponerse a resguardo en nuestras habitaciones, ver televisión, leer o estar a solas, meditando. Con todo y nuestra buena voluntad, estaba claro que las cosas en La Catarina no estaban listas para continuar la sobremesa, como solíamos hacer cada tarde: necesitábamos nuestro espacio más que nunca. Yo también lo necesitaba, pero alguien vendría a interrumpirme sobre las seis y media. Recuerdo que empezaba a anochecer y también que tenía encendida la lamparita de buró junto a la cama, con la luz apuntando a mi libro. Abandoné *The Fox* y el marcador fosforescente a un lado. Era ella, por supuesto. Entró a la recámara sin pedir permiso y me dijo, atolondrada y sin sentarse:

—Doña Casandra vino a verme, Fer. Me pidió que me fuera.

—Pero ¿por qué? —le contesté mientras me sentaba en la orilla de la cama, tratando en dos segundos de sopesar sus palabras y sus gestos—. ¿Que te fueras adónde?

—Que me vaya de la casa —explotó con rabia.

—Pero ¿cuándo te dijo eso?

—Hace media hora.

—¿Y por qué?

—Eso mismo le pregunté —y acto seguido, remedó a la anciana—: "Porque es mejor para todos". Eso dijo, ¿lo puedes creer?

—¿"Mejor para todos"? —repetí, pero en ese momento recordé la visita intempestiva de doña Casandra a la biblioteca esa mañana. ¿De eso quería hablarme?

—¿Te dijo quién le había pedido que te dijera eso?

—Se lo pregunté, por supuesto, y dijo que nadie —respondió, ofendida—. No me lo creo, ¿sabes? ¿Por qué tendría que pedírmelo ella? ¿Qué le hice yo a esa mujer? ¿Acaso tú se lo pediste, Fer?

—Pero ¿estás loca? —riposté, levantándome de un salto—. ¿Cómo se te ocurre eso?

—Imaginaba que no eras tú —dijo, intentado tranquilizarse, pero sin conseguirlo—. Fue Álvaro. Me odia, el cabrón.

—¿Se lo preguntaste a la anciana?

—Sí, pero doña Casandra lo negó con la cabeza.

Se quedó callada, lívida, encapsulada en su cólera. La lluvia se oía afuera, insistente y pérfida; repicaba contra la ventana del cuarto: gotas negras, luminosas...

—No creo que Álvaro te odie, como dices —solté.

—Me detesta y sé de sobra por qué —se detuvo, y luego añadió—: No me lo preguntes, Fer. No te lo puedo decir. Nada que ver con Philip. Es otra cosa.

—¿Fue por la apuesta en el póker?

—Eso es lo de menos. Aquello fue la gota que derramó el vaso. Hay más, mucho más. Quizás un día lo entiendas.

—Dímelo.

—No importa —respondió, dirigiéndose a la puerta, decidida y envalentonada.

Me levanté para intentar retenerla, y sólo entonces pronunció con voz enfática y rotunda, como nunca la había oído y sin dejar de mirarme a los ojos:

—Si me voy, Philip y Braulio se vienen conmigo.

—¿Qué?

—Como lo oyes —y de inmediato agregó, al tiempo que abría el picaporte—: Tú puedes venir, si quieres, por supuesto. Decídelo pronto o habla con tu amigo.

No pude decir una palabra; no conseguí detenerla: no supe tampoco si había hablado con Braulio y Philip o si asumía que se los llevaría con un simple chasquido de los dedos, que dejarían ambos La Catarina, la comuna, y a mí, *sólo* por estar con ella, *sólo* por continuar bajo el embrujo de su cuerpo exquisito, su culo, su vulva, sus brazos, su vientre, sus piernas morenas…

42

Para un hombre que está a punto de morir, no deja de asombrar la fuerza que Lawrence todavía conserva; si no precisamente la fuerza física, sí la de la imaginación y la creatividad, las cuales no lo abandonan hasta el final de su vida. Todas las mañanas, hasta el día de su muerte, acostumbra enderezarse sobre su lecho de enfermo poniendo, primero, dos cojines contra su espalda; acto seguido acomoda otros más bajo sus piernas, y así, doblado, escribe hasta que la fatiga o la tos lo derrumban. Por la tarde, si ha logrado descansar un poco, vuelve a la carga: tiene mucho que decir todavía, muchísimo que escribir. Aunque moría en deseos de emprender una nueva, ambiciosa, novela, ya no tuvo tiempo de hacerlo. Los últimos meses se concentró en sus *Last Poems* y terminó de preparar su colección de *Nettles*, ambos publicados póstumamente. Es increíble que pudiese empezar y concluir, entre octubre y diciembre de 1930, su último libro, *Apocalypse*, el cual inicia como una mera introducción para el libro sobre antiguo simbolismo religioso de su amigo, el astrólogo Frederick Carter. Conforme lo escribe, Lawrence se da cuenta de que él también tiene mucho que decir al respecto. Al final, entrega una versión a Carter y termina otra, más larga, sobre el asunto. En realidad, Lawrence aprovecha el parapeto del simbolismo para expresar su propia visión pagana del mundo, una en la que, según piensa, deberíamos vivir y a la que nos alienta a retornar. Su eterna diatriba contra el individualismo y el progreso se cristaliza en estas últimas páginas. Está convencido de que las culturas socio-céntricas, como la etrusca, son la única posible salvación del mundo industrializado. La tecnología y el materialismo han roto nuestra capacidad de conexión con el otro. Todos somos parte de todos, insiste; mas no sólo estamos conectados con otros seres humanos, sino sobre todo con la naturaleza y el cosmos, a los que hemos perdido de vista. En este sentido, podría decirse que su visión final del mundo se acerca, mal que bien, a cierta forma de panteísmo. Su vieja añoranza por una comunidad de hermanos artistas vuelve también a resurgir con renovada energía. Sueña otra vez con Rananim e imagina que esta comuna un día llegará a existir en Kiowa, Nuevo México, el mismo exacto sitio donde alguna vez se sintió completamente feliz. En *Apocalypse* escribe que los hombres deberíamos vivir como en la antigua Grecia, departiendo cotidianamente sobre la vida y la muerte, la felicidad y la miseria, en algún jardín exótico, en plena camaradería y en armonía con la naturaleza. Y contra su añeja teoría de que nadie jamás debería arrogarse el papel de maestro, dice que quizá entonces por fin aceptaría desempeñar ese papel.

Sus hermanas Ada y Emily desfallecen de deseos por ir a visitarlo en enero y febrero, pero esta vez Lawrence es quien las disuade; no quiere que lo vean flaco, macerado, hecho un frágil pergamino pegado a los huesos. La noche de Año Nuevo, mientras corrige las pruebas de sus *Nettles*, coge un espantoso resfriado que agrava severamente su salud. El frío de Bandol no hace sino empeorar las cosas. El doctor Morland, recomendado de Koteliansky, lo ausculta una noche y opina que en cualquier momento morirá de asfixia. La única posible salvación es la de dejar de recibir visitas y parar de trabajar por completo. Aunque acepta la primera recomendación, se niega a seguir la segunda: para él, el trabajo lo es todo, la vida no tiene sentido si no puede enfrascarse en lo que le apasiona. Escribir, pensar el mundo desde la escritura, explorar su propia vida y la de sus semejantes a través de esas historias que imagina, entrever la condición humana recreando sus vidas, sus muertes, sus aventuras y sus vicisitudes. Eso ama.

El 6 de febrero de 1930, Lawrence es admitido en Ad Astra, el mismo sanatorio que el doctor Morland había recomendado. El escritor ha cedido con muchos trabajos. El lugar está a cinco horas de Bandol, en Vence, la ciudad de Matisse y Chagall, en los Altos Alpes Marítimos, no muy lejos de Niza. Aunque el sitio es placentero y los días soleados, no hay signos visibles de recuperación. De hecho, las cosas empeoran. Lawrence sabe que la muerte ya lo habita y que Frieda siente (con razón) enorme repugnancia hacia ese muerto viviente en el que se ha convertido. Se lo confiesa así a su hija Barby, quien se ha desplazado a Vence para atenderlo. En algún momento, Frieda piensa escapar de allí yendo a visitar a Ravagli, pero éste la detiene en el último momento: le dice que debe seguir al lado de su marido hasta el final. Las hermanas de Lawrence insisten en que quieren ir a verlo, pero éste las detiene mintiendo que pronto se recuperará e irá a buscarlas. En esos últimos días contrae, para colmo, pleuresía y pierde el apetito. El final se aproxima y por eso una mañana le pregunta a Frieda si, acaso, debería reescribir su testamento, pero ésta lo disuade: intuye que, si le dice que lo haga, estaría corroborando lo que, de todas maneras, ambos ya adivinan.

El 24 de febrero de 1930, el novelista H. G. Wells lo visita en Ad Astra y le dice que debería permitirle a un escultor que él conoce ir a hacerle una escultura.

Dos días más tarde, el norteamericano Jo Davidson arriba al sanatorio para esculpir una cabeza de barro del escritor. Aunque las dos sesiones (cada una de dos horas, pues Lawrence pide descansar) son en extremo joviales, al día siguiente, el poeta escribe en su diario: "Jo Davidson vino a verme e hizo una cabeza de barro; me dejó exhausto. El resultado: una mediocridad". Éstas serán las últimas palabras escritas por Lawrence. Acaso no sean también sino la más nítida confirmación de que, al final, todo lo que hagamos (todo lo que escribamos) no dejará de ser —y sin importar cuánto nos afanemos por la perfección— una excelsa mediocridad.

Después de tres semanas de inútil estancia en Ad Astra, Lawrence exige a gritos que lo saquen de allí. No puede más. Está arrepentido de haber cedido a las recomendaciones de Morland, e incluso el doctor mismo llega a cuestionarse si, acaso, hubiese sido mejor dejarlo pasar sus últimos días en su casa de Bandol. Barby consigue alquilar una no muy lejos del sanatorio, la Villa Robermonde, y así, el 1 de marzo de 1930, los tres se mudan al nuevo hogar. Frieda le amarra las agujetas de los zapatos antes de partir y los tres toman un taxi. El conductor lo ayuda a subir a su nueva habitación y Barby encuentra una enfermera para que lo atienda unas horas al día. Frieda no se despega de él. Lawrence le ruega que esté a su lado a cada instante, aunque rehúsa que lo ayude nadie con sus necesidades. Él se levanta solo del lecho y las atiende; incluso se peina y se afeita. La mañana del domingo 2 de marzo, los Huxley le hacen una visita por la tarde. Hacia el ocaso de ese domingo, el sufrimiento lo martiriza: no consigue respirar, pierde el aire por segundos. Barby sale disparada a buscar un doctor, pero no lo encuentra en ningún lado. Lawrence empieza a delirar; no sabe dónde se encuentra y ni siquiera quién es: habla de sí mismo como si se tratara de otra persona. Frieda empieza a llorar y Lawrence le pide que no lo haga, la consuela en su delirio. Barby, que ha vuelto a la villa sin doctor, lo acomoda sobre su regazo, luego lo hace Frieda y finalmente lo abraza María Huxley. Barby y Aldous Huxley salen otra vez por la noche en busca de un médico que pueda mitigar el sufrimiento del escritor —o al menos alguien que pueda ayudarlo a pasar esa última, espantosa, noche en paz—, pero al volver descubren que David Herbert Lawrence, el mejor novelista del siglo XX, ha muerto a las 10:15 pm en brazos de María y tras haberle pedido a Frieda que le diera cuerda al reloj.

43

¿Irme? ¿Abandonar los cuatro La Catarina? ¿Adónde diablos nos iríamos y con qué dinero? ¿Sin Álvaro? Era una completa locura, un despropósito. Nadie tenía suficiente para vivir como lo hacíamos aquí, en el antiguo hotel boutique de la tía de Álvaro, sin pagar alquiler, viviendo casi a expensas de mi amigo. Oaxaca era barato y no nos costaba mucho sobrevivir: apenas la comida, nuestras salidas y una pequeña propina semanal a don Isidro y su mujer. El del dinero, el verdaderamente rico del grupo, era el pintor, ni qué hablar. Él se hacía cargo de los gastos de La Catarina: luz, agua, internet... Pero ¿cómo había ocurrido este desaguisado? ¿Cuándo exactamente pasó?, me debatía, furioso, en mi recámara. ¿Quién carajos lo había iniciado todo? ¿Irene o el pendejo de Álvaro? ¿Qué diablos había ocurrido en su alcoba esos días que estuvieron juntos? ¿Qué hicieron o dejaron de hacer? ¿Qué le pidió uno al otro que instigó su ruptura? ¿Qué mierda hizo él que provocó que mi hetaira lo cambiara tan pronto por el gringo? ¿Era por Philip que estaba ella con él o era ésta simplemente la fachada? ¿Se había enamorado del gringo? Imposible. De nadie se enamoraba mi vestal, estaba claro. ¿O acaso había empezado a enamorarse del sinvergüenza de Álvaro? ¿Era eso lo que los tenía atados en esta estúpida rencilla? No, tampoco. Allí no había amor. Allí había odio, puro resentimiento y un absurdo secreto que no compartirían con nadie. No pude dormir esa noche. Ni siquiera quise salir de mi habitación a merendar: mágicamente, había perdido el apetito. Di vueltas por mi cuarto un largo rato y luego di vueltas en la cama... Debí haber caído, rendido y hastiado, ya muy tarde, casi ya de madrugada, no lo sé, pues temprano, a oscuras todavía, escuché un golpecito insignificante en la puerta. No hice caso. Continué obstinado en mantener a como diera lugar mi duermevela o lo que fuera que me mantenía cobijado, alienado del mundo. ¿Estaría soñando ese ruido? Volví a escucharlo, suave: un golpe que no quería despertar a nadie, un chasquido de madera que bien podía haber sido el roce de un alacrán sobre el mosaico frío. Otra vez el breve golpe, un runrún. No, alguien definitivamente me quería. Alguien llamaba a la puerta. Vi el reloj fosforescente en mi buró. Eran las seis pasadas. ¿Quién podía ser a esta hora? ¿Irene, otra vez? Me levanté a rastras, me desperecé y abrí la puerta a regañadientes: era don Isidro. El anciano estaba allí, cejijunto y arrugado.

—Buenos días, don Fernando —dijo—. Disculpe que lo despierte.

—No pasa nada.

—Como no aparecía para trabajar esta mañana, nos preocupamos.

¿Se preocuparon? ¿Quiénes? ¿Y por qué tendrían que preocuparse? ¿Sólo porque no aparecía una puta mañana a trabajar en la biblioteca? ¡Nomás eso faltaba!

—Es que siempre llega tempranito —se disculpó— y mi mujer lo esperaba con el café recién hecho, como siempre.

¿Estaba soñando esta incongruente visita? ¿Era parte, acaso, de mi vigilia? Por supuesto que no, aunque todo era levemente absurdo, incluso desde ayer, desde la visita intempestiva de Irene... Jamás en todo este tiempo se habían apersonado don Isidro o su mujer en mi habitación, y mucho menos a esta hora y sólo porque una mañana cualquiera decidía no aparecerme a trabajar en la biblioteca del fondo…

—Pero son las seis —dije.

—Seis y media —me corrigió—. Mi mujer necesita hablar con usted. ¿Puede pasar?

Allí estaba el motivo, pensé. No vino por el café ni porque estuviesen preocupados; estaban aquí porque deseaban hablar conmigo, nada más y nada menos. Vacilé un instante; luego le dije que pasaran. Nomás decirlo, don Isidro se movió, dio paso a su mujer y acto seguido lo vi alejarse en el pasillo a oscuras, sin despedirse. Doña Casandra entró en puntillas y cerró la puerta tras de sí. Aunque aparentase otra cosa, la anciana se tenía un buen tramo de confianza, cavilé, al tiempo que encendía una de las luces, la menos intensa. Quedamos en penumbras. Columbraba su perfil. Le pedí que se sentara en una silla de mimbre y yo hice lo mismo en otra, justo enfrente, atravesados los dos por una pequeña mesa ovalada en la que tenía varios libros hacinados.

—Uno de los estanques es más hondo que los otros —murmuró.

—¿Qué estanques?

—Los del balneario en Hierve el Agua. ¿Qué otros? Los conozco bien. Mi marido y yo hemos ido muchas veces. Claro: cuando éramos jóvenes.

—¿Por qué me dice esto?

—Porque Irene no sabe nadar y los estanques no son hondos. Ninguno es hondo en realidad, excepto uno: el más grande.

Un mazazo golpeó mi cabeza de pronto: la confusión, el sobrecogimiento, se apoderaron de mí. ¿Estaría escuchándola bien? ¿Continuaba soñando esta visita y lo que ocurría era parte de una extendida, insoportable, pesadilla?

—Yo estoy encargada de Alvarito —dijo la anciana.

—Creo que Alvarito es un hombre —contesté, bastante enfadado, y añadí: —De hecho, es un señor de mi edad.

—Para su señora madre y para su tía, que en paz descansen, no lo es, al menos no todavía —murmuró, y acto seguido, agregó de la forma más críptica del mundo—: Aparte de que esto, *ella* ya lo sabe.

—¿Quién es *ella*?

—La seño Irene.

—¿Qué diablos sabe? ¿Que no es un adulto, según usted?

—No...

—¿Entonces?

—No se lo puedo decir.

—¿No me lo puede decir? ¿Por qué?

—No puedo...

—¿Y sólo por esa razón...? —me callé en el acto.

—Sí —confirmó la vieja como si leyera mis pensamientos, y añadió, impávida—: Nadie tiene que hacer nada. Será ella solita quien lo haga.

—Pero ella no quiere ahogarse.

—Entonces tendrá que irse.

—¿Quién dice que tiene que irse?

—No importa quién dice...

—¿Álvaro?

—No importa —insistió.

—¿Entonces qué diablos es lo que importa?

—Importa que se irían ustedes tres, y nadie quiere que se vayan de esta casa.

—¿Por qué lo dice?

—Usted lo sabe de sobra, don Fer. Si ella se va, se irán con ella.

—Pero yo no me quiero ir a ninguna parte. Yo quiero arreglar las cosas. Tampoco quieren irse el señor Philip y el señor Braulio.

—Se irán si no lo remediamos. Se lo prometo. Estoy vieja, pero sé de estas cosas.

—¿Por eso tiene que haber un accidente?

...

—¿Álvaro le pidió que viniera a verme? —le pregunté, otra vez, levantando la voz ligeramente—. ¿Fue su idea o la de usted?

—Ya le digo que eso es lo de menos, don Fer —y acto seguido—: ¿Sigue usted enamorado de ella? No es de mi incumbencia, pero eso aclararía las cosas...

—No, no estoy enamorado.

—¿Entonces?

—¿Entonces qué?

—¿Entonces qué lo frena?

—Nada me frena, doña Casandra —levanté la voz—. ¿No puede ella simplemente marcharse?

—Ojalá así fuera, pero usted y yo sabemos que no lo hará... Es terca como una mula. Todas son tercas...

—Y el secreto, ¿cuál es?

—Olvídese de eso —insistió la anciana—, no hay secreto. Es mejor así.

Se levantó de su silla, y agregó a punto de salir de la recámara:

—Hay siete estanques; el más apartado, el que está mirando el valle, es el más hondo. Mi marido y yo hemos ido muchas veces. Les va a gustar. Las cascadas son de sal. Están petrificadas.

—Ya no se me antoja ir a Hierve el Agua.

—Claro que irán. Usted no tiene que hacer nada, le repito; sólo tiene que *no* acompañarlos abajo...

—¿Abajo?

—Sí, abajo del valle, abajo del barranco. Cuando decidan bajar hasta el final de las cascadas, quédese con ella arriba. No baje. Quédense los dos a nadar en los estanques. De todas formas, ella no querrá ir con los hombres, se lo aseguro: la bajada está bien empinada y volver a subir es harto difícil… Sólo entonces, cuando se queden solitos, invítela usté a nadar al estanque más hondo, como le digo: el que está más cerquita de la orilla, al filo del abismo.

—No haré lo que me pide.

—Yo no le estoy pidiendo nada.

—¿Entonces quién me lo pide? ¿Álvaro?

—Para poder seguir aquí, como hasta ahora, no hay otra salida, y usté lo sabe mejor que yo —terminó por decir entre las opacidades de la recámara, y luego salió sin despedirse, tal una bruja malvada o un execrable fantasma de mi imaginación.

44

Por muchas semanas he pensado si todo lo que cuento sucedió tal como digo o si fue más bien el entramado siniestro de una pesadilla, una alucinación estimulada por el mal dormir y las pastillas que el pinche gringo me daba de vez en cuando. Aunque a ratos me obstino en desmentir mi propia historia (la que narro aquí), sé de sobra que lo que relato, al fin y al cabo, sucedió, palabras más palabras menos… Es cierto que poco más tarde, a mediodía, desperté con una horrible jaqueca y una indecible punzada en el cuello; también es cierto que, primero, escuché los ruidos y el alborozo de mis amigos allá abajo, en el patio central del edificio, y que todo eso, a la postre, consiguió sacarme de mi somnolencia. Acto seguido me di una ducha de agua helada y luego bajé sin afeitarme. Los miré a los cuatro, vivarachos, joviales; nada parecía haber ocurrido: ni la riña del póker dos días atrás, ni las visitas nocturnas de uno u otro a mi habitación, ni los planes imaginarios (o no imaginarios) que elucubré esa madrugada o la noche anterior. Nada. Incluso cuando a los dos minutos aparecieron don Isidro y su mujer junto a la fuente, no noté nada extraño, ni una mirada de entendimiento o un comentario indiscreto. Me ofrecieron un café y se marcharon. Tampoco observé nada disímbolo en Álvaro. Al contrario: mi amigo estaba más dicharachero que nunca, tal como si no me hubiese pedido deshacerme de Irene el día anterior, en el Andador del centro y más tarde en el atrio de la catedral. Philip y Braulio estaban felices. Irene reía no sé por qué diablura que había hecho. Los vi abrazarse y tomarse una foto con el celular. Casi me tropiezo por contemplarlos tanto tiempo, ensimismado, casi incrédulo. Soltaron una carcajada al notarme tan maltrecho.

—¿Estás listo? —dijo el gringo—. Llevamos un rato esperándote.

—¿Esperándome?

—Te quedaste sin desayunar, pendejo.

—Sí, te chingaste, mano —añadió Braulio—. Ya nos vamos.

—¿Adónde?

—¿Cómo, adónde? A Hierve el Agua —dijo Álvaro de la forma más natural del mundo.

—Pensé que iríamos...

—Dijimos hoy —se rio Irene—. ¿En qué mundo vives, Fer?

—Y olvídate de Mitla —apuntó Braulio—, iremos en otra ocasión. Ya es tarde para irse a tomar fotitos con Lawrence, ja ja ja. Lo siento, güey.

—Si vamos a Mitla, se nos va toda la mañana —contemporizó Álvaro.

—¡A Hierve el Agua! —gritó Irene con júbilo, como si la imbécil no fuera a morirse esa tarde, como si nunca hubiese ido a mi habitación la noche anterior a quejarse conmigo, como si no me hubiese amenazado con largarse y llevarse a mis amigos de La Catarina...

Tal y como predijo la anciana, el lugar tenía exactamente siete pequeños estanques, los siete desparramados sobre la esquina de una montaña, casi en la cima. Parecían siete ojos de agua tornasolados mirando, perennes, el horizonte, a escasos metros del barranco y a apenas una docena de donde se comenzaban a formar esas extrañas cataratas de sal petrificadas. Desde esos estanques manaban pequeños arroyuelos de carbonato de calcio, una especie de baba blanca vertiéndose, ininterrumpida, hacia las orillas, hacia abajo, formando infinitud de estalactitas... Por cientos de miles de años, esos minerales fluían, lentos, y éstos a su vez brotaban, burbujeantes, del fondo de los siete pozos. Me sorprendió que no hubiera un solo barandal, ni un cerco, que defendiera a los turistas de una posible, estrepitosa, caída en el vacío. Nada. Cualquiera podía aproximarse a la orilla, asomarse al precipicio, descalzo, entre peñascos resbaladizos y musgosos... ¿Cuántos habrían muerto allí?, me pregunté mientras nos desvestíamos al lado de un árbol solitario y raquítico, en medio de los estanques. ¿Cuántos niños o ancianas no se habrían resbalado? Ninguna seguridad, ni un policía, ni siquiera un señalamiento indicando el peligro inminente. Así era México, pensé, ¿por qué debía asombrarme si la vida aquí no vale nada?

A escasos doscientos metros, Álvaro había estacionado el auto luego de conducir por hora y media en una carretera sin coches, camiones o gasolineras. El estacionamiento del balneario no era sino un tramo de terracería en la montaña empinada. Poco antes, y para poder llegar hasta allí, habíamos topado con un estrecho sendero repleto de baches, sin pavimentar, extensión de una salida de la autopista, sin ningún señalamiento. Como mi amigo había predicho, no era fácil llegar a Hierve el Agua. Lo bueno era el clima de esa tarde: hacía sol, un calor perfecto para meterse al agua y remojarse. Eso hicimos. Irene preguntó si estaba hondo y Braulio le dijo, muerto de risa, que en absoluto: el estanque en el que estábamos apenas tenía un metro de profundidad. A pesar del nombre, los pozos de Hierve el Agua manaban agua fresca, a ratos incluso helada. Eso no nos importó; queríamos meternos, sacarnos el calor polvoriento que se nos pegaba al cuerpo como un ciempiés. Asustada al principio, un poco más segura después, Irene empezó a patalear como una niña malcriada, dejándose arrastrar, ora por Philip, ora por mí, ora por Braulio y hasta por el mismo Álvaro. A cada uno nos daba un expedito beso en los labios, con todos flirteaba, a cada uno nos decía que era suya pero que era también de los demás. Se dejaba acariciar la espalda y la cintura al pasar por nuestras manos, recorría la punta de sus dedos magníficos por nuestro cuello y nuestros hombros… A los pocos minutos, empezamos a salpicarnos unos a los otros, regocijados y alacres, despreocupados del mundo. Nadie estaba en Hierve el Agua salvo los cinco, ni un vendedor ni un vigilante ni siquiera un perro desorientado. Serían las tres de la tarde, no sé. El sol lucía duro, como una pirita encendida, encima de nosotros. El valle se extendía enfrente, infinito y verde; el horizonte, casi un zafiro cortado en cabujón; las cascadas, en cambio, no podían mirarse en su amplia magnitud a menos que uno se alejara de los estanques y las viera de perfil, o bien si uno se acercaba lo suficiente hasta la orilla y osaba asomarse cincuenta metros bajo tierra.

Como parte de un programa establecido, Álvaro dijo de repente:

—Bajemos. Desde abajo se ven mejor las cascadas. Son impresionantes. Desde aquí no se aprecian casi nada.

Sin pensárselo, Philip gritó:

—Vamos —y salió del estanque y empezó a secarse y ponerse los tenis bajo el pequeño ficus sin hojas.

Estaba a punto de salir del agua yo también, cuando Irene rezongó, tomándome del brazo:

—No, tú quédate conmigo, Fer. Acompáñame, no seas malo. No pienso bajar. Prefiero quedarme.

—Subir es atroz —corroboró Álvaro—, y yo no te pienso cargar de regreso…

Los cuatro soltaron una carcajada. Los cuatro menos yo.

—Yo tampoco; estás muy pesadita… —se rio Braulio saliendo del estanque y yéndose a secar bajo las ramas del árbol, junto al gringo.

—Sí, me lo advirtió don Isidro —comentó Irene sin dejar de chapotear.

—¿Qué? —dije, asombrado, sin soltarla de la cintura, los dos aún metidos en el agua casi helada.

—Que no bajara, que está muy empinado —contestó mi ninfa, mi puta, mi canéfora, mi amor—, que allá abajo es un puro lodazal y que luego subir es imposible.

—Pues no bajes —insistió Álvaro.

—No bajes —gritó el gringo.

—Quédate con el mandilón de Fernandito —se rio Braulio otra vez y los tres, ya vestidos y a medias secos, enfilaron hacia la derecha, detrás de unos chamizos, donde se vislumbraba el inicio de un sendero, uno que seguramente conducía, cuesta abajo, al lecho acuoso de esas anómalas formaciones de sal petrificadas.

Antes de contar lo que ocurrió esa tarde y nadie sabe, he decidido hoy salir de este escondrijo y entregarme a las autoridades, he decidido contarles mi historia, mi versión de los hechos, desde el principio, como los he narrado aquí, sin ahorrarme detalles… ni los más crudos. Estoy harto de vivir en mi escondite, en este pestilente cuchitril sin ventanas, sin aire, sin luz eléctrica y sin teléfono. Continuar así, indefinidamente, es un calvario. Éstas son las últimas líneas que pondré a esta aciaga confesión, la cual inicia, ya lo dije, con un puro espejismo, o mejor: con un doble espejismo… Primero, aquel de huir de mi país buscando la Tierra prometida en los Estados Unidos, el espejismo de formar una familia con María durante veinte años cuando lo cierto es que nunca la quise, nunca la amé; el espejismo de sentirme gringo cuando no lo fui, cuando nunca lo he sido, a pesar de que mis hijos sí lo sean; y el segundo, el peor de los espejismos: el de volver a mi patria arruinada y creer que en México podía construir un falansterio en armonía, una pequeña colonia de artistas afines, siempre siguiendo las huellas de mi amado Lawrence, quien, al fin y al cabo, tampoco encontró su acariciado oasis en Oaxaca, sino todo lo contrario: hallaría aquí la enfermedad, la desazón, la pobreza y hasta, por un pelo de gato, la muerte…

Hay tres versiones del final, de este final, digo: la verdadera, la auténtica y la verosímil. Cada uno podrá elegir la que más le convenga o la que quiera creer.

Cuando todos se fueron y nos quedamos Irene y yo en el balneario, solos, en esa cima pelona sobre la montaña, con el viento rugiendo a flor de piel, ella dijo que saliéramos, que empezaba a darle frío el aire a pesar del espléndido sol que hacía en el cielo transparente. La seguí. Nos acercamos al árbol donde estaban hacinadas nuestras cosas, la sequé y acto seguido nos dimos un beso distinto al de los otros, es decir, un beso largo y apasionado como no nos habíamos dado en mucho tiempo, acaso desde que me dejara y me cambiara por Braulio. Entonces dijo:

—Voy a acercarme a la orilla, Fer. Quiero ver las cascadas de cerquita.

—Ten cuidado. Está muy resbaloso.

Zigzagueando, esquivando cada estanque, cada uno de los múltiples arroyos de babas salinas, Irene llegó al filo, no más de veinte metros del mismo ficus donde la podía seguir con la mirada. Recuerdo haber pensado contra mi voluntad: "Y si se cayera, si Irene resbalara, ¿qué pasaría?" Y luego me dije como en una especie de acto reflejo, sin premeditación: "Todo seguiría igual en La Catarina, nadie se tendría que ir a ningún lado. Nos quedaríamos los cuatro hombres solos y tranquilos. La comuna continuaría siendo posible. Tal vez Álvaro tenga razón". En *The Fox*, el joven Henry Grenfel ayuda a cortar un viejo roble a dos mujeres con las que ha vivido por una corta temporada. A una de ellas, March, Henry la ama con locura y quisiera casarse y vivir para siempre con ella; a la otra, la aborrece, lo mismo que ella lo detesta a él. Es por culpa de Banford, la segunda, la menos femenina de las dos, que él ha tenido que marcharse de la granja donde le habían ofrecido hospedaje ambas mujeres por una corta temporada. Ahora que, inesperadamente, ha vuelto a visitarlas, Henry se presta, como digo, a ayudar a las dos mujeres a talar el inmenso roble muerto. Al mirarlo y ponderar sus dimensiones, Henry sabe exactamente dónde caerá. Lo vaticina. Ha sido leñador, aparte de soldado. Tiene experiencia en estos menesteres. Barrunta que el árbol se desplomará encima justo de Banford, la culpable por la que él no ha podido reunirse con su amante y vivir en la granja, feliz. En un último acto de casi involuntaria clemencia, Henry le grita a Banford que se quite, le avisa que el roble está a punto de caer, y que lo hará justo donde ella se encuentra. Incrédula, su rival se ríe de él; le dice que siga golpeando con el hacha, que no se preocupe, que el árbol no caerá donde ella se encuentra, de ninguna manera… Él empieza a golpear la corteza con furia, casi con devoción. Por fin, dando el postrer hachazo, el último necesario para derribar el recio y viejo roble muerto, contempla (casi en cámara lenta) lo que él ya preveía que iba a suceder: el añoso árbol se desploma encima del cuerpo de su rival. Henry presiente (adivina) ese golpe en cada partícula de su cuerpo, en su sangre hirviente y en sus venas, y Lawrence nos lo deja saber con ímpetu y sutileza terribles a la vez.

Cuando dije que había releído *The Fox* —la misma noche que Irene fue a buscarme— y que ese relato estaba inextricablemente unido a mi historia (o al final de esta historia), me refería a esa minúscula parte nada más: al instante en que Irene se aproxima al filo de las pétreas cascadas con el ánimo osado de asomarse mientras el viento, enardecido, aúlla y la empuja hacia un lado y ella trastabilla y se resbala y cae, indefensa, al precipicio. Yo, como Henry, deseaba y no deseaba su muerte; incluso, al igual que Henry, la previne de esa muerte, le pedí que no se acercara demasiado a la orilla, pero, al final, yo no maté a Irene, yo nunca puse un dedo encima de mi hetaira, aunque pueda, sí, confesar que una parte involuntaria de mí acaso lo deseara.

La otra versión, la segunda, es aquella que doña Casandra o Álvaro (nunca lo sabré ya) planearon y adelanté ya con excesivo lujo de detalles: yo le digo a Irene que vayamos al estanque más hondo del balneario; al verla dubitativa con el plan, la animo con una caricia, le digo que la cuidaré, que no se preocupe de nada. Aunque irresuelta al principio, Irene al final acepta mi propuesta, me coge de la mano y camina, de puntitas, a mi lado, esquivando los musgos pegados a las piedras. Allí, junto a la alberca más honda, poco a poco, los dos, una vez más, nos metemos, descendemos paso a pasito, sintiendo el agua helada subir por nuestra piel, por los tobillos y rodillas, por nuestras cinturas, por nuestros vientres hasta ese momento irrepetible en que ella no consigue tocar fondo con los pies y yo la tomo y le digo que no tenga miedo, y ella, confiada, da ese último, postrer, salto, amorosa, esa brazada fatal, la misma que la lleva al punto de no-retorno, a la zona más honda del estanque más profundo del balneario y con ello mi antigua vestal firma su sentencia pues yo ya no estoy al lado de ella para rescatarla, me he dado la vuelta cerrando los ojos, me he desentendido, porfiado, de esa escena espantosa y cruel: sigo a nado el camino contrario del estanque, salgo.

Una vez en la otra orilla, abro los ojos y por fin la veo hundirse, desaparecer, en el fondo…

La tercera versión, la que pudo o no ocurrir, la que es imposible de creer, la que tal vez nunca pueda llegar a ser verosímil, pero siempre puede ser auténtica y acaso sea la verdadera, ésa, insisto, inicia cuando, tras secarnos bajo el ficus, Irene me pide que extienda las toallas sobre cualquiera de los lisos peñascos a la orilla del estanque: elijo un sitio seco, próximo al árbol solitario. Extiendo las toallas religiosamente y veo que ella se ha quitado el traje de baño completo y me sonríe con coquetería… Desnuda, se recuesta sobre las toallas con los brazos abiertos, las caderas y la cintura en vivo contraste —pues unas son anchas, la otra es breve y grácil—, la piel cobriza y tersa, iridiscente por la luz del sol que la ilumina y la sostiene allí, como una estatua pródiga, ofrecida y ubérrima... Tengo una erección. Me dice que me acueste a su lado. A punto de hacerlo, echa una carcajada y me pide que me quite el traje de baño también. No hay nadie. Ni siquiera están nuestros amigos. Estarán bajando ahora mismo la cuesta, internándose entre la maleza y los cactus filosos para poder llegar hasta el fondo del barranco y contemplar, desde abajo, las anchas cataratas saturadas de carbonato de calcio, la formación de estalactitas semejantes a blancos espermas milenarios. Empezamos a besarnos con desesperación, al menos yo, quien no la he podido tener entre mis brazos desde que se largara con Braulio… A punto estoy de fornicarla, de meterme dentro de ella con todas las fuerzas de mi alma cuando, de pronto, me dice:

—No, así no.

Y entonces se gira, se pone boca abajo, dándome la espalda. Contemplo su vello púbico a pleno contraluz, recortado contra el horizonte. Agitado, me aproximo a su cuerpo otra vez, cojo sus caderas, sus nalgas perfectas y al momento de ensartarla y dejar absorberme por su inmarcesible belleza, por ese doble esplendor ofrecido, me dicta:

—Asfíxiame, Fer… Anda… Un poquito nada más. No tengas miedo. Pon tus manos en mi garganta. Exacto, así… Sólo un poquito, Fer. Quiero venirme justamente así, los dos juntos, saber lo que se siente… descubrir ese anverso del amor… Aprieta mi cuello, apriétalo poco a poco… pero no dejes de moverte, tonto… Sí, así, anda, métela, no te vengas todavía, espera… Te digo que me aprietes con tus dos manos… Ahora métela otra vez y muévete despacio, que me duele… No dejes de apretarme… más, un poco más, no te vengas todavía, aguántate, Fer, te lo suplico, más fuerte, apriétame más fuerte, ahógame, no me ahogues, ahógame…

Charleston, South Carolina
Enero 2016 / Enero 2018